古典詩歌研究彙刊

第四輯

龔鵬程 主編

第 **20** 冊

《原詩》與《一瓢詩話》之比較研究

葛惠瑋 著

祝堯《古賦辯體》研究

游適宏 著

國家圖書館出版品預行編目資料

《原詩》與《一瓢詩話》之比較研究　葛惠瑋　著／祝堯《古賦
辯體》研究　游適宏　著 -- 初版 -- 台北縣永和市：花木蘭文
化出版社，2008〔民97〕
目2+128 面 + 目2+136 面；17×24 公分
（古典詩歌研究彙刊 第四輯：第 20 冊）

ISBN　978-986-6657-50-4（精裝）
1.中國詩　2.詩評　3.賦　4.文學評論

821.87　　　　　　　　　　　　　　　　　　　97012026

ISBN - 978-986-6657-50-4

9 789866 657504

古典詩歌研究彙刊
第四輯　第二十冊　　　　　　ISBN：978-986-6657-50-4

《原詩》與《一瓢詩話》之比較研究
祝堯《古賦辯體》研究

作　　　者　葛惠瑋　游適宏
主　　　編　龔鵬程
總 編 輯　杜潔祥
出　　　版　花木蘭文化出版社
發 行 所　花木蘭文化出版社
發 行 人　高小娟
聯 絡 地 址　台北縣永和市中正路五九五號七樓之三
　　　　　　電話：02-2923-1455／傳真：02-2923-1452
電 子 信 箱　sut81518@ms59.hinet.net
初　　　版　2008 年 9 月
定　　　價　第四輯 20 冊（精裝）新台幣 28,000 元

《原詩》與《一瓢詩話》之比較研究

葛惠瑋 著

作者簡介

葛惠瑋，國立臺灣師範大學國文學系學士，國立中央大學中國文學研究所碩士。碩士論文指導老師岑溢成教授。

提　　要

　　在中國詩歌理論史上，《原詩》是一部非常獨特的著作。但由於它的獨特，也造成了研究上的困難。

　　不過，《原詩》的作者葉燮有兩個學生，一為沈德潛，一為薛雪。沈德潛著有《說詩晬語》，薛雪著有《一瓢詩話》，透過師生著作的比較，可以幫助我們對《原詩》有較深切的了解。而在沈德潛與薛雪當中，沈德潛的《說詩晬語》與《原詩》差距較大，薛雪的《一瓢詩話》則常稱引《原詩》的主張，因此在比較研究的選擇上，《一瓢詩話》應該有較為優先的條件。這是本論文以《原詩》與《一瓢詩話》之比較研究為題的原因。

　　本論文透過比較研究，一方面看出《原詩》的特質在於以「正變」的詩史觀為理論核心，建立以文辭新變為主的創作觀和以開創歷史為目的的批評觀，說明了《原詩》有別於以政教功能及審美情感為主導的傳統詩話，而表現出獨特的一面。另一方面本論文透過比較的研究，也證明了《原詩》與《一瓢詩話》有著根本的差異，推翻了一般把《一瓢詩話》視為《原詩》的繼承的觀點。

目

次

第一章　導　論

第一節　《原詩》的研究價值

　　《原詩》是我國文學理論史上非常受到推崇的一部著作。試看前人對《原詩》的評價，讚美的遠遠多於貶抑的，[註1] 而讚美的理由大都是《原詩》見解精闢，又能建立理論體系，成一家之言。如林雲銘〈原詩敘〉：[註2]

　　　　嘉興葉子星期，詩文宗匠，著有《原詩》內外篇四卷，直抉古來作詩本領，而痛掃後世各持所見以論詩流弊。……乃古人之詩，皆宇宙必有之數，不必相師，……此作詩之原，亦既論詩者之原。

〔註 1〕大多數學者都給予《原詩》極高的評價，但也有少數提出不同看法的，如林正三先生〈試探葉燮研究的幾個相關問題〉一文：「他的弟子修正師說，顯示葉燮持論有偏頗之處」、「今人研究葉燮的詩論，似有評價太高的傾向。」還有成復旺先生〈對葉燮詩歌創作論的思考〉一文：「葉燮這套理論雖然具有唯物主義認識的傾向，卻並不符合詩歌創作的實際。」對於《原詩》究竟應該得到什麼樣的評價，應該在對《原詩》有更深入的認識之後才說，對於兩位先生認為近人對《原詩》評價過高的原因是否正確，也在對《原詩》有更深入的認識之後可以明白。

〔註 2〕林雲銘〈原詩敘〉見金閶劉承芳二弃草堂刊本之《巳畦詩集》所收《原詩》，藏在臺大研究圖書館烏石山房文庫。

又如沈珩〈原詩敍〉〔註3〕

> 創闢其識，綜貫成一家之言。……內篇標宗旨也，外篇，肆博辯也。非以詩言詩也。凡天地間……莫不條引夫端倪，摹畫夫毫芒，而以之權衡乎詩之正變，與諸家之得失，語語如震霆之破睡，可謂精矣，神矣。

又如沈梿恿〈原詩跋〉：〔註4〕

> 盡掃古今盛衰正變之膚說，而極論不可明言之理與不可明言之情與事，必欲自具胸襟，不徒求諸詩之中而止。

又如沈德潛〈葉先生傳〉：〔註5〕

> 《原詩》內、外篇，掃除陳見俗諦。

以上皆是說明《原詩》從詩歌正變盛衰的道理，來探究作詩的本原，所謂「非以詩言詩也」，而是以正變盛衰爲根據來論說作詩的原理。又指陳詩歌流弊，痛掃歷來論詩者偏執之見。《原詩》的正變盛衰並不同於一般以古今爲分別的正變盛衰。從《原詩》的時代背景及著作動機來說，〔註6〕自明代前後七子提出學古、擬古的主張，〔註7〕至

〔註3〕沈珩序見劉承芳二弃草堂刊本及《郋園全書》本。

〔註4〕沈梿恿序見《清詩話》本。

〔註5〕沈德潛〈葉先生傳〉收在《郋園全書》及《沈歸愚詩文全集》。

〔註6〕《原詩》的寫作在清初，據吳宏一先生〈葉燮原詩研究〉一文的考訂，《原詩》的著作年代早不過康熙十九年，晚不過康熙二十三年春。清初的詩壇風氣仍受明代前後七子影響。《原詩》的著作動機在矯七子之非已無疑議，《原詩》中指名道姓地批評李夢陽、何景明、李攀龍、王世貞。（見《原詩》內篇，第六、七則，外篇上第十二則，外篇下第二十、二十三則）另又批評矯異七子所謂偏畸之私說，《原詩》這裏所說的「偏畸之私說」，雖然沒有明指姓名，但根據明代的文學思潮，當時與前後七子相抗辯的，有公安派和竟陵派，而這裏指竟陵派的可能性比較大，原因有三：第一、根據《清詩話》下，頁694：「溺于偏畸之私說，其說勝，則出乎陳腐而入乎頗僻；不勝，則兩敗。」竟陵派標擧幽深孤峭，與公安派相比，較易流於頗僻。二、《原詩》其他地方並沒有對公安派做過直接的批評，但內篇第七則指出，竟陵派的代表人物鍾惺、譚元春與明代復古風氣相抗，如果和《原詩》內篇第一則配合著看，「偏畸之私說」指的是竟陵派的可能性很大。三、在《補刻巳畦先生詩集》有張玉書序：「國朝初，吳中詩人沿鍾、譚餘習，意爲可解不可解之語，以自欺欺人，病在荒約，既

清初仍有以古爲正、爲盛；以今爲變、爲衰的普遍看法。《原詩》的正變盛衰不僅不同於當時俗見，而且正是針對這種看法而發，所謂「宇宙必有之數，不必相師」，《原詩》以精闢獨特的見解，掃除這種崇古的正變盛衰之見，另成一家之言。

　　當代學者對《原詩》「一家之言」所具有的嚴密理論體系，尤其推崇，如臺靜農先生《百種詩話類編》序：

　　　　《清詩話》中葉燮之《原詩》內外篇，體例完整。

又如丁履譔《葉燮的人格與風格》：

　　　　藝術固然訴諸直覺，而藝術理論卻需要辯析性的推理體系，予以說明美感經驗的所以然，在中國文學批評史上，……他是我國批評傳統中最具有現代論析精神的前驅。(文中的「他」是指《原詩》)

又如吳宏一《清代詩學初探》：

　　　　葉燮的原詩，就理論而言，是歷代詩話裏最有系統的一部。

又如敏澤《中國文學理論批評史》：

　　　　它是《文心雕龍》、《詩品》之後，我國文學理論批評史上重要的有完整體系的理論著作之一。(文中「它」是指《原詩》)

又如呂智敏〈詩源‧詩美‧詩法探幽——《原詩》評釋〉：

又矢口南宋，……我師已畦葉先生起而挽之，作《原詩》內外篇四卷。」說明《原詩》著作的動機。所以《原詩》的著作動機在辯駁七子與竟陵之非。

〔註7〕明代有前後七子主持詩壇，前七子以李夢陽、何景明爲代表；後七子以李攀龍、王世貞爲代表。根據鈴木虎雄所著《中國詩論史》，自李夢陽起，有主張「詩至唐古調亡矣」的說法。但唐代自有唐音可歌，所以唐代尚有盛唐李、杜可取。而詩至宋代，宋詩主理不主調，因而詩亡。因此明代前後七子主張五言古詩以漢魏爲範，七言古詩與近體詩以盛唐爲範，尤宗李、杜，自中唐以下至宋、元，皆不足爲範。所以李攀龍編《古今詩刪》將中唐以後及宋元之詩全部排除在外。明代前後七子的主張，表現出一種崇古的思想，以古爲正，以今爲變。正爲盛，而變爲衰，變有明顯的貶意。所以在創作上，前後七子主張學古、擬古，李夢陽和何景明雖然針對作詩之法有過爭議，但崇古的基本觀點卻是一樣的。

> 這是我國第一部具有較爲嚴密的邏輯體系、集中論述詩
> 源、詩美、詩法的詩學專著。

又如陳惠豐《葉燮詩論研究》：

> 橫山先生之創作論可謂系統縝密，條理井然。……橫山先
> 生之批評論體系完整，方法縝密，實有超軼前人之處也。

當代學者認爲《原詩》的理論體系嚴密，是中國文學理論史上少見的，實則也就是《四庫全書總目提要》所說的：

> 雖極縱橫博辯之致，是作論之體，非詩評之體。

「非詩評之體」，是以中國詩話史上大部分的著作爲標準而說的，但《原詩》所以受到當代學者的推崇，就在於它與大部分的詩話不同，而具有「論」的性質。綜合上述，《原詩》一方面對正變盛衰提出了獨特精闢的見解，另一方面又根據正變盛衰建立了理論體系，在中國文學理論史上表現出獨特的性質，因此可以相信《原詩》是一部值得詳細研究的著作，這就是本論文研究《原詩》的原因。研究的對象既已決正，接下來要選擇一種適切的研究方法，才能期望對這部重要而獨特的著作有更進一步的認識。

第二節　《一瓢詩話》與《原詩》的淵源及比較研究

　　《原詩》的獨特性，使它得到崇高的評價，但同時也造成了研究上的困難。不過，《原詩》的作者葉燮有兩個學生，一爲沈德潛，一爲薛雪。沈德潛著有《說詩晬語》，薛雪著有《一瓢詩話》。由於這一層淵源，如果我們將師生的著作加以比較，一方面可以透過相關而或有不同的說法，增進我們對《原詩》的了解，再方面可以突顯出《原詩》的獨特。因此本文在方法上採取比較的策略，希望透過比較的研究，增加對《原詩》的認識。前人對葉燮、沈德潛、薛雪師生三人的學說，看法大略一致，基本上認爲沈德潛違背了葉燮的主張，而薛雪則奉行師說。如青木正兒《清代文學評論史》：

> 沈重詩的格調，說與師異，薛則忠實奉行師說，其詩話中

亦常常引用師說。

又如霍松林先生《原詩‧一瓢詩話‧說詩晬語》前言中說：

> 薛雪的《一瓢詩話》，在許多問題上闡發了老師的見解。……
> 沈德潛的《說詩晬語》，也時常稱引和暗襲老師的詩論，而
> 在最根本的問題上，卻背離了老師的精神。

又如吳宏一先生〈葉燮原詩研究〉一文說：

> 沈德潛的論詩見解也頗有採自葉氏的地方。……薛雪也是
> 葉燮的弟子。二人性情相近，論詩主張也大致相同。……
> 即使稍變其說，宗旨仍然是一致的。

又如丁履譔《葉燮的人格與風格》說：

> 沈氏雖從葉氏學詩六年，但性情與學術主張，不太相
> 同。……（薛雪）其詩學見解大致推衍葉燮之理論。

又如陳惠豐《葉燮詩論研究》說：

> 沈德潛雖宗格調，主唐音，蓋其性之所迫，由橫山先生之
> 詩教中轉化者也。綜觀其詩論，雖未盡橫山先生詩教之要，
> 而所得亦多矣。……（薛雪）大體亦承橫山先生詩教。

又如黃保眞、蔡鍾翔、成復旺合撰的《中國文學理論史》說：

> （薛雪）論詩著作爲《一瓢詩話》，該書大致紹述葉燮之
> 論，很少新意。……『溫柔敦厚，纏綿悱惻，詩之正也。
> 慷慨激昂，裁雲鏤月，詩之變也。』還是講正變，但已出
> 現崇正黜變之意了，葉燮的源流正變之論就向正統儒家挪
> 動了一步。……沈德潛的《說詩晬語》……就已經完全回
> 到正統儒家詩論，變爲明確的倡導復古了。

各家對葉燮、沈德潛、薛雪的關係，除了吳宏一先生、陳惠豐先生，
從師承的角度來說明，不能明顯看出沈德潛與薛雪在繼承師說上有什
麼不同，以及黃保眞等合撰的《中國文學理論史》稍有不同外，其他
各家都認爲薛雪的《一瓢詩話》與《原詩》的精神較接近，而沈德潛
的《說詩晬語》則與《原詩》較有距離，甚至背離了《原詩》精神。
就比較研究而言，將三部著作一起納入研究範圍，無疑是較爲完整
的。但作爲研究的起點，選擇兩部有較多共同點的著作，在互相補充

及對照上較易有成果。所以本文以《原詩》與《一瓢詩話》作為比較研究的對象，而研究的目的則有理論的和歷史的兩方面。在詩歌理論的一方面，希望以《一瓢詩話》為《原詩》的對照，藉以增進對《原詩》的詩歌理論的了解；在詩論史的一方面，則希望通過二書的比較研究，來驗證或辯駁上述有關二書繼承關係的論斷。

本文所研究的對象《原詩》與《一瓢詩話》的作者，分別為葉燮與薛雪。葉燮，字星期，號已畦，生於明熹宗天啓七年，﹝註8﹞卒於清聖祖康熙四十二年（1627～1703）。浙江嘉興人，因晚年定居江蘇吳江之橫山，所以又有以吳江為葉燮籍貫的，世稱「橫山先生」。薛雪，字生白，號一瓢，蘇州人，生於清聖祖康熙二十年，卒於高宗乾隆二十八年（1681～1763）。前輩學者從《原詩》和《一瓢詩話》的兩位作者身處的環境與時代背景來說明著作的動機、目的、甚至解釋意義的研究，以及關於葉燮文學年表、家庭年表等傳記研究，已頗詳備。﹝註9﹞然而，背景知識固然可以提供一些研究的方向或端緒，但如果仰賴的程度超過它所能負擔的功能，研究上的成見便會有負面的作用。以《一瓢詩話》為例，由於薛雪是葉燮的學生，《一瓢詩話》中又屢稱「橫山」（指葉燮），以及複述與《原詩》完全相同的文句，不免使人有薛雪謹守師說的印象，而對《一瓢詩話》不同於《原詩》的地方有所疏忽。本文的研究試圖在外緣背景知識的基礎上，集中於二書在內容與旨趣上的異同的探討；結果將會顯示，兩部著作即使不至於宗旨不同，但至少在核心上已有所轉移。

﹝註8﹞ 丁履譔先生所著《葉燮的人格與風格》第25頁，以葉燮生年為天啓六年。但據林正三先生〈試探葉燮研究的幾個相關問題〉一文考證，《已畦詩集》卷五〈中秋後三日日集孟舉橙齋次東坡松江風字韻〉，葉燮自註「余生丁卯，又值丁卯」。是詩作於康熙二十六年，上推六十年為天啓七年。

﹝註9﹞ 見吳宏一先生〈葉燮原詩研究〉一文附錄、林正三先生〈試探葉燮研究的幾個相關問題〉一文。前者刊載處見註5，後者刊載於《幼獅學誌》第十八卷第二期，民國73年10月。

就目前所知,《原詩》的版本有:《清詩話》本、國立臺灣大學研究圖書館藏《烏石山房文庫》金閶劉承芳二弃草堂刊本、《昭代叢書》本、《郋園全書》本。由於這四個版本沒有太大的差異,而《清詩話》是最為普遍的本子,為方便讀者查索,筆者採用《清詩話》本。下引《原詩》的頁數,是根據藝文印書館民國 66 年 5 月再版的《清詩話》,雖分上下二冊,《原詩》編在下冊,但頁數是從上冊延續下來的。《一瓢詩話》目前所知的版本有:《清詩話》本、《昭代叢書》本,另有掃葉村莊本,〔註10〕但筆者在國內沒有看到。為配合《原詩》方便讀者查索,筆者也選用《清詩話》本,所引頁數情形與《原詩》同。而文中所稱則數,則是依據《清詩話》的排版,除非從文脈中可以看出明顯的分段,否則每一提行為一則的開始,依據每一則的開始,依序標則數而得。以下的研究,將以《原詩》的獨特性為出發點。

〔註10〕據霍松林先生、杜維沫先生所校注的《原詩·一瓢詩話·說詩晬語》
前言,《一瓢詩話》有掃葉村莊本。

第二章 《原詩》的獨特性

　　上一章我們已經指出前人認爲《原詩》是一部非常獨特的著作。《原詩》雖被選入丁福保所編撰的《清詩話》，但在形態上，《原詩》與傳統詩話並不相同。根據蔡鎮楚先生所著《詩話學》，將傳統詩話的形態從三方面來說明，分別是詩話的表現對象、詩話的結構形態、詩話的表現方法。〔註1〕以下便以蔡先生的規模爲依據，略加增減，比較傳統詩話和《原詩》在形態上的不同，以便說明《原詩》在中國詩話史上的獨特性。

第一節　詩話的表現對象

　　根據蔡先生的研究，由於詩歌的審美特性，自然地決定了審美情感在詩話的表現對象中具有主導的地位。以批評而言，「詩歌不能憑仗了哲學和智力來認識」，〔註2〕在中國詩話史上，詩話的批評絕大多數是屬于主觀的批評。這表示傳統的詩話由於表現對象受到詩歌審美特性的制約，也就是由於詩歌具有審美的特質，詩話作者在欣賞詩歌時，注入了詩話作者自己的審美情感，而這種審美情感又是詩話的表

〔註1〕見《詩話學》第五章，詩話形態學。湖南教育出版社出版，1990年第一版。
〔註2〕見《詩話學》第96頁引用魯迅的話。

現對象,所以決定了詩話的表現對象具有審美的主觀性和藝術性。因此,雖然蔡先生認為詩話的表現對象既是客觀的,又是主觀的,但卻不能擺脫以審美情感為主導的特質。〔註3〕

　　然而從表現對象來看《原詩》,很明顯地《原詩》不是以審美情感為主導。明確地說,《原詩》是以理智為主導。這是因為《原詩》的詩觀、批評、以及對創作的看法等,並不是從對詩歌的審美情感的體悟來,而是從對詩歌歷史的觀察來。《原詩》分析詩歌歷史的源流、本末、正變、盛衰,歸納詩歌歷史的演變規律與詩歌發展的法則,建立一套詩史觀,又以詩史觀為基礎,規約詩歌的創作與建立客觀批評標準,並以客觀批評標準從事實際批評。在整部《原詩》中,表現對象幾乎不具有什麼審美情感的特質,只有在對詩歌的看法上,如質文的觀念,可能以審美情感為來源,但卻提鍊為客觀的分解與說明,即使讚歎最推崇的詩人杜甫,也透過客觀的章法分析,如何地營造波瀾、如何地轉韻、如何地鋪寫層次等等,說明杜甫的變化神妙,極慘淡經營之奇。(見《原詩》外篇下第二十五則,《清詩話》下,760～762頁)可見《原詩》的表現對象不同於傳統詩話以審美情感為主導,而是以理智為主導。

　　不過,《原詩》以理智為主導的特性,並不是憑空而來。《原詩》從歷史角度立論,而在中國詩歌理論史上,歷史意識具有悠久的傳統。例如探究詩歌的歷史起源、說明詩歌演變、陳述詩歌歷史或做歷史分期、檢討詩歌歷史的盛衰過程等,都是歷史意識的具體表現。不過,《原詩》的歷史意識縱或有所淵源,但又能從傳統中開發新的見解,這才是值得我們探究的重點。我們下面先說明《原詩》以前的詩歌理論中歷史意識的表現形態,再說明《原詩》的歷史意識的表現形態,以便見出《原詩》的獨特。

一、《原詩》以前的詩歌理論中的歷史意識

　　《原詩》以前的詩歌理論中的歷史意識,其表現形態大約可以分

〔註3〕可參閱《詩話學》第五章第一節。

爲四種類型：

（一）探究詩歌的歷史起源：詩歌的歷史起源常常做爲探討詩歌問題的依據，而對詩歌起源的普遍看法，是將詩歌歸源於《三百篇》。但如果在分體觀念下，說法便比較繁多。如《滄浪詩話・詩體》：〔註4〕

> 五言起於李陵、蘇武，七言起於漢武柏梁，四言起於漢楚王傅韋孟，六言起於漢司農谷永，三言起於晉夏侯湛，九言起於高貴鄉公。

這是以詩句字數爲分體的標準，考察各種詩體的歷史起點。又如鍾嶸將五言詩的起源歸於五經或《楚辭》，《詩品・序》：〔註5〕

> 夏歌曰：『鬱陶乎予心』，楚謠曰：『名余曰正則』，雖詩體未全，然是五言之濫觴也。

「鬱陶乎予心」出自僞古文《尚書・五子之歌》；「名余曰正則」出自屈原〈離騷〉。關於「鬱陶乎予心」一句的時代固然是一個問題，不過在鍾嶸《詩品》中，這也是唯一一次將它視爲五言詩的起源的，此外無不以〈國風〉、〈小雅〉、《楚辭》，爲五言詩的三大源頭。所以在鍾嶸《詩品》的系統裏，基本上還是以《詩經》、《楚辭》，爲詩歌的歷史起源。可見對各種詩歌體類的來源雖說法不一，但在追溯詩歌總體的歷史起源時，一般看法都是歸於《詩經》或《楚辭》。

（二）說明詩歌的演變：這方面的說明包括了體製、風格等方面的考察。以體製爲核心的如《滄浪詩話・詩體》：

> 風雅頌既亡，一變而爲〈離騷〉，再變而爲西漢五言，三變而爲歌行雜體，四變而爲沈宋律詩。

所謂「風雅頌」、「〈離騷〉」、「五言」、「歌行」、「律詩」，都代表某種特殊的詩歌體製。這是從體製上說明詩歌的流變演化現象。

以風格爲核心的如《文心雕龍・明詩》：

〔註4〕見《歷代詩話》，清何文煥輯，台北：漢京文化事業有限公司，民國72年1月。

〔註5〕見《歷代詩話》，同註4。

又古詩佳麗，或稱枚叔，其『孤竹』一篇，則傅毅之詞。比采而推，固兩漢之作也。觀其結體散文，直而不野，婉轉附物，怊悵切情，實五言之冠冕也。至于張衡『怨』篇，清典可味；『仙詩緩歌』，雅有新聲。……唯嵇志清峻，阮旨遙深，故能標焉。……晉世群才，稍入輕綺。……袁孫以下，雖各有雕采，而辭趣一揆，莫與爭雄，所以景純『仙篇』，挺拔而爲俊矣。

其中對詩歌演變的說明，如直而不野、婉轉、清典、清峻、遙深、輕綺、雕采、挺拔等等，都是風格上的特徵，可以說是以風格爲核心來考察詩歌的演變。

（三）陳述詩歌歷史或做歷史分期：例如《文心雕龍・明詩》。（見前）它依據時間先後，將歷史上曾經出現的重要詩歌及詩人一一條列出來，這有助於我們對詩歌歷史的事實的了解。又如嚴羽《滄浪詩話・詩體》：

以時而論，有建安體、正始體、太康體、元嘉體、永明體、齊梁體、南北朝體、唐初體、盛唐體、大曆體、元和體、晚唐體、本朝體、元祐體、江西宗派體。

這是依據時間先後，陳述詩歌歷史的分期。

（四）檢討詩歌歷史過程中的盛衰變化。如高棅《唐詩品彙》：

〔註6〕

故有往體、近體、長短篇、五七言律句絕句等製，莫不興於始，成於中，流於變，而陊之於終。

貞觀、永徽之時，……此初唐之始製也；神龍以還，……此初唐之漸盛也；開元、天寶間，……此盛唐之盛者也；大曆、貞元中，……此中唐之再盛也；下暨元和之際，……此晚唐之變也；降而開成以後，……此晚唐變態之極。

高棅針對唐代詩歌的歷史事實，歸納出詩歌演變的法則，是由開始、

〔註6〕見《中國歷代文論選》，郭紹虞等編，木鐸出版社，民國70年4月再版。

到形成、到演變、到衰頹。具體地說，初唐是開始、漸盛的階段，盛唐是興盛的階段，中唐是再盛的階段，晚唐則是變而衰的階段。這是先對詩歌演變的規律有一既定的看法，然後按照這個規律，來說明詩歌歷史上的事實。

以上是四種中國歷代對詩歌歷史的說明的類型。第一種追溯起源可以說是最基本而原始的；第二種從詩歌某一方面的特徵來說明詩歌的變化，已表現出對詩歌具有發展演化的概念；第三種對詩歌做歷史的分期或依時間順序將詩歌歷史做事實的描述，都是在發展演化的概念下，試圖解析詩歌的事實或將詩歌事實納入時間範疇中；第四種說明詩歌歷史的盛衰變化，是試圖建立詩歌歷史的法則，也就是對詩歌歷史提出原理性的看法。由此可見，在《原詩》以前，中國詩歌理論作者的歷史意識已表現為一套詩史觀了。

二、《原詩》的歷史意識

《原詩》在前人的基礎上，對詩歌的歷史起源、演變、詩歌分期等都有說明，試看《原詩》內篇，第一則：

> 三百篇一變而為蘇李，再變而為建安黃初，建安黃初之詩，大約敦厚而渾樸，中正而達情。一變而為晉，如陸機之纏綿鋪麗、左思之卓犖磅礴，各不同也。其間屢變而為鮑昭之俊逸、謝靈運之警秀、陶潛之澹遠。又如顏延之之藻繢、謝朓之高華、江淹之韶嫵、庾信之清新。此數子者，各不相師，咸矯然自成一家，不肯沿襲前人以為依傍。蓋自六朝而已然矣。其間健者如何遜、如陰鏗、如沈炯、如薛道衡差可自立。此外繁辭縟節，隨波日下。歷梁陳隋以迄唐之垂拱，踵其習而益甚，勢不能不變。小變于沈宋雲龍之間，而大變于開元天寶。高、岑、王、孟、李，此數人者，雖各有所因，而實一一能為剙。而集大成如杜甫、傑出如韓愈、專家如柳宗元、如劉禹錫、如李賀、如李商隱、如杜牧、如陸龜蒙諸子一一皆特立興起。其他弱者，則因循世運，隨乎波流，不能振拔。所由唐人本色也。宋初詩襲

> 唐人之舊，如徐鉉、王禹偁輩，純是唐音。蘇舜卿、梅堯
> 臣出，始一大變。歐陽修亟稱二人不置。自後諸家迭興，
> 所造各有至極，今人一概稱為宋詩者也。自是南宋金元作
> 者不一、大家如陸游、范成大、元好問為最，各能自見其
> 才。有明之初，高啟為冠，兼唐宋元人之長，初不于唐宋
> 元人之詩有所為軒輊也。(《清詩話》下，頁695～6)

這段文字從詩歌歷史起源說起，歷數各代重要詩人及詩歌特色，並且
評價優劣、指陳演變現象，可以說是一篇中國詩歌簡史。除此以外，
《原詩》還以分體的觀念考察詩歌的演變，可分述如下：

（一）五古：《原詩》外篇下，第二十二則：

> 五古漢魏無轉韻者，至晉以後漸多。唐時五古長篇，大都
> 轉韻矣，惟杜甫五古，終集無轉韻者，畢竟以不轉韻者為
> 得。韓愈亦然。……宋人五古，不轉韻者為多，為得之。(《清
> 詩話》下，頁759)

（二）七古：《原詩》外篇下，第二十三則：

> 七古終篇一韻，唐初絕少：盛唐間有之，杜則十有二三、韓
> 則十居八九；逮於宋，七古不轉韻者益多。初唐四句一轉韻，
> 轉必蟬聯雙承而下，此猶是古樂府體。(《清詩話》下，頁759)

事實上，《原詩》對於分體觀念下的詩歌演變的說明並不完備。第
一、它只討論了五古與七古這兩種詩體。第二、即使對五古與七古
的考察，也只限於轉韻的歷史演變，未能做全面的說明。第三、對
七古的說明不僅只限於轉韻層面的演變，而且只限於從初唐到宋這
一時期的演變。不過，這是因為《原詩》真正的重心，並不在於陳
述詩歌歷史的事實，而在發現詩歌歷史的法則。《原詩》關於中國
詩歌歷史事實的說明或研究，都是用作探討詩歌歷史的法則的基礎
或依據。

其實，高棅在檢討詩歌歷史的盛衰上，也可以說已經建立了一套
詩歌歷史法則。「莫不興於始，成於中，流於變，而陊之於終」，就是
詩歌歷史發展的法則。但高棅的理論至此而止；《原詩》則不僅提出

一條簡括的詩歌歷史發展法則，更開展了一套完整的詩史觀。《原詩》內篇的第一則，就詳明地闡述詩歌歷史的源流、本末、正變、盛衰，將詩歌歷史的法則一一細述。（主要內容將在第三章詳細論述）不過，不同於前人的是，《原詩》不以建立一套詩史觀為目的，而是以詩史觀為根據，說明創作的道理與批評的標準，並以這個從詩史觀所發展出的創作觀與批評觀，從事實際批評，而以維護詩道的正常發展、救詩歌衰頹以復振為最終目的。

　　因此，《原詩》的表現對象充滿了歷史的理智精神，先從詩歌歷史的事實中，分解詩歌歷史發展的規律法則，建立一套詩史觀，又以詩史觀為基礎，說明創作的原則和建立批評標準。創作與批評是傳統詩話的大宗，但傳統詩話談創作與批評，無不以審美情感為主導，而《原詩》以理智的詩史觀為主導，不僅表現了比前人更為強烈的歷史意識，而且就表現對象而言，確實是獨特的、空前的。下面從詩話的結構形態，來說明《原詩》在另一方面的獨特性。

第二節　詩話的結構形態與表現方法

一、詩話的結構形態

　　根據蔡先生對傳統詩話結構形態的分析，可以從兩方面來說，一是審美情感的詩化；一是詩話的理論形態。下面分別說明。

　　所謂審美情感的詩化，就是以如詩的內容與形式，來表現審美情感。所以傳統詩話多具創作心靈的點化，往往涵有文學藝術的美的特質，甚至有的詩話比文學作品更具有文學的意義，相應於這種特質的結果，就是詩話意蘊往往多義，讓讀者有很大的聯想空間，主張並不十分明確。

　　從理論形態上看，傳統詩話大都以「詩」、「話」、「論」三者的結合為基本形態。「詩」是詩話的必要條件，沒有詩就沒有詩話，這是詩話的基本意義，不需要辨解。至於「話」和「論」，前者以事為主，

講和詩有關的故事；後者以辭為主，重在批評。支撐著這個結構的三大基石是古典詩論的三大理論學說：言志說、緣情說、感物說。這三者都是從創作心理的角度來探討詩歌起源的。〔註7〕言志說可以推源於〈毛詩序〉：

> 詩者，志之所之也，在心為志，發言為詩。情動於中而形於言，言之不足故嗟嘆之，嗟嘆之不足故永歌之，永歌之不足，不知手之舞之，足之蹈之也。

這段話以詩人內心情志的發動來解釋詩歌的起源，可以看做從創作心理的角度來解釋詩歌起源的典型。此後有許多類似的說法，大都不脫「有諸中、形諸外」的講法，或在心理取向之外，又補充了外物對心的觸動，如《禮記‧樂記》：

> 凡音之起，由人心生也。人心之動，物使之然也。感於物而動，故形於聲。

> 樂者，音之所由生也，其本在人心之感於物也。是故哀心感者，其聲噍以殺；其樂心感者，其聲嘽以緩；其喜心感者，其聲發以散；其怒心感者，其聲粗以厲；其敬心感者，其聲直以廉；其愛心感者，其聲和以柔。六者非性也，感於物而後動。是故先王慎所以感之者。

基於古代詩、樂、舞合一的觀念，此處〈樂記〉對音聲起源的說明，可以視為對詩歌起源的說明。這段話與〈毛詩序〉的不同，在於〈毛詩序〉探討詩歌起源，推至詩人內心情志的發動為止。此處則更進一步解釋情志發動的根由，是受到外物的感發。可見〈樂記〉的作者認為，外物對詩歌是有某種程度的制約作用的。不過，由於外物對詩歌

〔註7〕 在中國詩歌理論史上，從創作心理的角度和歷史的角度考察詩歌的起源，是最常見的。除了創作心理與歷史的角度之外，還有從形上的角度來看詩歌的起源的，認為詩歌源於「道」。然而這種看法對詩歌研究是不足的，因為宇宙間萬事萬物無不來源於「道」，這只能說明詩歌與其他事物的共同起源，卻無法說明詩歌之所以為詩歌的獨特根源。所以除非對做為詩歌根源的「道」，有一特殊的規定，否則是沒有意義的。

的制約，仍然要透過「心」的作用，也就是詩歌的某種特定表現，是源自「心」的某種特定狀態，所以仍然不脫「創作心理」的角度。後來鍾嶸〈詩品序〉所說的：

> 氣之動物，物之感人，故搖蕩性情，形諸舞詠。

也是同一脈絡下的講法。從這脈絡衍生出來的，還有「發憤」說。司馬遷《史記·太史公自序》可說是這種觀點的代表：

> 夫詩書隱約者，欲遂其志之思也。……《詩三百篇》，大抵聖賢發憤之所為作也。

這段話透露了司馬遷對詩歌起源的看法：詩人由於蘊蓄了豐富的感情，造成了一種不能不抒寫己志的心理狀態。司馬遷還認為，這種能夠引起創作動機的感情，大多是鬱積的憤恨，著作者想要紓解這種鬱悶，所以將內心的想法表白出來。這就對詩歌創作的心理狀況，有了更進一步的說明。後來韓愈在《送孟東野序》中說：〔註8〕

> 大凡物不得其平則鳴……其歌也有思，其哭也有懷。

便是司馬遷發憤著書的理論的闡發。

其實，「發憤說」可說是「緣情說」的先聲。陸機〈文賦〉直接明白地說：〔註9〕

> 詩緣情。

發憤是一種情感的反應，任何一種情感只要蘊蓄到相當程度，都有可能暴發為文藝的創作，詩歌也在這種法則中，所以說詩歌創作緣由於詩人的情感。因此縱觀傳統詩話的理論形態，大體的規模都是以創作問題為核心，探討創作的心理過程，兼及詩人修養，再進一步談到創作技巧的問題。以這樣的理論內容，加上「話」的部分，講典故、說軼事，便構成了傳統詩話的形態。

總括而言，傳統詩話的理論具有如下的特質：一、點悟性，詩話理論以提點、啟發為主，所以沒有嚴密的論說，但具有刺激讀者想像

〔註8〕見《中國歷代文論選》，同註6。
〔註9〕見《昭明文選》注，藝文印書館，民國72年6月第十版。

的功能。二、傳承性，如講詩教、重家法、乃至於詩話的形製，都在穩定的傳承當中，極少違反傳統的。三、模糊性，這與審美情感的詩化有密切的關係，象徵、暗示等等的運用，增加了理論的豐富性，但同時使理論內容變得模糊。四、辯證性，往往從一對相反相成的範疇開發新的意義，如文與質，形與神等。

《原詩》的理論形態顯然與傳統的詩話大異其趣。首先，《原詩》的理論完全沒有表現出傳統詩話將審美情感詩化的特徵。第一、《原詩》不以審美情感爲表現對象的主導，第二、《原詩》的表現方式是明白詳盡的論說，將詩的性質與詩論的性質做清楚的區分，所以《原詩》非但不將表現對象詩化，而且取譬舉例，反覆申論，極力詳辯。同時《原詩》也自覺地要建立一套理論，所以講典故、說軼事等傳統詩話中「話」的部分全部淘盡，《原詩》自首至尾，完全以論的態度出發。因此，從表達的方式來看，《原詩》不是點悟式的，它力求明確，對於傳統詩話的模糊性質，力求去除，它批評劉勰、鍾嶸等「吞吐抑揚，不能持論」，就是這方面的強烈表現。

其次，《原詩》從歷史的角度觀察詩歌的特質，因此做爲《原詩》理論內涵的，一是詩史觀，二是從詩史觀所發展出來的對創作與批評的看法。對於傳統詩話所談的創作心理起源，《原詩》談得很少，《原詩》將創作的心理起源歸之於「意」，所謂「有所觸而興起其意」。（《原詩》內篇，第一則，《清詩話》下，頁 696）「意」不同於緣情說的「情」，也不同於感物說的官「感」，或許比較接近言志說的「志」，但又比言志說較能正視外物的作用。不論如何，《原詩》的理論內涵不以詩歌心理起源爲主，即使《原詩》也談創作的問題，但因爲受到詩史觀的制約，談法與傳統詩話並不相同。

《原詩》雖然在理論內容和形態上，都與傳統大異其趣，但對一些傳統的觀念，仍然在一定程度內保持著。例如傳統講詩教功能，《原詩》並非否認，但眞正重視的是詩歌文辭的問題。（見第三章）又如傳統講詩法家數，《原詩》也並非否認詩法，但更說理、事、情之法。

（見第四章），（《原詩》外篇上，第十二則，《清詩話》下，頁 745）
此外，在提出基本觀念的方式上，也頗爲接近傳統，大都是一對一組
地提出的，如質文、陳熟生新、死法活法等。但由於《原詩》旨在建
立一套明確、客觀、穩定、有根據的理論，對這些觀念的說明，當然
也跟傳統的說法不盡相同了。

二、詩話的表現方法

傳統詩話的表現方法有五：一、語錄條目式的排列。傳統詩話大
都分條敍述、逐條筆記，各條各段之間，也不一定有緊密的關連。二、
摘句。傳統詩話常引一聯詩句舉證，說是佳句、警句、絕唱等，一方
面做爲理論的例證，另一方面也是實際評點。三、辨體，辨體的基本
觀念是各種詩體各有本色，所以先辨明各種詩體的正體，然後用來評
斷作品是否當行。四、史論評三者結合。這是指將詩歌在詩史上的位
置，或詩歌故實的考辨，與對詩歌的說明、評價，或先敍後議，或先
議後敍，或夾議夾敍，在排列上三者沒有明顯的區分。五、比喻論詩。
中國詩話喜歡用比喻法說明對詩歌的看法，例如嚴羽以禪論詩，是最
典型的例子。

在上述五種表現方法中，只有第五比喻論詩《原詩》與傳統詩話
是類似的，如以草木爲喻說明理、事、情，（見內篇，第四則，《清詩
話》下，頁 711）至於其他四項，則完全不同。《原詩》內外兩篇，《原
詩》內篇多論詩歌本原、詩歌發展規律等基本問題，下篇則多爲批評
理論及實際批評，並且形成一個邏輯結構。既不是傳統條目式，也沒
有摘句爲例的樣式，理論的說明與應用，也明白區分，並不並比爲列，
這是因爲《原詩》作者葉燮，對傳統詩話的表現方式並不滿意，《原
詩》外篇，第十二則：

> 詩道之不能長振也，由于古今人之詩評，雜而無章，紛而
> 不一。……如鍾嶸、如劉勰，其言不過吞吐抑揚，不能持
> 論。（《清詩話》下，頁 745）

鍾嶸、劉勰，是否果如葉燮所言，吞吐抑揚，不能持論，暫且不論，但古今詩評之所以不能使葉燮感到滿意的原因，在於它們不能從一個基本的立足點出發，構造一個一貫的體系，使詩歌批評有一個合理的根據和客觀的標準，在表現方式上缺乏系統性，常常流於零散而片段，是所謂「雜而無章」、「不能持論」。所以《原詩》在表現方式上，捨棄了傳統詩話的條目、摘句、史論評並列的方式，而詳為論說，前後一貫，表現出構造一個通貫體系的企圖。這是《四庫全書總目提要》紀評所說的：

　　　　雖極縱橫博辯之致，是作論之體，非詩評之體。

也是當代學者對《原詩》最為推崇的地方。此外，由於《原詩》以詩歌演變的歷史法則為根據建立客觀的批評標準，因此在辨體的方面說明不多。《原詩》中雖偶然說明某一詩體的原則大要，但並不是通過辨體來樹立評價的標準。

　　縱觀《原詩》的表現方式，與傳統的方式相較，的確自成一格。《原詩》這樣的體例，對於我們研究中國文學理論是有幫助的。雖然我們不能說，傳統詩話不是詩歌理論，因為傳統詩話雖然沒有嚴密的邏輯結構，但也並不違反邏輯。不過，由於傳統詩話具備多義的性質與引發聯想的可能，因此若想對它們進行理解，必有待於解讀方法的提出與發展，才能有進一步的研究。因此，就形態而言，《原詩》所關懷的問題超越了傳統詩話的舊有規模，在表達見解時語言上的穩定度、以及系統的建構，都有助於現階段對中國文學理論的研究。

第三章　《原詩》對詩歌歷史的看法

　　由於《原詩》的整體詩觀是以詩史觀爲基礎，所以這一章先論述《原詩》對詩歌歷史的看法。《原詩》對詩歌歷史的看法，是在總結中國詩歌歷史經驗的基礎上，歸納詩歌歷史的法則。簡單地說，即是以歷史經驗爲基礎的詩史觀。《原詩》內篇第一則，開宗明義就說：

> 蓋自有天地以來，古今世運氣數，遞變遷以相禪。古云：『天道十年一變』，此理也，亦勢也，無事無物不然，寧詩之一道，膠固而不變乎？（《清詩話》下，頁 694）

天道十年一變，有它不可抵擋的必然性，道理上如此，現實上也如此，所以說「此理也，亦勢也」。天道如此，萬事萬物莫不是如此。自然的事物固然是歷史的存在，詩歌也是歷史的存在；所以詩歌必然會變，一定要變。「變」，正是歷史的基礎。《原詩》不但肯定了詩歌的歷史性，更指出詩歌的歷史性的具體表現，可以用四對範疇來說明。
《原詩》內篇第一則：

> 詩之源流、本末、正變、盛衰互爲循環。（《清詩話》下，頁 694）

從《原詩》的內容來看，在這四對範疇之中，「正變」是最爲基本的。因爲《原詩》對其他三對範疇的解說，都是以「正變」爲基礎。因此，以下關於這四對基本範疇的分別說明，將從「正變」出發。

第一節　詩之正變

　　《原詩》認為，詩歌歷史的演變規律之一，就是正變的循環。「正變」這對範疇，在中國文學批評史中出現得很早，漢代的〈毛詩序〉已明確提出「正變」的說法。〈毛詩序〉對後世的詩論有相當的影響，所以在說明《原詩》的「正變」觀之前，先分析〈毛詩序〉的「正變」觀。

一、〈毛詩序〉的正變

　　〈毛詩序〉的「正變」，是在討論所謂「詩之六義」的脈絡中提出的：

> 故詩有六義焉：一曰風，二曰賦，三曰比，四曰興，五曰雅，六曰頌。上以風化下，下以風刺上，主文而譎諫，言之者無罪，聞之者足以戒，故曰風。至於王道衰，禮義廢，政教失，國異政，家殊俗，而變風、變雅作矣。國史明乎得失之迹，傷人倫之廢，哀刑政之苛，吟詠情性以風其上，達於事變而懷其舊俗者也。故變風發乎情，止乎禮義，發乎情，民之性也；止乎禮義，先王之澤也。是以一國之事，繫一人之本，謂之風；言天下之事，形四方之風，謂之雅。雅者，正也，言王政之所由興廢也。政有小大，故有小雅焉，有大雅焉。頌者，美盛德之形容，以其成功告於神明者也。是謂四始，詩之至也。

上文包括十點內容：一、詩經六義的成分。二、六義中「風」的意義及功能。三、變風、變雅發生的原因、背景。四、變風創作的動機及目的。五、變風的性質及歸趨。六、風與雅的區分。七、雅的內容。八、大雅、小雅的區分。九、頌的內容及功能。十，總結。其中只有第三、四、五部分與「正變」直接相關。

　　在這個部分，〈毛詩序〉雖然沒有正式提出「正風」、「正雅」的名稱，但既有「變風」、「變雅」，便預設著先於「變風」、「變雅」之前，已有「正風」、「正雅」的存在。〈毛詩序〉順序討論了「風」、「雅」、

「頌」三者，其本身各有不同的特殊性質。但在討論「變」的觀念時，則是將「變風」與「變雅」二者同時並舉。〈毛詩序〉認爲「變風」、「變雅」之爲變，基本上導源於時代的變動，它與政教的表現方式和風俗的興衰息息相關。依〈毛詩序〉的說法，風、雅的本質，在於反映和影響現實的政教，離開了這個基礎，便失去了風、雅本質。就其創作動機而言，都是吟詠情性，抒發對時代的感受。「正」與「變」的眞正分別，主要繫於時代的正或變：能夠充分表現禮義教化的王道的時代是正，「王道衰，禮義廢，政教失，國異政，家殊俗」的時代是變。反映時代之正及其所表現的禮義教化的風、雅，就是「正風」、「正雅」，反映時代之變及其所缺乏的禮義教化，冀能使時代復歸於禮義教化之正的風、雅，就是「變風」、「變雅」。

　　由此來看〈毛詩序〉的風雅正變觀，由於立基於先王之德澤，止於禮義，所以正風與變風、正雅與變雅，它們的精神是相同的，教化的功能也是相同的。「正」、「變」的精神雖然相同，但由於從反映時代出發，「正」、「變」分別透過不同的方式，宣揚先王之德與發揮教化之功。正風正雅得時代之正，躬逢禮義之盛，所以詩人較能表現中正平和之情；而變風變雅得時代之變，詩人面對亂離，不能不有慷慨激昂，或以個人情思寄託家國之感的表現。所以「正」、「變」的不同，源於時代興衰對風雅的制約，時代不同，風雅所描述的對象不同、抒發的情感有別，使用的手法也不相同。順著這一條思路推論下去，則可以一層一層擴大到體裁、風格等文體上的不同。不過，若究其基本精神、創作目的與功能等，二者是相同的。所以，風、雅的「正」與「變」並不牽涉到詩歌的評價問題。

二、《原詩》的正變

　　《原詩》內篇第一則描述了歷代詩歌變遷的大略：

　　　　三百篇一變而爲蘇李、再變而爲建安、黃初⋯⋯一變而爲
　　　　晉⋯⋯其間屢變⋯⋯迄唐⋯⋯勢不能不變，小變于沈、宋

> 雲龍之間，而大變于開元天寶。……宋……蘇舜欽、梅堯
> 臣出，始一大變。(《清詩話》下，頁695)

這段文字說明詩歌不斷在變遷之中。然而，一般在談到「歷史」或「變遷」的時候，基本上只涉及演變本身，也就是說，這時所說的「變」是一個獨立的概念，不是與「正」相對而言的。但《原詩》所說的「變」，卻是相對於「正」而言的，如果沒有「正」做為衡量的基準，也就沒有「變」可言。「正」既然是衡量的基準，便有典範的意味，而「變」就是對典範的革新。從中國詩歌歷史來看，「變」不僅是對典範的革新，而且常常取代舊有的典範而成為新的典範，所謂「變而為建安黃初」、「變而為晉」等，其中「變」是指對舊有典範的革新，而「為建安黃初」、「為晉」等，就是新典範的成立。

因此詩之正變，簡單地說，就是新舊典範的交替。凡符合典範原則的，可以稱為「正」；凡符合革新原則的，可以稱之為「變」。但當「變」可以取代舊的典範而成為新的典範的時候，「變」就不僅符合革新原則，而且也包含典範的價值性。如此一來，便形成了一「正」一「變」，「變」復歸於「正」的正變循環。

至於造成詩歌新變的，是詩人之力，所謂「豪傑之士未嘗不隨風會而出，而其力則嘗能轉風會。」(《原詩》內篇，第一則，《清詩話》下，頁 699)但詩人並非無由而變，乃是為了救衰而變，《原詩》內篇第一則：

> 相沿久而流于衰，後之人力大者大變，力小者小變。(《清詩
> 話》下，頁700)

舊有典範因相沿日久而衰，詩人為了救「正」之弊不能不變，換句話說，變是為了救衰復盛，只有「變」，才有可能成就新的「正」。然而，並不是所有的「變」都可以成為新的「正」。《原詩》內篇第一則：

> 其間或有因變而得盛者，然亦不能無因變而益衰者。(《清詩
> 話》下，頁702)

新典範的成立，不僅是對舊典範的革新，而且必需達成由衰復盛的效

果和目的。所以相對於「正」來說的「變」，並不是無目的的改變。不僅有目的，而且有條件。《原詩》內篇第二則：

> 則夫作詩者，既有胸襟，必取材于古人，原本于三百篇楚騷，浸淫于漢魏六朝唐宋諸大家，皆能會其指歸，得其神理，以是爲詩，正不傷庸，奇不傷怪，麗不傷浮，博不傷僻，決無剽竊吞剝之病。……既有材矣，將用其材，必善用之而後可。……而徐以古人之學識神理充之，久之，而又能去古人之面目，然後匠心而出。……變化而不失其正，千古詩人，惟杜甫爲能。（《清詩話》下，頁 706～8）

上列所引《原詩》是從取材於古人到去古人之面目，其間變化而不失其正的過程。從正變循環的角度來說，「變」是對舊有典範的革新，但能夠成就新的「正」的革新，必需符合一個條件，就是新的詩歌是取材於舊有的典範然後出之爲新，雖然出之爲新，但由於取材於古人，古人的指歸神理，均已內在化於新的作品中，所以雖變而正、奇、麗、博，不淪於庸、怪、浮、僻，是所謂「變化而不失其正」，如此才能取代舊有的典範成爲新的典範，也就是新的「正」。

　　所以，「正」不但具有「典範」這種形式的意義，而且具有一明確的實質內容。「不失其正」的「正」，指的是歷代詩人作詩之指歸神理，也就是詩歌創作的精神與宗旨。詩歌的宗旨是「溫柔敦厚」之意，也就是詩之「本」。（關於《原詩》中的詩之「本」的意義，在本章第三節〈詩之本末〉中有比較詳細的分析說明。）因此所謂新舊典範的交替，除了文辭、風格、體制等各方面的新變以外，必需不失「溫柔敦厚」之意，「變」才能救「正」之弊而復盛，否則便不免於「因變而益衰」（《原詩》內篇，第一則，《清詩話》下，頁 702）所以，在復盛的目的下講「變」，「變」必須符合一個條件，這個條件是變而不失其正的「本」。「本」是詩人歷代相傳的「溫柔敦厚」之意，此意是歷代典範不可或缺的要素。這個要素是不變的，含有此不變之意的「變」，才有可能救衰復盛。因此，「正變」中的「變」不僅包含「變」

的方面，還包含了不變的方面。

「變」既然是有目的、有條件的，自然就有方向。不論如何新變，總是朝著「踵事增華」的方向前進。《原詩》內篇第一則：

> 大凡物之踵事增華，以漸而進，以至于極，故人之智慧心思，在古人始用之，又漸出之，而未窮未盡者，得後人精求之，而益用之出之。乾坤一日不息，則人之智慧心思，必無盡與窮之日。（《清詩話》下，頁 697）

《原詩》認為，人類的智慧、心思，及一切文明，是隨著歷史的推衍，不斷被發掘出來的，前人未發掘的，後人便努力發掘出來。因此時代愈後，人類的智慧、心思，及一切文明，便愈精細複雜。詩歌現象也是如此。《原詩》從具體詩歌作品來考察，自「虞廷喜起之歌」，到三百篇，到漢、魏、唐、宋之詩，詩歌從大體規模結構的形成，到細部的講究，詩人從各種角度發現詩歌的可能性，並自覺地精益求精，將其可能發揮到極致，這種發展的方向，便是「踵事增華」。而其結果，便是詩歌日益複雜趨新，而且多樣化與個別化。不過，詩歌的踵事增華、千變萬化，並不是以醜怪為尚，同一則：

> 叛于道，戾于經，乖於事理，則為反古之愚賤耳，茍於此數者，無尤焉。（《清詩話》下，頁 697）

就是說僅管詩歌越來越複雜工巧，但還是必須在「溫柔敦厚」之正的制約之下，才不會偏離正道，流於盲目的、無意義的反古。

此外，典範交替是以「變」為主因，因為所有的「正」無不來自於救衰復盛的「變」，有救衰復盛的「變」，才有新的「正」，有「正」，尚待詩人之力隨風會而出才能有「變」。所以典範的交替以「變」為關鍵，而「變」的來源又是詩人。《原詩》內篇第一則：

> 或一人獨自為變，或數人而共為變。（《清詩話》下，頁 702）

這段話在全文中雖是描述韓愈以後的詩歌歷史狀況，但具有普遍的意義。一位詩人，或數位詩人共同的力量，都有可能推動詩歌的演變。詩歌演變的動力來自詩人，演變的大小幅度也由詩人決定，《原詩》

內篇第一則：

> 力大者大變，力小者小變。(《清詩話》下，頁700)

又說：

> 小變于沈宋雲龍之間，而大變于開元、天寶。(《清詩話》下，
> 頁695)

所以每一次典範交替的幅度大小並不能預知，完全視詩人之力而定。除此之外，典範交替也沒有一定的頻率，《原詩》內篇第一則：

> 或數十年而一變，或百餘年而一變。(《清詩話》下，頁702)

端賴有才力的詩人的出現，時間不定，純粹是歷史的機運。

綜合上述，「正變」是在「溫柔敦厚」之意的貫注中，新舊典範朝著踵事增華的方向互相交替的過程，形成「正」與「變」的循環。正變循環的來源是詩人，演變的幅度大小與時間距離也由詩人的才力及出現的時間決定。但有意義的「變」在詩歌的宗旨或精神上與「正」既無分別，則「變」的主要表現就在於文辭。當然，以文辭為核心的「變」始終不能違反「溫柔敦厚」之意。

三、〈毛詩序〉的正變與《原詩》的正變的關係

以上我們對〈毛詩序〉所談到的風雅正變，以及《原詩》所談到的《詩經》風雅以下的後代詩歌歷史所表現的正變分別做了說明，現在我們可以考察兩者的關係。一、風雅正變是就詩歌內容所反映的時代來分別，風、雅的內容所反映的時代是正，就為正風、正雅；風、雅的內容所反映的時代是變，就為變風、變雅。因此可以從內容所反映的時代判斷正變。而後代詩歌的正變以詩歌本身為辨別的對象，一個新的詩歌典範取代了一個舊的詩歌典範，取代舊典範的新典範因為對舊典範有革新，所以是「變」，被新典範所取代的舊典範，因為是在被新典範取代之前的原有的典範，所以是「正」。但今天被新典範取代的「正」，是昨天的「變」，今天取代舊典範的「變」，是明天的「正」。所以後代詩歌的正變是相對而言的，沒有永遠的「正」，也沒

有永遠的「變」。但所有的「正」都是經由「變」才成為新的「正」，「正」必然包涵著「變」的性質。二、風雅正變雖然在內容上所反映的時代不同，但正風正雅反映王道時代的禮樂教化，變風變雅也以「止乎禮義」為依歸，所以到了《禮記‧經解篇》，便直接以「溫柔敦厚」的詩教來解釋詩歌的功能。而後代詩歌雖然不斷有新舊典範的交替，但詩歌典範不論如何的新變，也不能脫離「溫柔敦厚」之意的本體。後代的「溫柔敦厚」是從《詩經》風雅演化出來的，所以後代詩歌雖然不斷有新的典範取代舊的典範而成為新的「正」，但必需承認《詩經》風雅是作為根本的「正」。這就是我們下一節所要討論的詩歌源流、本末和盛衰。

第二節　詩之源流、本末和盛衰

一、詩之源流

　　《原詩》關於「正變」的討論，核心在於詩歌歷史的基本原則的說明。原則是普遍的。普遍的原則落實在具體世界時，就會有不同的表現。《原詩》內篇第一則不但說明詩史的原則，還描述了這原則呈現於中國詩歌史中的具體狀況：

> 且夫風雅之有正有變，其正變係乎時，謂政治風俗之由得而失，由隆而污，此以時言詩，時有變而詩因之，時變而失正，詩變而仍不失其正，故有正無衰，詩之源也。吾言後代之詩，有正有變，其正變係乎詩，謂體格、聲調、命意、措辭，新故升降之不同，此以詩言時，詩遞變而時隨之，故有漢魏六朝唐宋元明之互為盛衰，惟變以救正之衰，故遞衰遞盛，詩之流也。（《清詩話》下，頁699）

《原詩》先將中國詩歌歷史大分為兩階段：「源」、「流」。以風雅為代表的《詩經》時期是「源」；自漢至明的時期是「流」。「源」、「流」的分別在於「源」有盛無衰，「流」則有盛有衰。推究詩之源有盛無

衰的原因，在於風雅有正有變，風雅正變以時代興衰爲根據，但不論時代如何，詩且能變而不失其正，所以有盛無衰。至於詩之流也有正變，但正變的分別不同於風雅之以時代爲準則，而是以詩歌本身的表現爲準則。自漢至明，詩歌在體格、聲調、命意、措辭等方面都有變化。這些變化中，可以看出詩歌典範的交替和盛衰。在這裡必須強調的是：《詩經》是詩之源，詩之源雖有正變，但有盛而無衰；後世詩歌是詩之流，詩之流也有正變，且有盛有衰。然而，並不是說源等於盛，流等於衰，也不是說，正等於盛，變等於衰。《原詩》內篇第一則就明白指出：

> 不得謂正爲源而長盛，變爲流而始衰。（《清詩話》下，頁700）

由此可以看出，《原詩》裏的「源流」、「正變」、「盛衰」，三組關係雖然密切，但屬於不同的範疇。

「源」是要指出一個具體的詩歌歷史中的源頭，不但是這個具體歷史的開端，也同時是這個歷史的原始的、恆久的典範。在中國的詩歌史上，《詩經》就是這個源。「流」則是從「源」衍生出來的，魏、晉、唐、宋的詩歌就是「流」。這就是《原詩》內篇第一則所說的：

> 從其源而論，如百川之發源，各異其所從出，雖萬派而皆朝宗于海，無弗同也；從其流而論，如河流之經行天下，而忽播爲九河，河分九而俱朝宗于海，則亦無弗同也。（《清詩話》下，頁699～700）

流發源於源，流所取於源的各有各的不同，但最後都以朝向大海爲歸趨；源演變爲流，源所演出的流各有各的不同，但最後也以朝向大海爲歸趨。

作爲「源」、作爲原始典範的《詩經》，並沒有盛衰正變（典範交替的正變）可言，而本身卻是衡量後世詩歌盛衰正變的準繩。「正變」、「盛衰」，基本上都是就詩之流而言的。詩之流有盛有衰（盛衰的意義，在以下第四節中有較詳細的說明），衰則求「變」。新的典範一旦建立起來，就成了「正」。「正」始而盛，繼而衰，衰而變。在這個意

義下，詩歌史可說是詩歌典範的盛衰史。這就是《原詩》內篇第一則所說的：

> 正之積弊而衰也。……惟正有漸衰，故變能復盛。（《清詩話》
> 下，頁 700）

綜上所述，《詩經》是詩之源，有盛無衰；後代詩歌是詩之流，有典範交替的正變循環，有盛有衰。

二、詩之本末

　　《原詩》沒有對「本末」一詞做直接的解釋，但可以相信《原詩》內篇第一則所講的「體用」就是「本末」。這是從「本末」出現的文脈所能推知的。《原詩》中只有兩則提到「本末」。在《原詩》第一則裡「本末」一共出現了四次：

> 而要之詩有源必有流，有本必達末。又有因流而溯源，循
> 末以返本。……既不能知詩之源流本末正變盛衰互爲循
> 環。……而辨其詩之源流本末正變盛衰互爲循環。（《清詩話》
> 下，頁 693）

在這一則裡，「本末」兩次與源流正變盛衰並舉，可見這組觀念確是《原詩》的基本範疇之一。另外兩次則聯繫著「源流」來說；「源」與「本」對應，而「流」與「末」對應。從上一節的分析，已知「源」指的是《詩經》，「流」指的是後世詩歌的發展演變。而《原詩》內篇第一則談體用，也正是以《詩經》爲基礎的：

> 或曰：溫柔敦厚，詩教也，漢魏去古未遠，此意猶存，後
> 此者不及也。不知溫柔敦厚，其意也，所以爲體也，措之
> 於用則不同，辭者，其文也，所以爲用也，返之於體則不
> 異。漢魏之辭，有漢魏之溫柔敦厚；唐宋元之辭，有唐宋
> 元之溫柔敦厚。（《清詩話》下，頁 698）

「溫柔敦厚」是傳統對詩歌精神的看法。《禮記·經解篇》：「其爲人也溫柔敦厚，《詩》教也。」這段話雖是針對《詩經》而說，但也成爲後代對詩歌功能的傳統看法。因爲詩歌可以使讀者在閱讀吟誦的過程

中，性情歸向寬和厚實，所以認為詩歌具有「溫柔敦厚」的教化功能。

　　《原詩》以「溫柔敦厚」的詩教功能做為詩歌的本體，也就是《詩經》為「源」、為原始典範的本質，這就是「詩之體」、「詩之本」。所謂「詩之流」、「詩之用」、「詩之末」，則是後世不斷地以不同的文辭風格來表現和達成這「溫柔敦厚」的詩教。漢、魏、唐、宋、元之詩，在文辭風格上各有不同的面貌，但在溫柔敦厚的詩教方面卻是共同的。從這個意義來看，漢魏之辭、唐宋元之辭，並不因時代遠近而有異，不能說漢魏之辭去古未遠，便有「溫柔敦厚」之意，唐宋元之辭去古較遠，便失「溫柔敦厚」之意。也就是說，去古之遠近，並不能作為衡量詩歌高低的標準。在《原詩》外篇下第十三則裡，就運用一個具體的例子來說明這點：

> 論者謂晚唐之詩，其音衰颯。然衰颯之論，晚唐不辭；若
> 以衰颯為貶，晚唐不受也。……晚唐之詩，秋花也，江上
> 之芙蓉，籬邊之叢菊，極幽豔晚香之韻，可不為美乎。夫
> 一字之褒貶，以定其評，固當詳其本末，奈何不察而以辭
> 加人，又從而為貶乎。（《清詩話》下，頁754）

這一則是《原詩》為晚唐詩歌辯護，有些詩評家以「衰颯」為由貶抑晚唐詩歌成就，《原詩》認為這是不妥的，應當「詳其本末」然後定評。這就意味著以衰颯貶晚唐是不詳於本末的，本是「溫柔敦厚」之意，末是文辭音調，只要沒有捨本逐末，文辭之用各代各有不同，不應以衰颯為由來貶低晚唐詩。

三、詩之盛衰

　　「盛」、「衰」交替是詩歌歷史的規律之一。《原詩》內篇第一則：

> 歷考漢魏以來之詩，循其源流升降，不得謂正為源而盛，
> 變為流而始衰。惟正有漸衰，故變能啟盛。如建安之詩，
> 正矣盛矣。相沿久而流于衰。後之人力大者大變，力小者
> 小變。六朝諸詩人間能小變，而不能獨開生面。唐初沿其
> 卑靡浮豔之習，句櫛字比，非古非律，詩之極衰也。……

> 盛唐諸詩人，惟能不爲建安之古詩，吾乃謂唐有古詩。若
> 必摹漢魏之聲調字句，此漢魏有詩而唐無古詩矣。（頁700）

任何一個時代的詩歌典範，都會由盛變衰。然而，《原詩》只有再三
肯定了詩歌典範盛而衰，衰而盛的必然趨勢，並沒有直接說明盛衰的
分野在哪裡。從以上的引文看來，《原詩》的意思大概是當一個詩歌
典範已經不再能夠「獨開生面」的時候，就是衰，能夠「獨開生面」
就是盛。一旦無法再「獨開生面」，就必須求變。能變，才可能再「獨
開生面」，開出新的典範來，再次啓盛。《原詩》提出這樣的盛衰觀，
主要是在說明詩歌典範的時代先後與其盛衰是沒有必然關聯的。無論
認爲「在前者爲盛，在後者爲衰」或「後者之居于盛，而前者反居于
衰」，都是一偏之論。《原詩》內篇第九則：

> 夫自三百篇而下，三千餘年之作者，其間節節相生，如環
> 之不斷，如四詩之序，衰旺相循而生物而成物，息息不停，
> 無可或間也。吾前言踵事增華，因時遞變，此之謂也。故
> 不讀明良擊壤之歌，不知三百篇之工也，不讀三百篇，不
> 知漢魏詩之工也，不讀漢魏詩，不知六朝詩之工也，不讀
> 六朝詩，不知唐詩之工也，不讀唐詩，不知宋與元詩之工
> 也。夫惟前者啓之，而後者承之而益之，前者剏之，而後
> 者因之而廣大之，使前者未有是言，則後者亦能如前者之
> 初有是言，前者已有是言，則後者乃能因前者之言而另爲
> 他言。總之，後人無前人，何以有其端緒，前人無後人，
> 何以竟其引伸乎。（頁728～9）

《原詩》以詩歌源流、本末、正變、盛衰建立它的詩史觀，這四組詩
歌歷史的範疇，雖然各有說明的重點，但詩歌本末、正變、盛衰的現
象都在詩歌源流中展現，所以要從詩歌源流來一一地看本末、正變、
盛衰現象。而在詩之源與詩之流中，又以詩之源爲導出。詩之源指《詩
經》，《原詩》以《詩經》爲中國詩歌的歷史起點，同時因爲《詩經》
有正有變，又能變而有本，不失其正，所以有盛無衰，是中國詩歌的
價值根源與典範。後代詩歌從詩之源演化而出，一方面不能脫離《詩

經》的歷史淵源，所以有相似的地方。另一方面以《詩經》為價值根源與典範，所以要加以取法。

　　詩之流要取法於《詩經》的是什麼呢？詩之源與詩之流的最大不同，在於詩之源只有盛，詩之流卻有衰，而詩之流的盛衰則取決於本末、正變。雖然風雅與後代詩歌各有正變，但風雅正變從時代而言，並且變而不失其本，所以無衰；後代詩歌正變從詩歌本身言，正不免積久而衰，此其一。既衰而變，又變而或失其正，則益衰，此其二。因此詩之流一不可膠固不變，積久必衰，二不可變而失本，則益衰。盛衰是受到本末、正變的影響，詩之流要救衰復盛，應該取法《詩經》的變而不失其本，所以詩之源流雖各有正變，但《詩經》是根本的「正」。《原詩》就是從這樣的歷史教訓中，發展批評的標準，並以此指導創作，建構以詩史觀為基礎的整體理論。這是《原詩》在第一則中開宗明義，說明詩歌源流、本末、正變、盛衰的意義，而從這裏我們可以說《原詩》具有濃厚的歷史意識的特質。而《原詩》就是在這樣的基礎上，發展對創作與批評的看法。

第四章　《原詩》對創作的看法

第一節　創作活動與創作條件

一、創作活動的起點與基礎

　　上一章我們論述了《原詩》的詩史觀，《原詩》對創作與批評的看法都以此爲基礎而開展。這一章我們就論述以詩史觀爲基礎的《原詩》對創作的看法。關於創作的起源，在《原詩》內篇第一則中已有所說明：

> 必先有所觸以興起其意，而後措諸辭，屬爲句，敷之而成章。當其有所觸而興起也，其意其辭其句，劈空而起，皆自無而有，隨在取之于心，出而爲情、爲景、爲事，人未嘗言之，而自我始言之，故言者與聞其言者，誠可悅而永也。（《清詩話》下，頁696）

所謂「有所觸以興起其意」，是詩歌創作的開端，而從「有所觸」到「興起其意」，可能只是一瞬間的事，這一瞬能夠決定進入創作過程的關鍵的，是詩人因有所感觸而興起的「意」。從《原詩》對詩歌本末的本即「溫柔敦厚」之意的規定來看，千古詩歌皆應以「溫柔敦厚」之意爲體，因此詩歌創作的開端不能脫離「溫柔敦厚」之意。另一方面，詩歌雖然不能違背「溫柔敦厚」之意，但在文辭上又必需具備創

造的性質，才能在正變交替中維繫詩道於不墜，所以一切「劈空而起，皆自無而有」，別人不曾發現的，不曾說過的，而「自我始言之」，所以詩歌創作又具有濃厚的創造性與個別性。

從興起其意到措辭爲句，詩歌創作雖然自無而有，但從無到有卻是有基礎、有根據的，《原詩》內篇第二則：

> 詩之基，其人之胸襟是也。有胸襟然後能載其性情、智慧、聰明、才辨以出，隨遇發生，隨生即盛，……一一觸類而起，因遇得題，因題達情，因情敷句。（《清詩話》下，頁704）

所謂胸襟，是指詩人對宇宙萬物的感受力。在創作活動的過程中，「因遇得題」、「因題達情」、「因情敷句」，都以胸襟爲基礎。首先，詩人的感受力如果活潑躍動，會隨著所處情境有所觸發，善於發現可以運用的創作題材，這就是「因遇得題」，就是創作活動的開始；反之，詩人如果沒有胸襟，如同槁木死灰，創作活動便無法展開。其次，詩人要通過題材以表達情意，這就是「因題達情」；情意是高邁或淺俗，決定於詩人胸襟的開闊或淺狹。再次還要將情意客觀化爲語言，就是「因情敷句」；這則和詩人的主觀創作條件有關（詩人的主觀創作條件是識、才、膽、力，這將在下面詳細說明）。而主觀創作條件的培養是在詩人胸襟的基礎上所展開的，詩人若無胸襟，不能掌握學習涵養的契機，創作條件必然薄弱。

胸襟和主觀創作條件雖然都有天賦的因素，但也可以透過培養而得到增進。因爲詩人若能掌握胸襟對宇宙萬物感受的契機，可以透過學習，累積學養與開發智慧。所謂「取材於古人」，〔註1〕從古人的歷史遺產中，提鍊精華，充實創作條件，開拓自身的視野。由於學養智慧等創作條件的增進，詩人對萬物的感受也隨之親切敏銳，胸襟便在

〔註1〕見《原詩》內篇，第一則：「則夫作詩者，既有胸襟，必取材於古人，原本于三百篇楚騷，浸淫于漢魏六朝唐宋諸大家。……故有基之後，以善取材爲急急……如醫者之治結疾，先盡其宿垢，以理其清虛，而徐以古人之學識神理充之。」意謂古人的學識神理，可以充實我們的創作條件，擴大我們的胸襟。

無形中得到進一步的拓展，而胸襟的拓展又可以增進創作條件。胸襟與創作條件便如此互相開發。因此胸襟是詩歌的基礎，有胸襟，才能在有所觸的情境中興起其意，然後再透過胸襟所培養的主觀創作條件，措辭屬句、敷而成章。如此，詩人的性情、智慧、聰明、才辨等可以發用表現，否則詩人的才性全都壓抑不出。創作活動在胸襟的基礎上開展，從「因遇得題」，到「因情敷句」，可以從詩人以及所以觸興詩人之意的外在環境兩方面來說，這就是創作活動的主客觀條件。

二、創作活動的條件

《原詩》內篇第七則：

> 曰理、曰事、曰情，此三言者所以窮盡萬有之變態。……
> 曰才、曰膽、曰識、曰力，此四言者所以窮盡此心之神
> 明。……以在我之四、衡在物之三、合而為作者之文章。(《清
> 詩話》下，頁 714)

詩歌創作有客觀條件與主觀條件。客觀條件是就上述創作活動發端中可以觸發詩人之意的外物這一方面來說的；主觀條件則是就上述創作活動發端中對外物有所感受的詩人這一方面來說。外物必定具有「理、事、情」，所以能提供詩人創作的對象；詩人則必需具有「識、才、膽、力」，才能依據創作所涉及的對象開創詩歌歷史。所以兩者不可缺一。

甲、『理、事、情』的意義及其對詩歌作品的制約

關於「理、事、情」的意義，《原詩》內篇第四則用草木的比喻來說明：

> 曰理、曰事、曰情三語，大而乾坤以之定位，日月以之運行，
> 以至一草一木一飛一走，三者缺一、則不成物。文章者，所
> 以表天地萬物之情狀也，然具是三者，又有總而持之，條而
> 貫之者，曰氣。事理情之所為用，氣為之用也，譬之一木一
> 草，其能發生者，理也；其既發生，則事也；其既發生之後，
> 天喬滋植，情狀萬千，咸有自得之趣，則情也。苟無氣以行

之，能若是乎。又如合抱之木，百尺干霄，纖葉微柯，以萬
計，同時而發，無有絲毫異同，是氣之爲也。苟斷其根，則
氣盡而立萎，此時理事情俱無從施矣。吾故曰：三者藉氣而
行者也。得是三者，而氣鼓行于其間，絪縕磅礡，隨其自然，
所至即爲法。（《清詩話》下，頁711）

《原詩》認爲，理、事、情足以窮盡萬有之形態，萬事萬物皆可以此
解釋。詩歌的創作對象如此，詩歌作品也是如此。它以草木爲比喻，
說明「理」是萬事萬物之所以可能的形上原理，例如草木，草木有可
以發生滋長的原理，由這個原理決定了草木有發生滋長的狀態；「事」
和「情」是以「理」爲根據的現實世界，其中「事」，側重於萬事萬
物的基本性質；「情」，側重於萬事萬物的個別樣貌，例如草木既有發
生滋長的原理，便在現實中表現出發生滋長的狀態，這是「事」，而
所有的草木不離發生滋長的事實，卻又各有姿態，情狀萬千，這是
「情」。草木如此，無事無物也不具備以上形上原理、基本性質、及
各別樣貌三者。同時，理、事、情三者間有「氣」來條貫總持。「氣」
的作用，是使得理、事、情三者能夠統合爲一個事物的三個面向的原
因，所以「氣」是萬事萬物的實現原則。做爲創作的客觀條件的萬事
萬物，無不由「理」、「事」、「情」，透過「氣」的作用而存在，詩人
對創作所涉及的對象的掌握，亦無不透過對理、事、情的了解而來。
由於創作所涉及的對象具有理、事、情的條件，所以可以被詩人所觸
遇、所感知、所描寫。

理、事、情不僅是創作的客觀條件，而且詩歌創作活動中，創作
所涉及的對象的理、事、情對詩歌作品是有制約作用的。詩歌作品也
屬於萬事萬物的範圍，所以也具有理、事、情。詩歌作品的理、事、
情是依據創作所涉及的對象而來的，這是創作所涉及的對象的理、
事、情，詩歌作品有不同於創作所涉及的對象的理、事、情，詩歌作
品才是現實中獨特的存在。如果詩歌作品的理、事、情與創作所涉及
的對象的理、事、情完全等同，詩歌作品就沒有存在的價值。《原詩》

內篇第八則：

> 惟不可名言之理，不可施見之事，不可逕達之情，則幽渺
> 以爲理，想象以爲事，惝恍以爲情，方爲理至事至情至之
> 語。(《清詩話》下，頁727)

詩歌作品的理、事、情雖然不完全等同於創作所涉及的對象的理、事、情，但卻能將創作所涉及的對象的理、事、情昭然不差的表現出來。通過詩人表現出來的對象的理、事、情，不是一般人所能說的，如果是一般人所能說的，那麼詩人和一般人又有什麼分別呢？詩人所表現的創作所涉及的對象的理、事、情，是「不可名言之理，不可施見之事、不可逕達之情」，詩人透過獨特的創作心靈，創作出「幽渺以爲理，想象以爲事，惝恍以爲情」的詩歌作品的理、事、情，這是不可名言的，不可施見的，不可逕達的。它不是創作所涉及的對象的理、事、情的複製，但又將創作所涉及的對象的理、事、情昭然不差地表現出來，所以是「理至事至情至之語」。「理至事至情至之語」是詩歌的極致，「當乎理、確乎事、酌乎情」是詩歌創作的法則，(這在本章第二節中將會說明)這些都是客觀條件在詩歌創作上的制約與實現。

乙、主觀條件：『識、才、膽、力』

關於創作的主觀條件，《原詩》內篇第七則：

> 曰才、曰膽、曰識、曰力，此四言者所以窮盡此心之神明，
> 凡形形色色，音聲狀貌，無不待于此而爲之發宣昭著，此
> 者在我者而爲言，而無一不如此心以出之者也。(《清詩話》
> 下，頁714)

《原詩》認爲，創作活動的主觀因素，是詩人的「心」。虛靈的「心」是創作活動的主體。由於「心」是虛靈的，所以才可能將心所感觸到的形形色色表現出來。「心」這種功能，表現爲「識」、「才」、「膽」、「力」等四個方面，《原詩》從這四者來說明創作的主觀條件。

首先，我們根據下列《原詩》內篇第七則，來探討「識」的意義：

一、我之命意發言，一一皆從識見中流布。(《清詩話》下，頁717)

二、惟有識，則是非明、取舍定。……不隨世人腳跟，不隨古人腳跟。(《清詩話》下，頁716)

四、識為體而才為用。若不足於才，當先研精推求乎其識。(《清詩話》下，頁714～5)

五、識明則膽張，任其發宣而無所於怯。(《清詩話》下，頁717)

六、無識而有膽，則為妄、為鹵莽、為無知，其言背理叛道，蔑如也。(《清詩話》下，頁722)

七、無識而有力，則堅僻、怪誕之詞，足以誤人而惑世。(《清詩話》下，頁722)

根據上引《原詩》原文，「識」的基本意義有二：第一、「識」是「識、才、膽、力」四者的根本。上列第一段說明「識」是詩歌創作的根本，第三段、第四段，分別從「識」與「才」、「識」與「膽」的關係，進一步補充說明這一意義。首先，「識」做為詩歌創作的根本，它的意思是，一切表現都是從「識」這個源頭所流出，舉凡詩歌的主題、內容、涵義、修辭等的經營設計，無不有詩人的「識」做為背後的根據。其次，「識」是根本，「才」與「膽」的發用，都以「識」為根據。就「才」來說，詩人若是才華不足，不應該以為才華是先天所決定，而不圖改善，而應該努力充實做為根本的「識」，「識」的充分涵養，對於詩人才分的擴大，會有一定的幫助。就「膽」而言，「膽」之所以能發揮功能，有賴於「識」的支持，詩人由於有「識」，取捨剪裁才能胸有成竹，表現詩人的個別性，而不受到詩歌本身以外的因素（如詩壇風氣）的干擾。由此可以看出，「識」在詩歌創作的主觀條件中，扮演一個根本的角色。第二、「識」是方向。上列第二段說明「識」是詩歌創作的方向，第五段、六段，分別從「識」與「膽」、「識」與「力」的關係，進一步補充說明這一意義。在創作活動中，詩人胸中也許紛紜雜亂，必須有「識」做為導引，才能去其蕪雜，煉

其精純，把握正確的方向，否則人云亦云，是非不清，也就喪失了創作的本心。至於「膽」與「力」，由於它們本身是沒有方向性的，所以也要有「識」做爲導引，才能在適當的地方起作用，發揮正面功能，若沒有了方向，「膽」與「力」只不過盲目蠢動，容易偏離正道。

其次，我們要討論「才」。關於「才」，有五點值得注意：第一、「才」相對於「識」，是一外顯的作用，而以「識」爲根本。第二、「才」的具體表現，就是詩人將他所感知的世界客觀化之後所創作出來的詩歌。《原詩》內篇第七則：

> 至理存焉，萬事準焉，深情托焉，是之謂有才（《清詩話》下，頁718）

詩人能夠將他所觀照到的萬事萬物之「理、事、情」，具體化爲詩歌，是由於「才」的作用。第三、「才」與「膽」的關係，是「膽」有助於「才」的發用。《原詩》內篇第七則：

> 惟膽能生才。（《清詩話》下，頁718）

「才」的發用有時會受到干擾，無法自由自在地表現，所以必須仰賴「膽」，將這些干擾清除盡淨，「才」才能完全充分地發揮。第四、如同「才」與「膽」的關係，「力」也有助於「才」的發用。《原詩》內篇第七則：

> 惟力大而才能堅。（《清詩話》下，頁719）

詩人的才華若要被充分突顯，以至於能夠強化出他與別人有所不同的獨特性，必須仰賴「力」，將詩人的才華，鮮明地表現出來。第五、詩歌的創作規範及技巧，是詩人的「才」在創作實踐中所累積的結果。《原詩》內篇第七則：

> 夫才者，諸法之蘊隆發現處也。（《清詩話》下，頁718）

可見「才」是詩歌創作規範的來源。關於這點，我們將在下面討論「法」的時候再作詳述。

至於「膽」和「力」，雖同是以「識」爲根本而又有助於「才」的發用的因素，但兩者仍有差別。《原詩》內篇第一則：

無膽則筆墨畏縮。(《清詩話》下,頁 703)

簡單地說,在創作活動中,「膽」以「識」爲根據,幫助詩人的「才」順利地發揮,類似一種催化、輔助的要素。又,《原詩》內篇第一則:

無力,則不能自成一家(《清詩話》下,頁 703)

如果說「膽」是類似催化的要素,那麼「力」就類似強化的要素。它的功能,是在創作活動中,以「識」爲根據,強化詩人的「才」,從而表現詩人鮮明的藝術個性,樹立詩人特殊的風格。

丙、創作條件的特色

縱觀《原詩》對客觀條件與主觀條件的說明,有兩大特點:第一、在主觀條件「識、才、膽、力」四者中,「識」與「才」在歷代詩論中,已得到相當的重視;「膽」與「力」的提出,則可說是《原詩》的創見。〔註2〕《原詩》之所以會在創作論上提出「膽」與「力」,是從它的詩史觀引生出來的結果。由於《原詩》的詩史觀主張詩歌演變的規律,是正變循環,並且強調,「正」相沿日久,不免流於衰弊,所以必須「變」,唯有「變」,才有可能由衰起盛。因此,「變」是詩歌發展的必要因素,有「變」,才有發展,才有歷史。「膽」與「力」,便是在「變」的要求下特別提出的創作條件。由於詩人從事創作時,不能不受到詩歌傳統及當代風氣的限制,詩人若要帶動詩歌的演變發展,便不能沒有與詩歌傳統及當代風氣有所不同的創新膽量,即這裡所說的「膽」。此外,詩人不僅要有創新的膽量,還要能強化其創新,使創新鮮明,自成一家面目,得到應有的重視,才不至於在詩歌傳統及當代詩風的籠罩下淹沒不彰,這就是所謂的「力」。「膽」與「力」兩者結合,才能產生「變」。有「變」,詩歌歷史才有可能向前推進。不過,「變」雖是詩歌發展的必要條件,卻不必然是進步的。一方面詩人要具有能夠維繫詩歌「溫柔敦厚」之體的「識」,也就是所以能變化而不失其「正」的依據;另一方面還要具備將內在的「識」客觀

〔註2〕請參閱王策宇《《原詩》析論》,高雄師範大學國文研究所,民國 77 年 6 月碩士論文。

化為語言的「才」，才能推動詩歌的發展與進步。由此可見，《原詩》在它的詩史觀的基礎上所提出的創作觀的四項主觀條件，都表現出《原詩》的正變觀與創作的密切關係。

第二、《原詩》將宇宙萬物歸納在一個「理、事、情」的普遍模型中，從引發創作的事物到創作的成品無不可以「理、事、情」的模型來解釋。在創作過程中，詩人透過主觀條件識、才、膽、力的作用，將創作所涉及的對象的理、事、情收攝、處理，客觀化為「理至、事至、情至之語」。有些學者認為《原詩》對創作的看法是唯物主義的表現或具有唯物主義傾向，如張文勛先生〈葉燮的詩歌理論〉一文：〔註3〕

> 他從樸素的唯物主義出發，從主觀和客觀兩個方面闡述了詩歌創作的必備條件。

又如成復旺先生在〈對葉燮詩歌創作論的思考〉一文中說道：〔註4〕

> 葉燮的《原詩》以其唯物主義思想傾向，受到一些學者的重視。

以「唯物主義」這類名稱來形容文學理論或文學思想是否相干暫且不論，張、成二文之所以用這個名稱來說明《原詩》對創作的看法，是認為葉燮偏重於創作所涉及的對象的理、事、情；這種觀點顯然是不妥的。因為創作所涉及的對象縱使具有理、事、情，但詩歌「理至、事至、情至之語」，是透過詩人主觀條件的作用而呈現，所謂「理至、事至、情至之語」，是「幽渺以為理，想象以為事，惝恍以為情」。換句話說，詩歌的「理至、事至、情至之語」不是由創作所涉及的對象的理、事、情決定，而是由詩人心靈的作用決定，才能有「幽渺，想象，惝恍」的詩歌理、事、情。所以雖然詩歌不謬於理、不悖於事、可通於情，但詩歌所不謬的是幽渺之理、不悖的是想象之事、可通的是惝恍之情，所以詩人雖然極力要描寫出創作所涉及的對象的理、事、情，但決定詩歌所呈現出來的面貌的，則是詩人。所以即使是以

〔註3〕收在《古代文學理論研究》，上海古籍，1981年2月初版。
〔註4〕見《文學遺產》1986年第5期，中國科學院文學研究所出版。

描寫外物為主要內容的詩歌如應酬詩、遊覽詩等，仍以表現詩人的個別性為創作要素和要求，這種現象最能突出詩人的主體在創作中的地位。《原詩》外篇下第十八則：

> 須見是我去應酬他，不是人人可將去應酬他者。如此便於客中見主，不失自家體段。（《清詩話》下，頁756）

《原詩》外篇下第十九則：

> 又須步步不可忘我是遊山人，然後山水之性情氣象，種種狀貌變態影響，皆從我目所見、耳所聽、足所履而出，是之謂遊覽詩。（《清詩話》下，頁757）

由此可見，詩人主體的獨特性，是詩歌創作的普遍要素，不是任何題材的限制所能取消的。因此，問題可以從兩面來說：「幽渺以為理，想象以為事，惝恍以為情」的詩歌理、事、情，雖然出自詩人的心靈作用，但以能夠傳達創作所涉及的對象的理、事、情為範圍，這是創作所涉及的對象的理、事、情對創作的制約。另一方面，創作所涉及的對象的理、事、情雖然對創作有所制約，但能否創作出「幽渺以為理，想象以為事，惝恍以為情」的詩，則由詩人主觀條件決定。所以客觀條件與主觀條件各有作用，不能過於偏重其中一種。

澄清了《原詩》對創作活動與創作條件的看法，我們就可以進一步探討《原詩》對於詩歌體裁有什麼看法、詩人在實際創作中應該掌握哪些法則、以及詩人在創作時所追求的目標又是什麼。

第二節　詩歌體裁與實際創作的法則

一、體　裁

在《原詩》的觀念裏，體裁是具有穩定性與可變性的結構。結構具有穩定的性質，但並不是一成不變；結構也具有可變的性質，它可以吸收新的元素，並將新的元素內在化為結構內部的成分，但新的元素必須有所節制，才不至於破壞原有結構的可辨識性，否則結構便被

瓦解了。因此我們可以了解，結構的穩定性與可變性不是絕對的，而是相對的。在這個相對穩定與可變的結構中，結構是有選擇地接納一些新的元素，然後完成一個與舊有結構有所不同，但仍能保持原有結構特性的新結構。如果把一個結構視爲一個大類，就可以依據相對穩定性與可變性，細分爲數種小的類別，這就是詩歌的體裁。詩歌創作是在主客觀條件的推動下，將詩人劈空而起的獨特才思，納入體裁中。就《原詩》所提到的詩歌體裁而論，包括了五古、七古、樂府、五律、七律、五排、七絕、遊覽詩、應酬詩等。以下先將《原詩》對這些體裁的說明大要列舉出來。

（一）五古——《原詩》外篇下，第二十二則：

> 五古……畢竟以不轉韻者爲得。若一轉韻，首尾便覺索然無味，且轉韻便以另爲一首，而氣不屬矣。（《清詩話》下，頁759）

《原詩》認爲五古應該是不轉韻的詩體。一轉韻便像分爲二首，首尾無味，而且氣也不相連屬。

（二）七古——《原詩》外篇下，第二十三則：

> 七古即景即物，正格也。盛唐七古，始能變化錯綜。蓋七古直敍，則無生動波瀾，如平蕪一望。縱橫則錯亂無條貫，如一屋散錢。有意作起伏炤應，仍失之板，無意信手出之，又苦無章法矣。此七古之難，難尤在轉韻也。苦終篇一韻，全在筆力能舉之，藏直敍於縱橫中，既不患錯亂，又不覺其平蕪，似較轉韻差易。（《清詩話》下，頁759～760）

《原詩》認爲，即景即物是七古的正格，如果直敍，易失之於板滯；如果縱橫，又易失之於紛雜，所以要在事與文之間求變化；又要在脈絡之間求統一。其中韻尾的經營，可以幫助達成上述的目標，因此七古的轉韻與否，以及幾句一轉，都必須視情形而定，要「轉所不得不轉」。

（三）樂府：《原詩》外篇下，第二十二則：

> 五言樂府，或數句一轉韻、或四句一轉韻，此又不可泥。

> 樂府被管絃,自有音節於轉韻見宛轉相生層次之妙。若寫
> 懷投贈之作,自宜一韻,方見首尾聯屬。(《清詩話》下,頁
> 759)

樂府由於有音樂的成分,所以轉韻也必須與音樂互相配合,以達成婉轉相生的層次感。

(四)五律、七律、五排:《原詩》外篇下,第三十則:

> 五言律句,裝上兩字即七言;七言律句,或截去頭上兩字,
> 或抉去中間兩字,即五言,此近來詩人通行之妙法也。……
> 又凡詩中活套,如剩有無那試看莫教空使還今等救急字
> 眼,不可屈指數。《清詩話》下,頁763)

《原詩》外篇下,第三十一則:

> 五言排律,近時作者,動必數十韻,大約用之稱功頌德者
> 居多,其稱頌處,必極冠冕閎闊大,多取之當事公卿大人先
> 生高閥肩額上四字句,不拘上下中間,添足一字,便是五
> 言彈丸佳句矣。(《清詩話》下,頁764)

《原詩》對這三種詩體,只有消極的說明。簡單地說,《原詩》認為,最不可取的創作,就是將律詩看做一種填字格式,不僅忽略了律詩整體的節奏,也缺乏精煉的詩意,只將一些救急字眼,隨處安排;或將某種詩體固定在死板的格式中,套用一些現成用語,都是《原詩》所極力反對的。

(五)七絕:《原詩》外篇下,第二十七則:

> 李商隱七絕,寄托深而措辭婉,實可空百代無其匹也。(《清
> 詩話》下,頁762)

基本上《原詩》認為七絕有多種表現,如李白、王昌齡各有精到之處,宋人七絕也是各有各的獨特處,但其中以李商隱為七絕的極致,而他之所以百代無匹的原因,在於寄托深遠而措辭委婉。

(六)遊覽詩、應酬詩:(見本章第一節丙創作條件的特色所引)遊覽詩與應酬詩,是以內容為詩體分判的標準,這種詩要以突顯個別情境(包括詩人個別特色)為寫作核心,才能免於千篇一律的危險。

綜上所述，可歸納出《原詩》對詩歌體裁的基本看法：第一、詩歌體裁是在「氣」的屬貫之中完成，「氣」的屬貫可以經由兩種方式達成，其一：韻律與節奏，包括轉韻或不轉韻的靈活運用，如對五古、七古、樂府的說明，都以轉韻為重要問題；其二：脈絡的統一，例如七古，七古即景即物，必需有波瀾、有交錯，但又要在交錯之中自有脈絡，才能屬貫全首，不使散亂。第二、體裁雖具有某一層面的穩定性，但切不可把體裁視為一種死板的格套。詩人必須在體裁的限制中，掌握它的基本節奏與精神，並開展它的可能性，以及發揮詩人的個別性。

縱觀《原詩》對體裁的說明，並不是全面而詳盡地一一細述的講法。《原詩》對體裁的看法是，體裁的存在是事實，詩歌創作確實有一個做為依循的結構，但是這個結構不是死的、僵硬的，而是可以容納一些創新變化，但也不是任意的變，而是有一個隱隱的法度，控制著整體結構的節奏韻律。所以體裁是一個不鬆不緊的結構，無法講得太詳太細，否則就把體裁說死了，但也不能完全不講究，因為這個結構事實上是存在的，否則詩歌就無法成為一個穩定的文藝類別。詩歌在正變循環之中，體裁的結構不鬆不緊，正可以與正變相呼應，每一次的正變循環都繼承了體裁的大結構，而在其中又加入了一些新變的成分。體裁觀念，加上第一節第二點甲所論述的理事情對詩歌作品的制約，便構成了《原詩》對詩法的看法的基礎。

二、死法與活法

劉勰《文心雕龍》的「參古定法」、「術有恒數」等觀念，可以說是提出創作上「法」的問題的開始，它包涵了創作的典範、原則、方法、技巧等範疇。然而到了南宋呂本中提出「活法」，可以說是對「法」的遵循提出了質疑，〈夏均父集序〉：[註5]

> 學詩當識活法。所謂活法者，規矩備具，而能出於規矩之

───────────

〔註 5〕見《中國歷代文論選》，郭紹虞等編，木鐸出版社，民國 70 年 4 月再版。

> 外，變化不測，而亦不背於規矩也。是道也，蓋有定法而
> 無定法，而無定法而有定法。

呂本中提出「活法」，大抵是針對當時由於過度的死守古法而造成創
作上的弊病，也就是詩人的自由創作與遵守規矩無法達成平衡的困
境。「活法」的提出，自然帶動創作上的新觀念，同時也開啓對「法」
的進一步理解。

《原詩》不否認作詩有法，但也認爲詩法不可執守。詩法不可執
守的看法固然來自「活法」的觀念，但也不能因活法的通達而完全無
視於相對於活法而言所謂「死法」的功能。《原詩》認爲詩歌創作之
法可分活法與死法。活法是以詩人所觀照的客觀世界的理、事、情爲
依據，經過詩人的心靈作用加以斟酌剪裁，表現出一個新的秩序而合
乎詩歌理、事、情的詩歌之法。《原詩》內篇第三則：

> 故法者當乎理，確乎事，酌乎情，爲三者之平準，而所自
> 爲法也，故謂之曰虛名。(《清詩話》下，頁 709)

所謂「活法」之「法」，並不是固定不變的律則，而是在如何將理、
事、情做最適切的表達的要求下，詩人隨著心靈對外物的感應，加以
靈活地創造，因此只是一個虛名。

至於「死法」，是在「活法」的使用中，自然形成的一種爲大家
所遵循的共同準則。《原詩》內篇第三則：

> 人見法而適愜其事理情之用，故又謂之曰定位。(《清詩話》
> 下，頁 709)

由於理、事、情雖因對象而不同，但世間之物，畢竟有共通之處、或
彼此類似、或具有內在連繫的關係等種種情形，因此詩人面對這些事
物，自然會有使用相同的創作方式的可能。一種創作方式，由於合乎
理、事、情，久而久之，爲大家所認可、所遵循，共同使用，甚至成
爲規範，是所謂「定位」，也就是「死法」。《原詩》內篇第三則又說：

> 則死法爲定位；活法爲虛名。虛名不可以爲有；定位不可
> 以爲無。不可爲無者，初學能言之；不可爲有者，作者之
> 匠心變化，不可言也。(《清詩話》下，頁 701)

在詩歌創作中，詩人雖然不可無視於「死法」的存在，《原詩》所謂「不可以爲無」，然而畢竟不足以做爲詩歌創作的根本原理，也不足以構成詩歌進步的充分條件，所以凡是只知講求「死法」，而不能依據主觀條件與客觀條件的創作原理，在理、事、情的觀照中，創造新秩序、新規則的，《原詩》認爲只是「三家村詞伯傳之久矣」的小技術。〔註6〕

　　至於「活法」，是在詩人「神明之中，巧力之外」，是技術範疇之外，一種難以用語言說明的心靈作用。然而活法的運用，是在詩歌理、事、情的前提下。詩歌理、事、情先於法，是法的準據，因此《原詩》認爲，如果限囿於「法」，是捨本逐末的作法，所以必須「後法」，唯其「後法」，才能避免爲「法」束限的弊端，也才能維繫「法」的生命與活力。《原詩》內篇第六則：

　　　　余之後法，非廢法也，正所以存法也。（《清詩話》下，頁714）
「後法」是用來「存法」的，而不是「廢法」。

三、質文與自成一家

　　質與文是《原詩》創作觀中的一對基本範疇。《原詩》認爲詩歌是質文的綜合體，而「文」是以「質」爲本的。《原詩》外篇上第三則：

　　　　以愚論之，體格聲調與蒼老波瀾，何嘗非詩家要言妙義，然而此數者，其實皆詩之文也，非詩之質也。所以相詩之皮也，非所以相詩之骨也。（《清詩話》下，頁734）
　　　　數者皆必有質焉以爲之先者也……然必其人具有詩之性情，詩之才調，詩之胸懷，詩之見解，以爲其質，如賦形

〔註6〕見《原詩》內篇，第三則：『而所謂詩之法，得無平平仄仄之拈乎。村塾曾讀千家詩者，亦不屑言之，若更有進，必將曰：律詩必首句如何起，二四如何承，五六如何接，末句如何結，古詩要炤應，要起伏，析之爲句法，總之爲章法，此三家村詞伯相傳久矣，不可謂稱詩者獨得之秘也。』《原詩》認爲格律、章法，都不是法的最高原則。

之有骨焉。(《清詩話》下，頁 736)

體格、聲調、蒼老、波瀾等並不是無根的，而是有詩之質做爲內在的根據。詩之質是什麼呢？是詩人的性情、才調、胸懷、見解。詩之文依附著詩之質而表現於外，所以創作技巧固然要在文辭的經營上研究鍛鍊，但所謂體格、聲調、蒼老、波瀾等詩歌之「文」，是依附於詩歌之「質」上的皮相。學詩者要做文采上的表現，不能不內求於本身的才識，有才識爲骨，文才才有依附的所在。不過，換一個角度來看，詩之「文」也不可完全以詩之皮相來看待，因爲體格、聲調、蒼老、波瀾等詩歌之「文」，不是外鑠的，而是賦形於隱藏在內的骨。詩歌有文有質，不可輕看文，因爲文是有質爲本的。但若求有文，先以識充其才，有質，才會有文。詩人據其質，憑其膽才，在「活法」、「死法」、「後法」、「存法」的運用與平衡中，變化生奇，以達到「自成一家」的目標。

「家」是每個人本具的，《原詩》內篇第七則：

夫家者，吾固有之家也，人各自有家，在己力而成之耳，豈有依傍想象他人之家以爲我之家乎。(《清詩話》下，頁 720)

何謂「自成一家」？第一，要有自我面目。每個人都有自己的面目，但在作品中，有人面目見全，有人面目見半，然未有全不可見者，《原詩》外篇上，第六則：

作詩有性情，必有面目，此不但未盡夫人能然之，并未盡夫人能知之而言之者也。如杜甫……韓愈……蘇軾……面目無不于詩見之。……此外面目可見不可見，分數多寡，各各不同，然未有全不可見者。(《清詩話》下，頁 740)

《原詩》認爲萬事萬物各有理、事、情，「情」就是各別樣貌，對詩人而言，就是各自有家，各有面目。雖然「家」是每個人本具的，問題在於是否能夠充分彰顯。同時成家也並非一蹴可幾，在創作的最初，詩人面目不明，必需以胸襟大量吸收古人的材料，充養自身的內涵，不可依傍他人。既取材於古人，又必需自我鍛鍊，透過識、才、

膽、力的作用，痛去古人之面目，即《原詩》內篇第二則所說的：

　　而又能去古人之面目，然後匠心而出。(《清詩話》下，頁 707)

若能取材於古人，又去古人之面目，則自我面目可見。第二，自我面目可見，就是能夠充分表現詩人的個別性和獨特性，說出前人所未曾說的。因爲能說出前人所未曾說的，才有可能挑戰舊典範、建立新典範，來推動詩歌歷史正變循環。

　　縱觀《原詩》對創作所提出的見解，都是扣著詩歌歷史的正變規律而講的，期望能在詩歌歷史的教訓中，闡發創作的要義與法則。從創作活動的開端，到創作的基礎與條件，到詩歌體裁與創作的法則，最後必然要歸結到詩歌創作的最高準則。而這個最高準則，必需符合詩歌歷史的正變規律，以能夠開創詩歌歷史的新頁爲目標，這就是所謂的「自成一家」。能以新面目開創詩歌歷史，救衰啓盛，維繫詩道於不墜，如此才算是詩歌創作的最高境界與眞正完成。

　　在自成一家的最高準則下，詩歌作品是否具有自我面目自然會成爲評價詩歌和詩人的標準。但這種評價的標準，還是偏重於詩人在開創詩歌歷史上，是否有救衰啓盛，維護詩道於不墜的貢獻。《原詩》對杜甫、韓愈、蘇軾三位大家的推崇，就是以此爲標準的。下章討論《原詩》對批評的看法。

第五章　《原詩》對批評的看法

第一節　對詩歌和詩人的實際批評

　　實際批評的工作可以區分爲兩部分，第一、對詩人或作品的認識與了解；第二、在認識與了解的基礎上，對詩人或作品加以評價高低。不論是第一部分或第二部分，批評者的觀點通常都會起主導的作用。在《原詩》中，曾經批評、或簡單地提到過的詩人總計有五十四位：一、漢代詩人兩位：蘇武、李陵。二、六朝詩人十六位：曹植、陸機、左思、鮑照、謝靈運、陶潛、顏延之、謝朓、江淹、庾信、沈約、潘安、何遜、陰鏗、沈炯、薛道衡。三、唐代詩人二十五位：沈佺期、宋之問、陳子昂、李白、王昌齡、高適、岑參、王維、孟浩然、杜甫、白居易、元稹、韓愈、柳宗元、韋應物、儲光羲、李賀、孟郊、劉禹錫、杜牧、劉長卿、李商隱、溫庭筠、皮日休、陸龜蒙。四、宋代詩人九位：徐鉉、王禹偁、梅堯臣、蘇舜欽、歐陽修、蘇軾、楊萬里、范成大、陸游。五、元、明詩人各一位，分別是元好問、高啓。

　　《原詩》對這五十四位詩人作品的批評，有與歷代的詩評一致的地方，也有與前人不同或前人不曾注意到的地方。我們在前面曾經多次強調，《原詩》的整體詩觀是以正變的詩史觀爲基礎的，在實際批

評的第一與第二部分，《原詩》的觀點也始終一致，就是正變的觀點。正變觀不僅貫串《原詩》對詩人作品的認識，了解與評價，並且《原詩》在批評上的獨特見解，也大都來自正變觀的作用與影響。因此，《原詩》的正變觀，是《原詩》批評的基礎，而《原詩》的實際批評，就是《原詩》正變觀的具體運用。此外，經由評價高下，藉以指導創作、維護詩道的正常發展、也是《原詩》的目的。所以《原詩》的實際批評，一方面表現了正變觀的功能，另一方面，又負擔著維護詩歌正變發展的責任。

在《原詩》的實際批評中，最推崇杜甫、韓愈、蘇軾三位詩人，同時也在對這三位詩人的批評中，正面地表現出《原詩》批評的特質。至於對陶潛、李白的批評，則消極地說明了《原詩》批評的立場。經由《原詩》對陶潛、李白的批評，可以了解《原詩》實際批評的基本性格；而經由《原詩》對杜甫、韓愈、蘇軾三位詩人的批評，可以了解《原詩》實際批評的實質標準。以下分別針對《原詩》對這兩組詩人的批評做一探討，附帶說明《原詩》對其他詩人及對歷代詩歌的批評，從而看出《原詩》實際批評的特質。

一、對陶潛和李白的批評

陶潛與李白，在《原詩》的系統中是非常特殊的兩位詩人。《原詩》基本上都肯定他們的成就，也給予很高的讚美，如《原詩》外篇下，第五則稱陶潛：

> 陶潛胸次浩然，吐棄人間一切，故其詩俱不從人間得，詩家之方外，別有三昧也。遊方以內者不可學。(《清詩話》下，頁750)

《原詩》外篇下，第八則稱李白：

> 李白天才自然，出類拔萃。……蓋白之得此者，非以才得之也，乃以氣得之也。(《清詩話》下，頁751)

《原詩》外篇上，第六則：

> 如陶潛、李白，皆全見面目。(《清詩話》下，頁741)

面目見全，是《原詩》對詩人的評價標準之一。然而《原詩》雖然給予他們很高的讚美，但又終究不能與杜甫、韓愈、蘇軾相提並論。其中的原因，簡單地說，陶潛與李白都是不符合《原詩》在詩歌歷史的正變循環中開創新典範的標準的。《原詩》說陶潛是「詩家之方外，別有三昧也」。這很明顯地是說陶潛不是創作規格內的人物，他另有格局，但不是詩歌創作的常態，所以雖然有很高的成就，但不是一般學詩的人可以學得成的，所以說：「遊方以內者不可學」。對李白的說明更爲具體：「蓋白之得此者，非以才得之，乃以氣得之也」。

根據徐復觀先生「詩詞的創造過程及其表現效果──有關詩詞的隔與不隔及其他」一文，[註1] 他以創作過程的不同爲區分，將詩人分爲三種典型，分別以陶潛、李白、杜甫爲代表人物。徐先生認爲，陶潛所代表的創作過程典型，是「主客合一」，他的生命已和環境事物，融合無間，沒有分別，所以在創作過程中也沒有主客對待的問題。李白所代表的創作過程典型，是「主客湊泊」，詩人以他內蘊的感情，在觀照景物的一瞬間立刻湊泊上，而賦予景物以生命，景物同時也賦予生命以形象。「主客合一」與「主客湊泊」兩種創作方式不同，前者完全消解了主體與客體之間的對立，呈現出一片融洽。後者則是將主體與客體無窮地拉近，逼顯出新鮮生動的生命。然而這兩者雖然不同，但不論是「主客合一」或「主客湊泊」，在創作過程中，都純粹是詩人性情生命的直接感發，完全不須借助於詩歌傳統的軌範或指導。所謂「詩家之方外」的「方」，就是詩歌的領域、創作的方法等。陶潛的詩歌成就，不是從一般的文學訓練、創作傳統來，想要透過傳統而成就詩歌創作的人，也不能從陶潛得到文學的訓練，所以說「遊方以內者不可學」。至於李白更是以「天才」出之，憑藉的是本身飛躍的生命，與文學傳統無關。而《原詩》以歷史的角度考察詩歌創作，特別強調與詩歌傳統的相互作用。「識、才、膽、力」的運作，就是

〔註 1〕收在《中國文學論集》，台北：台灣學生書局，民國 74 年 1 月六版。

站在詩歌歷史正變循環的規律的基礎上，對詩歌傳統的反省、開創與完成。陶潛、李白的創作方式自成一格，前無需有所承，後不能有所繼，所以雖然他們面目見全，但並不是透過「識、才、膽、力」對詩歌傳統的陶鑄而來，所以他們是在詩歌歷史演變傳承的系統之外的人物，《原詩》雖然肯定他們的成就，但對他們的評價，則是系統外的評價。

徐先生將杜甫的創作方式稱爲「工力型」。「工力型」的創作特質是，透過對古典的累積（積典）與醞釀（化典）兩個階段，將詩歌歷史的遺產化入詩人自己的生命中，然後以此生命直接與外物接合，來完成創作。以杜甫爲代表的「工力型」與以陶潛、李白爲代表的「人、境交融型」、「天才型」的最大不同，在於「工力型」的創作方式，大量地吸收了古人的成績，做爲創作的養料。這種吸收、融化，就是詩歌傳統的繼承、發展與完成。這就與《原詩》從歷史的「正變」角度所提出的詩歌創作特質相符。一方面，「正變」的詩史觀所強調的就是開創性的繼承的詩歌歷史，文辭新變是開創，「溫柔敦厚」之意是繼承；另一方面，在「正變」的詩史觀所主導下的創作觀，從「取材于古人」到「去古人之面目」的過程，其實也就是「積典」與「化典」兩階段，所以「工力型」的創作方式正是《原詩》觀點下的詩歌創作常態。從這裏可以看出《原詩》的實際批評與它的詩史觀、創作觀之間是一致和聯貫的，而且是以詩史觀做爲創作與批評的基礎。因此，我們可以說《原詩》的實際批評，是以「工力型」的詩人爲品鑑的對象，《原詩》並非不承認「工力型」以外的詩人的成就，但基本上是將他們看做詩歌歷史的例外。

二、對杜甫、韓愈和蘇軾的批評

《原詩》認爲杜甫是詩歌歷史上最偉大的詩人。若論才力，能與杜甫相抗衡的，只有韓愈與蘇軾。杜甫、韓愈、蘇軾既然是《原詩》評價最高的三位詩人，透過分析《原詩》對這三位詩人的批評，可以

比較正面地了解《原詩》批評的標準。依《原詩》的說法，他們的共同特色是具有重大的歷史意義。所謂歷史意義，是指他們繼承前人的傳統，同時又能爲後人開創先河。他們的繼承傳統，是一種開創性的繼承。《原詩》內篇第一則論杜甫詩：

> 杜甫之詩，包源流，綜正變，自甫以前，如漢魏之渾樸古雅，六朝之藻麗穠纖，澹遠韶秀，甫詩無一不備，然出於甫，皆甫之詩，無一字句爲前人之詩也。（《清詩話》下，頁700、701）

而《原詩》外篇上第七則論韓愈詩：

> 韓詩用舊事，而間以己意易以新字者，……非騁博也。力大故無所不舉。（《清詩話》下，頁742）

同一則論蘇軾詩：

> 蘇詩包羅萬象，鄙諺小說，無不可用，譬之銅鐵鉛錫，一經其陶鑄，皆作精金。……蘇詩常一句中用兩事三事者，非騁博也，力大故無所不舉。（《清詩話》下，頁742）

上列三段，第一段以漢魏六朝總括杜甫以前的所有詩歌歷史遺產，說明杜甫開創性地繼承了前人的成績，所以杜詩既涵融了詩歌傳統，而又能不同於前人。第二段說韓愈用舊事，用舊事就是用典，是一種最具歷史傳統意義的創作手法，然而對韓愈來說，並不是炫耀才學，而是透過消融變化，更新詩意，也更新字句；這是詩人役使典故，創造新風貌，具有詩人的主動精神與創造要素在內，所以也是開創地繼承前人的成績。第三段一方面說蘇軾取材範圍非常大，即使俚俗文學也可入詩，這除了包含一種對詩歌取材範圍的突破的觀念之外，同樣是對前人成績的繼承。而蘇軾能以其強大的消融力和萃煉力，將所有雜蕪粗鄙的材料，一一重新陶鑄；另一方面又說蘇詩用事，這方面的意義與前面說韓愈用事的意義大體相同。

開創地繼承是杜甫、韓愈、蘇軾三位詩人的共同特質，此外便是爲後人開創先河。《原詩》內篇第一則：

> 自甫以後，在唐如韓愈、李賀之奇桀；劉禹錫、杜牧之雄

傑；劉長卿之流利；溫庭筠、李商隱之輕豔，以至宋金元明之詩家，稱巨擘者無慮數十百人，各自炫奇翻異，而甫無一不爲之開先。(《清詩話》下，頁 701)

又說：

唐詩爲八代以來一大變，韓愈爲唐詩之一大變，其力大，其思雄，崛起特爲鼻祖，宋之蘇梅歐蘇王黃，皆愈爲之發其端。(《清詩話》下，頁 701)

《原詩》列舉詩歌歷史的事實，說明杜甫、韓愈爲後人開先河。杜甫的規模宏大，影響深遠，自韓愈至元明諸家，都受杜甫啓發。韓愈則開有宋詩風，影響也不小。至於蘇軾，《原詩》沒有列舉蘇軾爲後人開先河的具體事實，不過，根據《原詩》的批評系統，蘇軾應該具備了開先河的條件：變化生奇與面目見全，(參見第四章第二節第三點)這些條件，是杜甫、韓愈、蘇軾都具備的。

先說變化生奇。在開創地繼承中，開創這一面有一個要素，就是「變化」。以「工力型」的兩階段創作方式來說，第一階段「積典」並不足以成就開創，第二階段「化典」才是開創的關鍵。「積典」與「化典」的「典」是泛指詩歌歷史的遺產，在《原詩》對韓愈與蘇軾的批評中，又特別針對用「典故」有所說明。用典是最具代表性的繼承傳統的表現，韓愈與蘇軾在用典時，都能消融而且變化出新，變化的結果就是「奇」。《原詩》外篇上第七則：

詩而曰作，須有我之神明在內，如用兵然，……驅市人而戰，出奇制勝，未嘗不愈于教習之師。故以我之神明役字句，以我所役之字句使事，知此方許讀韓蘇之詩。(《清詩話》下，頁 742)

此外，對詩歌體裁的神妙經營，也會引起變化而有「奇」的結果。例如杜甫的七言長篇，極其神妙奇整之能事，《原詩》認爲是「有化工而無人力，如夫子從心不踰之矩」。(《原詩》外篇下第二十五則，《清詩話》下，頁 761) 又說杜甫「七絕也奇矯不可名狀，在杜集中別是一格。」(《原詩》外篇下第二十八則，《清詩話》下，頁 763)

綜上所述，不論是如韓、蘇在繼承的過程中，將熟濫的典故加以變化，製造新奇效果，或是杜甫經營詩體的結構，在文章脈絡或波瀾起伏中力求變化，以造成「奇」的效果，他們都是從內在神而明之的奧妙作用出發，將創作的材料、字句、典故、章法，加以通變經營，然後幻化為新的創作與價值。這種由變化而來的新、奇，是開創詩歌歷史的要素，因為新、因為奇，才足以變，能夠變，才有可能推動詩歌歷史的前進。

再說面目見全。上述變化生奇來自於創作心靈的神妙作用，面目則來自詩人的性情。《原詩》外篇上第六則：

> 作詩有性情，必有面目。（《清詩話》下，頁740）

性情就是詩人的個性，個性的外現，就是面目。杜甫、韓愈、蘇軾，都有飽滿的個別面目：《原詩》外篇上，第六則：

> 如杜甫之詩，隨舉其一篇與其一句，無處不可見其憂國愛君，憫時傷亂，遭顛沛而不苟，處窮約而不濫，崎嶇兵戈盜賊之地，而以山川景物友朋盃酒抒憤陶情，此杜甫之面目，躍然于前。讀其詩一日，一日與之對，讀其詩終身，日日與之對也。故可慕可樂而可敬也。……
> 舉韓愈之一篇一句，無處不可見其骨相稜嶒，俯視一切，進則不能容于朝，退又不肯獨善于野，疾惡甚嚴，愛才若渴，此韓愈之面目也。……
> 一篇一句，無處不可見其凌空如天馬，游戲如飛仙，風流儒雅，無入不得，好善而樂與，嬉笑怒罵，四時之氣皆備，此蘇軾之面目也。』（《清詩話》下，頁741）

每一位詩人可能都有性情面目，但他們三人能將自己的面目充分而完全地表現出來，即所謂「面目見全」。能「面目見全」，則即使是一篇一句，也無處不見他們的面目，所以在他們的作品中，有非常強烈而且飽滿的個性，讀他們的作品，就像見到了他們本人一樣。面目見全也是開創詩歌歷史的必要條件，因為在「正」、「變」的循環過程中，「變」要取代原先「正」的地位，成為新的「正」，做為「變」的本

身，一方面必須是一個充分完足的典型，再方面必須要有很強的個別性，能夠與原先的「正」明白地區別，才能夠推動「正」、「變」之間的替代，而達成救衰啓盛的目的。

以上我們說明了杜甫、韓愈、蘇軾的歷史地位和他們的詩歌的歷史意義。由於他們繼承傳統，又具備了足以開創先河的兩大要素：變化生奇與面目見全，所以他們三人得到《原詩》的最高評價。從這一方面看，《原詩》的實際批評，是充滿歷史精神的。

不過，值得注意的是，在杜、韓、蘇三家中，《原詩》給予最高評價的是杜甫。《原詩》外篇上第七則：

> 杜甫之詩，獨冠今古。（《清詩話》下，頁 741）

杜甫能超越韓愈、蘇軾的原因是什麼呢？我們還是可以從《原詩》的「正變」史觀得到解釋的基礎。在第三章我們已經說明《原詩》一方面帶有濃厚的歷史意識，另一方面對「溫柔敦厚」之意的要求，又表現出理想的意味。若從歷史的一面來看，韓愈、蘇軾才力可與杜甫抗衡，但從理想的一面來看，則千古詩人，只有杜甫能「變而不失其正」，是詩歌的最高典範。這並不是說杜甫以外的詩人都失詩歌「溫柔敦厚」之本，事實上《原詩》肯定所有救衰啓盛的「變」都內蘊著「溫柔敦厚」之意。但是《原詩》尤其讚美杜甫在創新的過程中，對詩歌之本的繼承最爲全面充分，絲毫不因創新的要求減損了「溫柔敦厚」之意的飽滿厚重，我們試看《原詩》對杜甫面目的說明，（見前）從「憂國愛君、憫時傷亂」，到「以山川景物友朋盃酒抒憤陶情」，所表現出的「溫柔敦厚」的用意是其他任何詩人都比不上的。所以杜甫不僅具有繼承詩歌傳統、開創詩歌歷史的歷史意義，同時還在「正」、「變」循環的發展中充分的發顯詩歌「溫柔敦厚」的精神本體。他的理想性與歷史性同樣充分，而且圓融飽滿，《原詩》以「詩之神」稱之，（《原詩》內篇第二則，《清詩話》下，頁 708）所以在《原詩》的批評系統中，杜甫是最高的典範。

三、對其他詩人的批評

《原詩》對其他人的批評，比較重要的基本上可以分爲兩類，如下述：

第一類：鮑照、庾信、謝靈運、謝朓、左思、梅堯臣、蘇舜欽。

《原詩》外篇下第六則：

> 鮑照、庾信之詩，……盡於習氣，而不能變通。然漸闢唐人之戶牖，而啓其手眼，不可謂庾不爲之先也。(《清詩話》下，頁751)

又《原詩》外篇下第三則：

> 陶澹遠、靈運警秀、朓高華，各闢境界，開生面，其名句無人能道。左思、鮑照次之，思與昭亦各自開生面。(《清詩話》下，頁749)

又《原詩》外篇下第十四則：

> 開宋一代之面目者，始於梅堯臣、蘇舜欽二人。自漢魏至晚唐，詩雖遞變，皆遞留不盡之意，即晚唐猶存餘地，讀罷掩卷，猶令人屬思久之。自梅蘇變盡崑體，獨創生新，必辭盡於意，發揮鋪寫，曲折層累以赴之，竭盡乃止。(《清詩話》下，頁754～5)

《原詩》認爲，鮑照、庾信雖拘於舊有習氣，不能變通，然而他們開闢了唐人的視界，對唐人的成就，有啓發之功。《原詩》又認爲，陶潛、謝靈運、謝朓是六朝詩人中最爲傑出的。因爲他們能各闢境界，各開生面，陶詩澹遠、靈運詩警秀、朓詩高華，都能創造出不同於前人的境界，開發出詩歌的潛力。另外，左思也能別開生面，但較爲遜色。至於梅堯臣、蘇舜欽則開闢了宋詩的獨特面目。在梅、蘇以前，詩歌雖然幾經變遷，但都保留了「留不盡之餘意」的性質。但自梅蘇以後，他們極力鋪寫曲折，以「辭盡於言，言盡於意」爲基本要求，開創了嶄新的詩歌面貌，也從此爲宋詩的基本方向奠定了基礎。簡單地說，這一組的詩人都以能夠開創新局面爲本身的價值，不論成就如何，都在詩歌史上留下新的一頁。

第二類：曹植、王昌齡、高適、岑參、王維、孟浩然、白居易、元稹、韋應物、儲光羲、李商隱、李賀。這一類的詩人，《原詩》是依據他們的個別表現，針對較為特出的部分加以批評。由於個別表現的差異很大，歸納《原詩》批評方式，可以分為下列數種：

一、針對詩人某一詩體的作品加以批評，如批評王昌齡、李商隱的七絕；批評白居易的五排；批評岑參的七古；批評高適、岑參的五、七律；批評王維的五律、七古。

二、針對詩人的某一篇作品，加以批評，如批評曹植的〈美女篇〉；批評白居易的〈重賦〉、〈致仕〉、〈傷友〉、〈傷宅〉。

三、針對詩人的整體風格，加以批評，如批評李賀奇險。

四、針對詩人某一為大家所認同的風格特質，提出翻案的批評，如一般批評白居易淺切，《原詩》則提出白居易寄托深遠的一面。

五、針對兩位常被大家相提並論的詩人，用比較的方式批評他們的優劣，如批評杜甫與李白、白居易與元稹。

上述對第一類詩人的批評，是在《原詩》的詩史觀的影響下所產生的，《原詩》從歷史的角度考察詩歌，特別著重說明或評價詩人在詩歌歷史上的角色及地位。至於第二類的詩人，《原詩》縱使有許多不同的批評方式，但都不違背它的基本立場與原則。

四、對歷代詩歌的批評

《原詩》對歷代詩歌有一概說。它將詩歌分為漢魏、六朝、盛唐、宋四個時期：

> 漢魏之詩，如畫家之落墨于太虛中，初見形象，一幅絹素，度其長短闊狹，先定規模，而遠近濃淡，層次脫卸，俱未分明。六朝之詩，始知烘染設色，微分濃淡，而遠近層次，尚在形似意想間，猶未顯然分明也。盛唐之詩，濃淡遠近層次，方一一分明，能事大備。宋詩則能事益精，諸法變化，非濃淡遠近層次所得而該，刻畫博換，無所不極。(《原

詩》外篇下第二則，《清詩話》下，頁 748）

這段話與詩歌演變「踵事增華」的方向，是互相補充的。從漢魏到宋代，在詩歌的表現上，從質樸、簡單、混然不分，到刻劃、變化、層次經營等，說明了詩歌創作在創作手法上由初級到高級的過程。這樣的表現所透露的消息是創作手法的「工」、「拙」發展，同一則：

> 又嘗謂漢魏詩，不可論工拙，其工處乃在拙，其拙處乃見工，當以觀商周尊彝之法觀之。六朝之詩，工居十六七、拙居十三四，工處見長，拙處見短。唐詩諸大家名家，始可言工，若拙者則竟全拙，不堪寓目。宋詩在工拙之外，其工處固有意求工，拙處亦有意為拙。（《清詩話》下，頁 749）

這段話說明了詩歌創作中，人為成分的程度高低的發展過程，最初階段是不自覺的創作，詩人並沒有意識到以人力經營刻劃。逐漸有了人為意識後，便有工拙的區分，大體能運用人為琢磨的，詩歌由於得到潤飾，便表現出較為優良的一面。經過歷代的發展，人為的琢磨在唐代達到巔峰，可以稱為「工」。「工」再進一步發展，便是人為琢磨運用自如的階段，詩人自覺地求工，或有意地為拙，使工拙為詩歌的效果而服務，這是詩歌審美的解放，在求工的更高層級發掘美的可能。詩歌表現的由簡到繁與創作手法的工拙發展，說明了詩歌演變「踵事增華」的方向的事實，可與《原詩》正變觀的部分互相發明。

雖然詩歌發展的方向是「踵事增華」，但這並不是進化論的詩史觀。《原詩》以建築做比喻，說明簡與繁，工與拙，是發展的現象，但有不含有價值高下的意味，同一則：

> 然規模或如曲房奧室，極足賞心，而冠冕闊大，遜于廣廈矣。夫豈前後人之必相遠哉，運會世變使然，非人力之所能為也，天也。（《清詩話》下，頁 749）

《原詩》對詩歌的評價，並不是以簡拙為標準，也不是以繁工為標準，而是在「溫柔敦厚」的精神貫注中，對於每一個相應於時代發展的詩歌，一一予以肯定。根據這樣的觀點，《原詩》不以晚唐的

衰颯爲貶，也不以宋詩的言盡意盡爲劣。《原詩》外篇下第十三則：

〔註2〕

> 論者謂晚唐之詩，其音衰颯。然衰颯之論，晚唐不辭；若
> 以衰颯爲貶，晚唐不受也。夫天有四時，四時有春秋，春
> 氣滋生，秋氣肅殺，滋生則敷榮；肅殺則衰颯，氣之候不
> 同，非氣有優劣也。使氣有優劣，春與秋亦有優劣乎。故
> 衰颯以爲氣，秋氣也；衰颯以爲聲，商聲也。俱天地之出
> 於自然者，不可以爲貶也。(《清詩話》下，頁754)

《原詩》外篇下第十四則：

> 自漢魏至晚唐，詩雖遞變，皆遞留不盡之意，即晚唐猶存
> 餘地，讀罷掩卷，猶令人屬思久之。自梅蘇變盡崑體，獨
> 創生新，必辭盡於意，發揮鋪寫，曲所層累以赴之，竭盡
> 乃止。才人俊儷，騰踔六合之內，縱其所如，無不可者。(《清
> 詩話》下，頁754～5)

《原詩》以季節比喻歷代詩歌歷史時期風格不同。晚唐詩風衰颯是
事實，好比秋天是景物衰颯的季節，但並不能因風格衰颯而說晚唐
詩歌不好，正如不能因爲秋天景物衰颯而說秋景在四季中爲劣。晚
唐詩風有這種衰颯的表現，就像秋天景物衰颯是因爲氣候肅殺，都
是自然的表現。表現的風格雖有不同，而沒有高下，以晚唐衰颯爲
劣的說法，是犯了將描述性的說明語詞誤爲對晚唐詩歌的評價的錯
誤。至於宋詩辭盡意盡的表達方式，雖不同於遞留不盡之意的含蓄
手法，但也不過是不同的詩歌表現方式。詩人的才思無窮，都是詩
歌發展的寶藏，應當加以開發，使它更加成熟、豐富，只要合乎理
事情，沒有什麼是不可以的。這都可以看出《原詩》尊重詩歌歷史
正變循環的發展，以及主張詩歌風格多樣化的基本立場，在對詩歌
歷史時期的評價上發揮了效用。

〔註2〕可參見第三章第二節。

第二節　對批評的批評

　　《原詩》不但對歷代的詩人和詩歌有所批評，對歷代的詩歌批評，也有所批評。《原詩》對批評的批評，可以分為兩部分。第一部分是對於「批評」這樣一種活動提出看法。包括了批評的功能，批評與創作的關係，批評對創作的影響，批評家的能力範圍等。第二部分是對於其他的批評家所作的實際批評，提出不同的看法。

一、批評的基本觀念

　　《原詩》認為，詩道不能常振，是因為詩評大都雜而無章。因此詩歌批評的責任，在於指導創作者正確的道路，從而促進詩道的振興，這是詩歌批評的責任，同時也是它應有的功能。並且，這也說明了批評與創作的關係，是批評能夠對創作造成影響，批評理論的不完善，會給予創作負面的干擾，最後導致詩道的衰落。

　　至於批評的首要之務，在於建立完備的理論系統，如果批評雜而無章，缺乏標準與依據，便難以達成批評的責任，發揮批評的正面功能。由此可知，《原詩》認為批評應該是一個客觀的、系統的活動，批評家要站在理論系統的基礎上說話，而不是各憑一時、一己所好，隨意取捨。《原詩》尤其不滿一些批評者為了自身的利益，自高身價，以立門戶的行為。《原詩》外篇下第二十則：

> 何景明與李夢陽書，縱論歷代之詩，而上下是非之……今僕詩不免元習，而空同近作，間入於宋。夫尊初盛唐而嚴斥宋元者，何李之壇坫也，自當無一字一句入宋元界分上，乃景明之言如此，豈陽斥之而陰竊之；陽尊之而陰離之邪。且李不讀唐以後書，何得有宋詩入其目中而似之邪。將未嘗寓目，自為遙契吻合，則此心此理之同，其又可盡非邪。既已似宋，則自知之明且不有，何妄進退前人邪，其故不可解也。……但欲高自位置，以立門戶，壓倒唐以後作者。

（《清詩話》下，頁757～8）

《原詩》批評李夢陽、何景明等人尊唐斥宋元的不當，以何景明與李

夢陽書爲例，何、李自認不能免於宋元，《原詩》認爲，不免於宋元有兩種可能：一爲不讀唐以後書，卻遙相契合；一爲雖取之宋元卻高自位置、自立門戶，壓倒唐以後作者。若爲前者，是因爲此心此理相同，那麼又有什麼理由貶抑宋元？若爲後者，更可看出這種貶抑宋元的批評不過是出之於自利心態，違反批評應有的客觀公正精神，不是一個批評者所應有的態度。所以《原詩》的基本立場，是認爲批評應該是客觀的活動，批評應該摒除自身的偏見，尤其不能爲了一己的批評地位，彼此唱和、互相標榜，建立個人的權威。

二、對批評的批評

《原詩》對其他批評家的批評，集中在兩方面：第一、關於詩歌分期及時代風格的褒貶。許多詩評家分唐、分宋，以爲唐詩以詩爲詩、主性情；宋詩以文爲詩、主議論。《原詩》認爲，這種看法並不符合詩歌歷史的事實，《原詩》外篇下第二十一則：

> 從來論詩者，大約伸唐而絀宋，有謂唐人以詩爲詩，主性
> 情，於三百篇爲近；宋人以文爲詩，主議論，於三百篇爲
> 遠。何言之謬也。唐人詩有議論者，杜甫是也，杜五言古，
> 議論尤多，長篇如赴奉先縣詠懷、北征，及八哀等作，何
> 首無議論，而獨以議論歸宋人，何歟？彼先不知何者是議
> 論，何者爲非議論，而妄分時代邪。且三百篇中，二雅爲
> 議論者，正自不少，彼先不知三百篇，安能知後人之詩也。
> 如言宋人以文爲詩，則李白樂府長短句，何嘗非文，杜甫
> 前後出塞及潼關吏等篇，其中豈無似文之句，爲此言者，
> 不但未見宋詩，并未見唐詩，村學究道聽耳食，竊一言以
> 詫新奇，此等之論是也。(《清詩話》下，頁 758～9)

因爲就議論來說，《三百篇》中，〈大雅〉、〈小雅〉已有不少議論，到了唐代，杜甫五古，議論更多。再就以文爲詩來說，杜甫、李白的樂府詩，也多以文爲詩。既然宋以前已有議論及以文爲詩的現象，那麼獨獨以這些現象來說明宋詩的特色，並做爲唐、宋詩歌分期的標準，

便是錯誤的。因此，以唐詩主性情而尊崇唐詩，或以宋詩主議論而貶斥宋詩，都是不對的。此外，《原詩》認爲伸唐而絀宋的另一錯誤是，基於詩歌歷史的正變循環律則，詩歌的變革是正常合理的，是不可不如此的趨勢，詩評家應該正視這種詩歌歷史的正變現象，給予有所變革的詩歌適當合理的地位。因此，在詩歌歷史上經過變革而完成的詩歌典範，它的風格雖不同於先前的典範，但這種不同，應該也僅只於描述性的不同而已，不應該成爲價值上的區分。所以，《原詩》反對伸唐絀宋，也反對以晚唐的衰颯風格，來貶抑晚唐的詩歌成就。（見前）

　　第二、關於創作。《原詩》對於其他詩評家對創作的看法，有贊同的，也有反對的。他所贊同與反對的，都可以在《原詩》本身的主張中找到理論的根據。先說《原詩》所贊同的，《原詩》外篇上第十二則：

> 然嶸之言曰：邇來作者競須新事，牽攣補衲，蠹文已甚，斯言爲能中當時後世好新之弊。勰之言曰：沈吟鋪辭，莫先于骨，故辭之待骨，如體之樹骸，斯言爲能探得本原。……皎然曰：作者須知復變，若惟復不變，則陷于相似，置古集中，視之眩目，何異宋人以燕石爲璞。劉禹錫曰：工生于才，達生于識，二者相爲用，而詩道備。李德裕曰：譬如日月，終古常見，而光景常新。皮日休曰：才猶天地之氣，分爲四時，景色各異，人之才變，豈異于是。（《清詩話》下，頁745～6）

《原詩》所贊同的，都與《原詩》本身的創作觀有類似之處：一、反對一味趨新。六朝詩人有好新之弊，鍾嶸加以反對。《原詩》認爲生新與陳熟應該相濟，所以贊同鍾嶸的看法。二、以質爲先。劉勰認爲詩歌文辭依賴骨而立，《原詩》認爲質是文的基礎，詩歌先有質，然後有文，文並不是可以單獨存在的東西，而是以質爲先、爲骨，因此贊同劉勰的看法。三、求詩歌之工到，應以培養才、識爲先。《原詩》認爲，詩歌的工妙，不在古人的作品中學得，而在詩人的胸襟、才識的高妙，所以劉禹錫說：「工生於才、達生於識，二者相爲用，而詩

道備。」也是《原詩》所贊同的。四、肯定詩歌風格的多樣化，對詩歌價值的判斷，不侷限於某一種風格。《原詩》從詩歌歷史的正變觀，以及創作觀中主觀性情的個別面目出發，肯定詩歌風格的多樣，因此贊成皎然所主張的變化與表現個性；對皮日休的看法，詩歌就像天地之氣，分為四時，各有風貌，也表示贊同。五、詩歌有其不變的方面，也有其不得不變的方面。《原詩》認為「溫柔敦厚」是詩歌不變的層面，但在正變的歷史過程中，又有其不斷演變、翻新的層面。所以對李德裕所說的：「譬如日月，終古常見，而光景常新。」表示贊同。

　　《原詩》所反對的亦有幾個不同的方面。一、《原詩》外篇上第十二則：

> 嚴羽、高棅、劉辰翁……以漢魏晉盛唐為師，不作開元天寶以下人物，……李夢陽、何景明之徒……大約不能遠出于前三人之窠臼。而李攀龍益又甚焉。(《清詩話》下，頁 746〜7)

嚴羽、高棅、劉辰翁、李攀龍諸人，他們標榜漢魏盛唐的詩歌，不做開元、天寶以下人物，《原詩》反對這種以某一特定時代的詩歌，做為學習的唯一楷模的看法。第一個原因是：詩歌創作應以培養詩人的識見胸襟為首務，既有識見，便能知所抉擇、有所依歸，無處不是詩人的智慧；反之，若無識見，即使以第一流詩歌為範本，也仍然無處不顯作者鄙陋之氣。第二個原因是：依據正變觀，詩歌應該可以容許多樣的風格，不應該以某種特定的風格為標準而予以不同的風格負面的評價，所以盛唐以後的詩歌表現不同於盛唐，是事實，但不應該只因為不同，便加以貶抑。

　　二、《原詩》外篇上第五則：

> 杜句之無害者，俗儒反嚴以繩人，必且曰：在杜則可，在他人則不可。斯言也，固大戾乎詩人之旨者也。(《清詩話》下，頁 740)

《原詩》認為，創作的最高原理，是合於「理、事、情」，只要合於「理、事、情」，沒有任何規範可以取消創作的合法性；如果不合於

「理、事、情」，也沒有任何理由可以維護，所以《原詩》反對「在杜則可，在他人則不可」的創作觀。《原詩》認為，如果杜句於「理、事、情」有所不足，批評家卻自居於調停之中道，便是鄙陋；如果杜句合乎「理、事、情」的要求，批評家卻認為不足以學，是缺乏對「理、事、情」的認知，便是無識。所以「在杜則可，在他人則不可」的創作觀是說不通的。

以上三章分別討論了《原詩》對詩歌歷史的看法、對創作的看法、對批評的看法，大致上已將《原詩》的全部內容包括進來。簡單地說，《原詩》以詩史觀為基礎，尤其以正變循環的詩歌歷史規律為核心，展開對創作的看法，並建立批評標準、及從事實際批評。《原詩》的正變史觀表現了獨特的見解，而整部《原詩》在正變史觀的籠罩下，有濃厚的歷史意識；至於「內篇標宗旨，外篇肆博辯」，也表現出理論的精神。當代學者對《原詩》的推崇是合理的，《原詩》從歷史的觀點看到詩歌文辭交替的一面，這一直是傳統詩評家的盲點，《原詩》能夠見人所未見，且以客觀理智的結構形態與表現方式說明看法，在中國詩歌理論史上，不能不說是跨出了很大的一步。下一章起討論《一瓢詩話》，從《一瓢詩話》對詩歌的基本看法開始，陸續探討《一瓢詩話》對創作與批評的看法，透過與《一瓢詩話》的比較，《原詩》的獨特性將會更為清楚。

第六章 《一瓢詩話》對詩歌的基本看法

第一節 詩歌的功能與作用

《一瓢詩話》第一則提出了它對詩歌看法的總綱：

> 趙家之訓，首及詩。詩以道性情，感志意，關風教，通鬼
> 神，倫常物理，無不畢具。（《清詩話》下，頁853）

首先它認爲詩歌具有很高的訓育價值，因爲詩歌可以道性情、感志意，也就是可以培養一個人的道德情感。其次，詩歌與社會風氣及教化有關，即所謂「關風教」。不過「關風教」的「關」可以由兩面來看。一是上對下，這是說詩歌的感化力量是非常深廣的，在上位的人運用詩歌，可以自然地化育百姓，普及整個社會。一是下對上，即《一瓢詩話》第四十六則所說的：

> 若以堂皇冠冕之字，寓箴規，陳利弊，達萬方之情于九重
> 之上，雖求其不佳，亦不可得也。（《清詩話》下，頁866）

在下位的人可以運用詩歌表達民意民情，甚至規勸建議。這些都是在詩歌諷頌的自然流露中，或導正社會風氣，或宣洩民意民情。第三、詩歌可以通鬼神，與鬼神的交通是古代社會生活的一部分，不

論家族、地方、乃至以天子爲中心的政治體，祭祀都是不能缺少的重要活動。詩歌是與鬼神交通的工具，透過詩歌在祭祀中的使用，可以約束行爲、可以穩定社會秩序。第四：詩歌的內容包羅萬象，除了人情，還有物理世界的描述，所以詩歌可以傳達知識，增加我們對物理世界的認識。綜上所述，詩歌的功能範圍包括教化、社會、政治、宗教、乃至於自然物理。不過，大體上還是可以歸於政教。道性情、感志意、及關風教中的上對下的教化，以及傳達知識，都是以「教」爲主；而通鬼神雖然含有社會政治的意義，但也是要透過禮法儀節來約束教化百姓。至於關風教中的下對上的規勸建議，是以諷諭爲手段的政治活動。所以詩歌功能大體不脫政教合一背景下的政教目的。

詩歌的政教功能，就「政治」一面來說，應該是以詩歌的意義爲手段的。例如下對上的規勸或建議，表達民意民情，大都有一具體的政治措施或政治事件爲起因，這一類的詩歌是以意義爲達成功能的要素。至於通鬼神的活動，祭祀祝禱，或祈福、或修禊、或告成功，雖有吟唱舞容，但也有對所祝禱之事的說明，事的說明就是意義。所以在政治這一方面，意義要素是詩歌能夠發揮功能的主要原因。至於「教化」的一面，朱自清《詩言志辨》對古代的詩教有所說明：

> 孔子時代，《詩》與樂開始在分家，從前是《詩》以聲爲用；孔子論《詩》才偏重在《詩》義上去。到了孟子，《詩》與樂已完全分了家，他論《詩》便簡直以義爲用了。從荀子起直到漢人的引《詩》，也都繼承這個傳統，以義爲用。

在古代詩樂合一的時代，樂的感化力量非常深廣，詩教是在詩樂合一的背景下發揮功能。到後來詩樂分家，詩教才偏重到意義上去。在這裏，《一瓢詩話》很明顯地繼承孔孟荀及漢儒的傳統，以意義爲詩教的依據，〔註1〕《一瓢詩話》第九十六則：

〔註 1〕 《論語・陽貨》：「小子何莫學夫《詩》？《詩》可以興，可以觀，可以群，可以怨。邇之事父，遠之事君。多識於鳥獸草木之名。」

　　詩之用，片言可以明百義。(《清詩話》下，頁879)

詩歌的作用在透過簡短的語言，發顯無窮的道理。詩歌的功能在於政教，而詩歌能夠達成政教功能的原因，在於詩歌具有「明義」的作用。又第一百六十三則：

　　義無比興，言曉世教，飢鳥夜啼，山鬼晝嘯。普天下人詩
　　文稿序跋無出此右，可稱十六字金。(《清詩話》下，頁892)

《一瓢詩話》非常強調「義無比興」等十六字。「比興」暫且不談，詩歌是以「義」、「世教」爲歸趨的，詩歌如果不具有義、不具有政教功能，便完全失去了意義與價值。綜合上述，《一瓢詩話》對詩歌功能的看法，繼承政教傳統，並且完全脫離以聲爲用的階段，而以義爲用。

第二節　詩歌本體、體格、體裁

　　《一瓢詩話》雖然從詩歌功能的角度提舉詩歌的總綱，但詩歌要達成它的功能，必需依賴可以「明義」的「片言」。所以明義的作用及其所達成的政教功能，是詩歌的總綱，在總綱的統領下，詩歌固然可以有多樣化的發展，但都以不違背詩歌總綱爲原則。《一瓢詩話》就是在這總綱的基礎上，說明詩歌的構成要素。詩歌的構成要素可以分爲內在之體，和外在之體兩方面。內在之體是詩人的心靈；外在之體是詩歌本身的規模結構，又可以分爲體格與體裁兩個層面。

這是詩教意念的源頭，從情意的感發，到事父事君的仁禮的實踐，以及生物世界的認知，涵蓋了詩教的各層面。根據朱自清先生《詩言志辨・詩教》，由於「詩語簡約，可以觸類引伸，斷章取義」，因此詩教的表現形態以「著述引詩」爲主。在著述引詩中以「《荀子》引《詩》獨多。……荀子影響漢儒最大，漢儒著述裏引《詩》，也是學他的樣子。」朱自清先生又歸納漢儒引詩以「宣揚德教」最多，其次分別有論政治的、論學養的、論天道的、以及述史事、明制度、記風俗、明天文地理……詩教的意念在漢儒手中可以說充分的發展，並且是以道德感化爲主要內容，因此《禮記・經解篇》：「其爲人也溫柔敦厚，《詩》教也。」「溫柔敦厚」一語從廣大的《詩》教功能中被提鍊出來，做爲《詩》教效用的說明以及以《詩》爲教的宗旨。

一、詩歌內在之體

內在之體可說是詩歌的本體，也可說是詩歌的主體。《一瓢詩話》第九十六則：

> 詩之體，坐馳可以役萬象。(《清詩話》下，頁 879)

詩歌創作的對象，是沒有限制的，它可以涵蓋整個宇宙，天地萬象無不可以做爲創作的題材。創作的對象雖然無所不包，但這些對象，全部是經過詩人的收攝、處理，它們是詩人所役使的對象，在詩歌裏，詩人賦予它們以嶄新的意義。詩人在駕馭宇宙萬象並賦予它們以意義的創作過程中，所憑藉的是「坐馳」的作用。「坐馳」就是心靈的作用，詩人的心靈是創作活動的主體，詩人以心靈面對、涵融他所創作的對象。這是創作活動的根本，也可說是詩歌的根本。

詩歌創作不僅以詩人心靈爲主體，更須要詩人的心靈對創作的目的有非常清楚的自覺。《一瓢詩話》第十八則：

> 詩不可無爲而作。試看古人好詩，豈有無爲而作者，無爲
> 而作者，必不是好詩。(《清詩話》下，頁 858)

由於詩歌創作以詩歌總綱爲指導原則，而政教功能又是詩歌總綱的核心，所以詩人必需有以政教爲目的的創作自覺。以此自覺來指導與點化創作的對象，將詩歌納入禮樂人文的政教規模中。這就是詩歌的內在之體。

二、體格與分體

「坐馳可以役萬象」的詩歌本體，是詩人的心靈作用。將詩人的心靈作用客觀化爲以文字爲媒介的作品，才是詩歌的客觀完成。在詩歌客觀完成的過程中，有一個必要的因素，就是「體格」。《一瓢詩話》第九十三則：

> 體格，一定之章程。(《清詩話》下，頁 878)

體格就是詩歌體製，它是一個客觀的、定常不變的結構。從中國詩歌歷史上來看，最常見的體格可以分爲三大類：古詩、近體詩、樂府詩。

各類之下又有小類，如以每句的長短來區分，有五言、七言；以全篇長短來區分，有絕句（四句）、律詩（八句）、排律（十句及十句以上）、長詩、短詩。另一方面，詩歌又可發展成結構不太相同的類別如詞、曲等。簡單地說，雖然所有的詩歌作品，都是在詩人「坐馳可以役萬象」的作用中形成，也就是說，本體不異；然而從本體出發客觀化為文字，納入既定體格，詩歌則有了分體的表現。那麼，體格是以什麼為標準來區分呢？簡單地說，是節奏韻律。我們試看幾則《一瓢詩話》對體格分類的問題的說明。

一、詩與曲的區分，《一瓢詩話》第八十三則：

> 詩與曲不同，在昔有被管絃者，多律呂，後人所作，未必盡被管絃，不過寫志意、通事情，不失平仄已也。（《清詩話》下，頁876）

這是從是否配合器樂來區分詩與曲。曲必然包含語言和音樂，詩則不一定，古代詩歌大多合樂，後代則不合樂，甚至只是合平仄而已。

二、絕句與竹枝柳枝的區分，《一瓢詩話》第八十二則：

> 郎梅谿問張蕭亭，竹枝柳枝自與絕句不同，音節亦有分別否。蕭亭曰：語度無異，末語加竹枝柳枝，即其語以名其詞，音節無分別也。余謂亦有不加竹枝柳枝者，何以為語度無異，音節不分，若果如此，則仍是絕句，何必別其名曰竹枝柳枝邪。要知全在語度音節間分別。（《清詩話》下，頁876）

這是從語度音節來區分絕句和竹枝柳枝。竹枝柳枝是巴渝一帶的樂府，自然是合樂的；根據一般看法，絕句也是合樂的，所以絕句和竹枝柳枝都是合樂的詩歌，所以有人認為兩者沒有分別。但《一瓢詩話》認為體格的區分不僅是合樂不合樂而已，絕句和竹枝柳枝都是合樂的，但兩者還是有區別。在語言方面，絕句有絕句的節奏韻律，竹枝柳枝有竹枝柳枝的節奏韻律；在音樂方面也是如此。它們各以不同的語言節奏韻律和音樂節奏韻律綜合為絕句的體格和竹枝柳枝的體格。

三、排律與長詩的區分，《一瓢詩話》第八十七則：

> 排律止可六韻至十二韻足矣。多至幾十韻，以及百韻，即
> 是長詩也，不可爲訓。（《清詩話》下，頁877）

這是從篇幅長短來區分排律和長詩，排律雖然原則上句數沒有上限，但《一瓢詩話》認爲排律到十二韻，也就是二十四句，已經是極限了，不可再長；至於幾十韻乃至百韻，是長詩，不可以長詩的篇幅來寫排律。

就以上《一瓢詩話》對幾種體格的區分而言，體格尚未構成一個完備的系統，因爲《一瓢詩話》對節奏韻律的說明不夠。例如絕句和竹枝柳枝的區分，只談到它們不同，至於如何不同，並沒有說明。節奏韻律是一個複雜的問題，單單就語言而言，就不是平仄所能涵蓋，如果再加上音樂的問題，就更複雜了，《一瓢詩話》單單用語度音節一語帶過，顯然是不足的。此外，《一瓢詩話》應該列舉體格種類和分類標準，但是《一瓢詩話》也缺乏這方面詳盡的說明。因此，就體格系統的建立來說，《一瓢詩話》是不太足夠的。但可以確定《一瓢詩話》有體格的觀念，並且肯定體格來源於詩歌的節奏韻律，不同的節奏韻律，就會形成不同的體格。

至於「體格」是「一定之章程」，是詩人必需遵守的規矩，在體格方面詩人沒有表現獨特性的空間，其性質有二、一是可以被客觀認定，二是具有穩定性。所以體格是詩歌中較易於被知解與掌握的層面。另一方面，體格雖然是一定之章程，但不等同於「呆板」。體格的規約只是原則性，詩人可以在相同體格中創造不同的風格。不過，雖然可以有不同的風格被同一體格所涵融，但體格本身沒有改變。也就是體格可以涵融詩歌其他層面的個別化表現，但仍不失爲一穩定的結構。在這穩定的結構中容納了詩人的個性，就是下面要談的體裁。

三、體裁與正變

《一瓢詩話》關於詩歌體裁的說明，是從《詩經》開始的，第六十六則：

> 風雅頌賦比興，詩之經緯也。有此經緯乃有體裁，爲有體
> 裁，則有正變。達事情、通風諭，謂之風。純乎美者，謂
> 之正風；兼美刺謂之變風。述先德、通下情，謂之雅：專
> 于美者謂之正雅；兼美刺謂之變雅，用之宗廟，享于神明，
> 美盛德，告成功，謂之頌，當作者謂之正；不當作者，比
> 于風雅，亦謂之變。如後世有法律曰詩、放情曰歌、流走
> 曰行、兼曰歌行、述事本末曰引、悲鳴如蜇曰吟、通俗曰
> 謠、委曲曰曲。觀此體裁，則知所宗矣。』《清詩話》下，
> 頁 872～873）

《一瓢詩話》認爲風雅頌賦比興是《詩經》的經緯，由一經一緯構成
《詩經》的體裁；後世詩歌也無不由一經一緯構成體裁，只不過不同
於《詩經》的規模。後世詩歌的一經一緯是什麼呢？《一瓢詩話》沒
有直接的說明，但歸納它對詩歌的探討，可以「體格」和「意、氣、
詞」來總括。體格是詩歌一定的章程形製，可以說是詩歌的「經」。
然而體格只是一個形式，它要用來涵融詩人所收攝處理的題材，以及
題材經過詩人的收攝、處理，表現在詩歌的各層面。而所謂的詩歌各
層面，可以「意」、「氣」、「詞」來涵蓋。意、氣、詞三者在詩歌中雖
然有主、輔、衛定位的不同，但它們構成詩歌的內容，涵融在體格裏
面，可以說是詩歌的「緯」。做爲形式的體格，和做爲內容的意、氣、
詞，分別是詩歌的一經一緯，經與緯的綜合體就是體裁。關於詩歌的
「經」：體格，已論述於前，下面則討論詩歌的「緯」：意、氣、詞。

　　《一瓢詩話》第一百三十九則：

> 以意爲主，以氣爲輔，以詞爲衛，又是和盤托出。（《清詩話》
> 下，頁 887）

在意、氣、詞三者中，「意」是最主要的一個，這樣的看法是在以義
爲用的詩歌功能基礎上很自然發展的結果。詩歌內容以意爲主導，
氣和詞只是輔助性的或服務性的。詩歌既要以意爲主，還要以「氣」
爲輔。「氣」在《一瓢詩話》裏是指詩歌的精神、面目、個性，籠統
地說，類似「風格」。詩歌有氣彷彿人有性情、有生命，有氣才有活

力。《一瓢詩話》又多次使用「氣魄」一詞。在《一瓢詩話》裏，「氣魄」與「氣」沒有什麼不同，如《一瓢詩話》第七十三則就把「雄渾」等視爲「氣魄」的品類：

> 有人論詩云：詩體有六、曰雄渾、曰悲壯、曰平澹、曰蒼古、曰沉著痛快、曰優游不迫。以此六者爲體，不知者則將拗筆就體，落荒從事矣。可知此六者，乃詩之氣魄，若無此氣魄，雖有佳篇，亦如廟堂中人耳。(《清詩話》下，頁874)

這裏所說的雄渾、悲壯等，是詩歌的風格、個性，也就是氣魄或氣，有時又用「氣運」一詞。不過，《一瓢詩話》在使用氣、氣魄、氣運時，通常有強調詩歌的個性非常突出、鮮明，並且有充沛的生命力的意思，如第一百七十四則：

> 齊整對仗，定少氣魄。(《清詩話》下，頁895)

以及第三十八則：

> 氣運蓬勃而出。(《清詩話》下，頁864)

氣是一種活潑流動，充滿生命力的表現。詩歌要有個性，但個性不能搶奪「意」的主導地位，也就是個性是用來輔助「意」的表達，使意在氣的運作下可以發揮政教功能。這是氣在詩歌中的定位。意與氣二者又必須透過「詞」才能充分表達或客觀表現，所以詩歌以「詞」爲衛，詞維護與保障意和氣的具體呈現。同時，詞是詩歌中較能被客觀認識、說明與學習的部分。意與氣雖然並不是不能夠認識、說明或學習，但從作者來說，需要較多的涵養，而不是學習，從讀者來說，需要較多的揣摩領會，而不是知解。因此，在創作技巧方面，以「詞」爲主要對象，這些下一章會再說明。

　　詩歌體格與意、氣、詞分別是詩歌的一經一緯，它們共同構成了體裁。意、氣、詞三者無一不源於詩人本身。而體格是存在於創作之先的，詩人可以選擇適合的體格來從事創作，但一旦選定體格，對於體格內的規則，詩人只有服從。因此體格對於意、氣、詞的發揮是有影響的。不同的體格所提供給詩人的空間是不同的，由詩人所引發的

意、氣、詞，如果有一個適合的體格做爲涵融的形式，較能充分的表現。另一方面，詩歌的一經與一緯會互相綜合，從而形成詩歌的整體，因此一經一緯必需配合，否則會減弱了意的傳達和體裁的個性。

　　由於體裁含有意的成分，體裁的傳統分法常常與詩歌題材、主題有關，意又在氣、詞的輔助與護衛下，所以從意的傾向又往往可以推知體裁的風格傾向，如詠物詩、詠史詩、（《一瓢詩話》第一百五十則，《清詩話》下，頁890）應制詩、早朝詩、（第四十六則，《清詩話》下，頁866）、女郎詩，（第一百六十則，《清詩話》下，頁892）都是體裁的分類。這種傳統的體裁分類《一瓢詩話》也是承認的。但如果從一個較高的角度，觀察綜合了詩歌各個層面的體裁整體，《一瓢詩話》認爲，體裁有「正」、「變」兩種極端的典型，以及無數在兩種極端典型之間，「正變相半」的過渡性體裁。造成這種現象的因素是體裁中的意、氣、詞，追溯來源，則是詩人才情及詩人所處的時代。

　　《一瓢詩話》第七十三則：

> 際文明極盛之運，當教化普被之時，聲律多正，奉忠義之心，傾濟世之志，進不偶用，退不獲安，則正變相半，身經喪亂，目擊流離，則純乎變矣。此詩道之運會不得不然之數，作者亦不知其然而然者也。（《清詩話》下，頁874）

時代是體裁正變的來源之一。教化普及的治世，詩歌體裁有一相應於治世的共同傾向，稱爲「正」；喪亂流離的亂世，詩歌體裁也有一相應於亂世的共同傾向，稱爲「變」；不好不壞的時代，詩歌體裁也有與之相應的傾向，表現出來的是「正變相半」。時代在交替中，詩歌體裁也表現出「正」、「變」、「正變相半」的交替。

　　時代與詩歌體裁有必然的關係，不過，這種必然關係是透過詩人的連繫而建立的。詩人或身經喪亂，目擊流離；或進不遇用，退不獲安；或際文明之運，教化之時，總之，時代造就了詩人身處的環境，並且對詩人的創作造成一定的影響。詩人本身也許並不自覺這種影響，但無法擺脫時代的限制。時代對詩歌體裁的影響，一方面解釋了

為什麼在某一時代往往有一種做為主流的詩歌體裁，另一方面也解釋了為什麼體裁有「正」、「變」、「正變相半」的交替現象。

上述「體裁正變」成因於「時代正變」的看法，是承襲自〈毛詩序〉對「風雅正變」與時代關係的解釋。（詳第二章）〈毛詩序〉如此解釋「風雅正變」，有《詩經》採詩、獻詩、賦詩、用詩等等的背景，〔註2〕但是《詩經》以後的詩歌，政教的實用性質未必如《詩經》這樣強。然而《一瓢詩話》以詩歌的教化功能為理論的基礎，詩人為了達成教化的目的，不能不以時代為創作的根據。此外，詩人也不能否認時代的影響是無形的、自然的、必然的，時代造就了詩人身處的環境，也在某種程度上決定了詩人的人格與性情。

不過，詩歌的正變現象不僅表現在時代的交替中，即使在同一時代，也可以區分出「正」、「變」、「正變相半」的不同詩歌體裁。這是因為影響詩歌體裁的，除了時代，還有詩人本身的才情。《一瓢詩話》第七十二則：

> 人之才情，各有所近，或正或變，或正變相半。只要合法，
> 隨意所欲，自成一家。（《清詩話》下，頁874）

詩人才情的不同與作品體裁的不同，雖然是可以區分的，但《一瓢詩話》認為詩人性情與詩歌體裁有必然關係，詩人的性情一定會貫注到作品中：

> 爭快人詩必瀟灑，敦厚人詩必莊重，倜儻人詩必飄逸，疏
> 爽人詩必流麗，寒澀人詩必枯瘠，豐腴人詩必華贍，拂鬱
> 人詩必悽怨，磊落人詩必悲壯，豪邁人詩必不羈，清修人
> 詩必峻潔，謹飭人詩必嚴整，猥鄙人詩必委靡，此天之所
> 賦，氣之所稟，非學之所至也。（《一瓢詩話》第一百七一七則，
> 《清詩話》下，頁896）

詩人的性情會表現在詩歌中，詩如其人，二者具有必然關係。至於「氣之所稟，非學之所至也」，則說明性情是天賦的，不是學習所能夠造

〔註2〕可參考朱自清先生《詩言志辨》。

就，這是繼承曹丕〈典論論文〉：「氣之清濁有體，不可力強而致。」〔註3〕的傳統。所以《一瓢詩話》一方面認為，詩人才情有所不同，詩歌體裁也一定有所不同；另一方面認為，詩人才情既是天所決定，不能以此分高下，只要可以成一家面目，都一一予以肯定。

　　如上所述，《一瓢詩話》主張詩歌在時間歷程中有「正」、有「變」、有「正變相半」的體裁；而在同一時代中，詩歌體裁也有「正」、「變」、「正變相半」的不同。詩人才情對體裁正變的影響，意味著詩人雖然不能擺脫時代，但詩人的個性還是可以在時代的制約中得到相當程度的發揮。但不論是受到時代影響或受到詩人才情的影響而產生的體裁正變，都是對詩歌現象的描述，而不具有評價的意義。

〔註3〕見《中國歷代文論選》，郭紹虞等編，木鐸出版社，民國 70 年 4 月再版。

第七章　《一瓢詩話》對創作的看法

　　由於《一瓢詩話》強調詩歌不能脫離政教功能的制約，所以在創作上就有特別配合政教功能而提出的看法。《一瓢詩話》對創作的看法，可以分兩部分來說明。第一部分是創作的基礎與創作的條件。[註1] 第二部份是實際創作的指導。另外又有《一瓢詩話》對「法」的看法，這是在前述兩者的基礎上論說，但由於所論不多，所以並不單設一節，只在最後附帶一提。以下分別論述。

第一節　創作的基礎與創作的條件

　　關於創作的基礎，《一瓢詩話》認爲是詩人的胸襟，這與《原詩》的講法可以說是相同的：

　　　作詩必先有詩之基，胸襟是也。(《一瓢詩話》第三則，《清詩話》
　　　下，頁 853)

不過，《一瓢詩話》另外提出了「人品」，做爲創作條件的總綱，並針

〔註 1〕這裏所說的創作的條件，是指詩人這一方面。而在創作的客觀條件
　　　一方面，《一瓢詩話》完全繼承《原詩》理、事、情的看法，《一瓢
　　　詩話》第三十四則：「吾師橫山先生誨余曰：作詩有三字，曰情、曰
　　　理、曰事。余服膺至今，時理會者。」除此以外，《一瓢詩話》對創
　　　作的客觀條件沒有其他的論述，所以這裏單就詩人這一方面的創作
　　　條件來說。

對胸襟與人品的關係說：

> 具得胸襟，人品必高。(《一瓢詩話》第六則，《清詩話》下，頁 854)

針對人品與實際創作的關係說：

> 著作以人品爲先，文章次之。(《一瓢詩話》第九十七則，《清詩話》下，頁 879)

創作基礎與創作條件是互爲循環、互相開發的，所以有胸襟，必有人品。而創作條件又是實際創作的憑藉，有創作條件，進一步才談得到下筆爲詩時的種種經營講究。因此創作在順序上應以人品爲先，文章經營爲後。

人品做爲創作條件的總綱可以從兩方面來講：一是人品對作品的直接影響；一是以人品爲指導開發或培養實際創作的條件。以下分別論述。

一、人品對作品的直接的影響

《一瓢詩話》中有兩則提到人品對作品的直接影響，第六則：

> 人品既高，一謦一欬，一揮一灑，必有過人處。(《清詩話》下，頁 854)

第九十三則：

> 品格，自然之高邁。(《清詩話》下，頁 878)

《一瓢詩話》認爲，人品高，詩歌自然就有高格。前面講到創作的基礎胸襟，與創作的條件人品，二者之間是互相開發的，所以也是互相一致的。胸襟與人品有必然關係，人品與作品之間也有必然關係。從胸襟到人品還同是屬於詩人修養的層面，至於從人品到作品的一貫，就表現出《一瓢詩話》對創作有這樣一種看法，就是詩人在某一層面對作品有絕對的、必然的影響力，第六章第二節第三點所說的「詩人才情」是其一、由胸襟所培養的人品是其二。才情是天賦的，不能改變，也不以才情的不同區分高下。人品則不同，人品是透過胸襟培養的，而且明顯的有價值上的判斷。同時，詩人無法避免自己在這一方

面對作品的影響，所以人品的培養是詩人的第一要務。換言之，詩人人品與作品是無法分割的，前者是後者的根本，所以要求好的作品，必需先求好的人品。人品高低是作品好壞的先決因素，但不是絕對因素，因為既然以「文章次之」，可見《一瓢詩話》同時肯定作品有屬於文章的一面，不是人品可以照顧得到的。但如果人品不高，作品品格必然不高，不論其他部份的表現如何，作品都是不好的。《一瓢詩話》視人品較文章為先，是受到詩教功能的制約，因為如果作品品格不高，文章再好，也不能達成教化功能。所以人品在創作上有優先地位，正可以說明《一瓢詩話》以政教功能為依據來指導創作。

二、人品指導下創作條件的培養

詩人胸襟、人品會自然地貫注於作品之中，這是詩人對作品的直接影響。另一方面，詩歌尚有文章的一面，培養文章方面的創作條件有三：才思、學力、志氣。《一瓢詩話》第二則：

> 學詩須有才思，有學力，尤要有志氣，方能卓然自立，與古人抗衡。（《清詩話》下，頁853）

《一瓢詩話》並針對學力的培養，提出具體的方法。學力的培養以「取材於古人」為要：

> 既有胸襟，必取材于古人。（《一瓢詩話》第五則，《清詩話》下，頁854）

取材於古人的原則有二：第一、要深、要廣、要求根本。《一瓢詩話》第一百六十二則：

> 三衢葉敬君云：不讀三百篇，不足以溯詩之淵源，不讀五千四十八卷，不足以入詩之幻化，不窮盡十三經，不足以閎詩之作用。（《清詩話》下，頁892～3）

讀《三百篇》，可以追溯詩歌的歷史源頭，是深；讀五千四十八卷，可以廣泛地了解詩歌創作的成就，是廣；讀《十三經》，可以體察禮樂修明的人文精神，是求詩歌的根本。「取材於古人」的確切涵意，不是要在行行句句間，拾古人牙慧，而是詩人要透過這樣宏大精深的

涵養，蘊蓄深廣的創作資本。

第二、要具眼、要涵養吟誦。《一瓢詩話》第十七則：

　　讀書先要具眼。（《清詩話》下，頁 857）

又《一瓢詩話》一百六十一則：

　　讀書不在記，記是村學裏兒童怕打法。（《清詩話》下，頁 892）

深廣的歷史遺產，並不是要一一熟記，不僅記不完，而且如果單單去
記並沒有意義，重要的是「具眼」。「具眼」就是有識，面對古人的著
作，可以看出著作的意義，這樣取材於古人，才可以役使材料，而不
是被材料所役使。取材於古人，還需要游詠涵養，第二十六則：

　　只將古詩游詠久之，動筆便合。（《清詩話》下，頁 859）

這是一種創作生命的孕育，在反覆吟誦中自然地培養出創作的能力。

　　這兩個原則，都要以胸襟為基礎，沒有胸襟，不足以開出宏大的
規模；沒有胸襟，不足以具眼識，文化遺產也只是一堆死資料。並且
要以高尚人品來指導，才能賦予材料以價值，而不是以強記博辯來炫
耀學問。

　　此外，《一瓢詩話》認為在才思、學力和志氣三者之中，志氣尤
其重要。志氣的作用可以從兩方面來看：

　　第一、在時間歷程中詩歌隨著時代的「正」、「變」、「正變相半」，
表現出相應的體裁（參見第六章第二節第三點），詩人應該回應這種
趨勢，突破原有體裁的限制與習慣，與時代結合。《一瓢詩話》第七
十則：

　　作詩稿成讀之，覺似古人，即焚去。（《清詩話》下，頁 873）

第二十則：

　　有一種故實字句，入不得詩者。（《清詩話》下，頁 858）

古代的典範、故實字句，若是不符合時代精神，詩人要有「志氣」突
破，不要陷在既有的窠臼中。

　　第二、隨著詩人才情有「正」、有「變」、有「正變相半」，詩人在
創作時自然地也會表現出相應其才情的體裁（參見第六章第二節第三

點）。詩人不僅要自由揮灑，表現其才情於體裁之中，而且要加以強化，表現出獨特面目。尤其在同一時代中，大環境是相同的，詩人要在同中求異，不能不藉著志氣表現個性才行。《一瓢詩話》第九十四則：

> 詩文家最忌雷同。……卻又不異而異，同而不同，纔是大本領、真超脫。（《清詩話》下，頁878）

然而志氣要在人品的指導下才有方向，志氣的「志」雖然也帶有一些方向性的意思，但畢竟並不明確，志氣要在人品的指導下發揮效用，否則容易刻意搜難尋異、或失之邪僻，那就與政教之意背道而馳了。

才思、學力、志氣，三者的互相補充與綜合，可以統稱為「才氣」。才氣可以決定一個創作者的規模大小，《一瓢詩話》第一百九十七則：

> 蘇黃門謂杜詩雄，韓詩豪，杜詩之雄，可以兼韓之豪，如柳柳州，不若韓之變態百出也。使昌黎收斂而為柳州則易，使柳州開拓而為昌黎則難，此無他，意味可學，才氣不可學。（《清詩話》下，頁900）

這裏以杜甫、韓愈、柳宗元三者為例。杜甫的規模最大，韓愈次之，柳宗元又次之，杜甫可以兼涵韓愈的規模，韓愈可以兼涵柳宗元的規模，但要柳宗元開拓規模學韓愈，就很不容易了。創作者憑著才氣，可以創作出與本身才氣大小相當的規模，如果加以收斂，也可以創作出規模較自身才氣為小的作品；但詩人若本身才氣不夠，便只能限於某種規模，而難於開拓。所以詩人之間的互相師法、學習，只可學到意味，至於規模，要靠詩人向內充養本身的才氣，才氣飽滿，規模自然可以開拓。

規模由才氣決定，有大有小；品格由人品決定，有高有低。人品先於文章，意味著才氣的培養應以人品為方向的指導。從第六章對《一瓢詩話》詩歌功能等的說明，到這裏對創作條件的先後次序的排列，都是在詩教的大方向下發展。因此，依《一瓢詩話》的觀點，創作原則與技巧本身是中性的，必需以人品來點化，才能有意義與價值。所謂「以詞為衛」，詞的技巧是為詩教服務的，它護衛著「意」

的充分表達，透過「意」的作用，發揮教化功能。從這裏可以看出《一瓢詩話》受到儒家詩教的影響很深，然而雖然《一瓢詩話》以政教的實用功能角度來講詩歌的創作，但也並不否認詩歌有文章的一面，所以講才思、學力、志氣等條件，並在這些條件下討論詩歌的實際創作。

第二節　實際創作

實際創作過程的第一個階段，是「有所觸而興起其意」，這是傳統的觀點，也是《原詩》的看法。〔註2〕關於第二個階段，《一瓢詩話》第九十九則引用陸機的話來說明：

> 罄澄心以凝思，眇眾慮而為言，課虛無以責有，叩寂寞而求音。(《清詩話》下，頁880)

簡單的說，就是在虛靜的狀態中，涵養藝術的靈思。靈感的發生，雖然表面上看來是突然的、神祕的、不費力的、不可捉摸的，但事實上，靈感是經過長時間的蘊蓄，然後在蘊釀到最飽滿、最充足的時候，透過虛靜的工夫，才能在自由的、廣闊的、無拘無束的狀態下舒展，而發為妙筆。

不論是創作前的蘊蓄，或虛靜的工夫，都須要時間的涵養，所以創作者切忌口熟手溜，快速成篇，即使具有敏捷之才，也不可以斷然有敏捷之作。《一瓢詩話》一百零七則：

> 口熟手溜，用慣不覺，亦詩人之病。(《清詩話》下，頁882)

〔註2〕《一瓢詩話》第四十二則：「橫山先生有云，必先有所觸而興起其意，其辭其句，劈空而起，皆自無而有，隨在取之于心，出而為情為景為事，人未嘗言之，而自我始言之，故言者與聞其言者，誠可悅而永也。」(《清詩話》下，頁865) 這段稱引葉燮的話，在《原詩》第一則中可以找到：「原夫作詩者之肇端，而有事乎此也，必先有所觸以興起其意，而後措諸辭，屬為句，敷之而成章。當其有所觸而興起也，其意其辭其句，劈空而起，皆自無而有，隨在取之于心，出而為情、為景、為事，人未嘗言之，而自我始言之，故言者與聞其言者，誠可悅而永也。」(《清詩話》下，頁896) 比對兩段，只有陳說次序上略有小異，看法是一致的。

這也是創作者的修養課題，目的在於涵養詩人的才思，使詩人的聰慧，可以發爲藝術的工妙，而不是出於習慣的湊合。以上實際創作的兩階段，《一瓢詩話》只是略加說明，重點還是放在第三個階段。

第三個階段便進入將靈思客觀化爲語言的過程，可以分爲兩部分：一是基本創作原則，二是技巧。技巧又可以分爲兩部分，分別是詩歌整體的經營、規劃，和詩歌某一特殊成分，如字句或聲韻的鍛鍊等，所謂「詩法」的問題。也可以在這部分附帶說明。

一、創作原則：得體與靈動新鮮

《一瓢詩話》認爲，「得體」是創作的第一原則。第三十七則：
> 得體二字，詩家第一重門限，再越不得。(《清詩話》下，頁863)

所謂得體，可以從兩個層次來說，第一是得「體格」之體，第二是得「體裁」之體。得「體格」之體比較單純，主要就是各種詩歌體製不可混雜在一起。《一瓢詩話》認爲雖然也有所謂的雜體詩，但屬遊戲之作，不足爲範，第九十一則：
> 雜體詩昔亦有之，原屬游戲，前人有餘力，不妨拈弄，若今人作正體詩，尚未必盡善，何暇及此。(《清詩話》下，頁878)

詩歌體格要純，《一瓢詩話》第一百六十八則以音樂爲例加以說明：
> 琴有正調外調。調者，調也。五音不可不少紊。苟于指法輕重疾徐之閒，宮中雜角，徵中帶羽，便非純音。(《清詩話》下，頁893)

詩歌體格不可相混，就像音樂上的五音不可稍有混雜一樣。得體格之純，這是作詩的第一原則。然而體格只是詩歌之體的某一層面，詩歌之體更表現爲意、氣、詞與體格互相統合下的體裁，這便牽涉到正變的問題。《一瓢詩話》第三十九則：
> 曾受韜鈐之法于塞翁，揣摩久之。雖變化無窮，不出奇正二字，從受詩古文辭之學于橫山，亦不越正變二字。譬夫

> 兩軍相當，鼓之則進，麾之則卻，壯者不得獨前，怯者不
> 得獨後，兵之正也，出其不意，攻其無備，水以木罌而渡，
> 沙可唱籌而量，兵之奇也。溫柔敦厚，纏綿悱惻，詩之正
> 也。慷慨激昂，裁雲鏤月，詩之變也。用兵而無奇正，何
> 異驅羊，作詩而昧正變，真同夢囈。然兵須訓練于平時，
> 詩要冥搜于象外。（《清詩話》下，頁 864）

《一瓢詩話》以用兵之「奇」、「正」與作詩之「正」、「變」並舉，
就用兵而言，「鼓之則進，麾之則卻，壯者不得獨前，怯者不得獨後」
是用兵的一格；「出其不意，攻其無備，水以木罌而渡，沙可唱籌而
量」又另是一格。前者是交戰的常態，後者則別有規模。就作詩而
言，詩歌體裁在體格之經與意氣詞之緯的綜合下，因為詩人才情的
不同與時代的變遷，體裁便有「正」、「變」、「正變相半」等各種不
同。「溫柔敦厚，纏綿悱惻」是「正」，「慷慨激昂，裁雲鏤月」是「變」，
介於兩者之間的則是「正變相半」，這種現象，統稱為「正變」。用
兵的奇正和作詩的正變，本來都是一種典型，典型被確定後，從中
抽繹原理，產生法則，就詩歌而言，「正變」便從體裁觀念分化為創
作觀念，成為創作的法則。所謂得體的第二層，就是得體裁的正變
之體。

在《一瓢詩話》裏，體裁有正變，其來源一是時代，一是詩人才
情。由時代和詩人的才情構成了詩歌體裁的「正變」。從體裁上的「正
變」所分化出來的創作上的「正變」，是要詩人回應時代，並且盡量
把才情發揮出來。詩歌以教化為目的，不能脫離社會生活與社會情
感。詩人若脫離時代，便難以與讀者共鳴，更談不到教化了。但這並
不是說詩歌必需取材於社會，題材是沒有限制的，所謂「坐馳可以役
萬象」，但不論什麼題材，最後要以能夠感發讀者的道德情感為目的。
所以所謂創作上的「正變」，是以發用詩人自身的才情和回應時代的
變遷為創作的法則。時代若正，以「溫柔敦厚、纏綿悱惻」最能達成
教化功能；時代若變，以「慷慨激昂、裁雲鏤月」最能達成教化功能。

詩人要結合社會變化來表現個別性，這是詩歌創作的大法。所以「正變」一方面從詩歌體裁中分析歸納出來，一方面又反過來成爲詩歌創作與構造體裁的原理原則。作詩若不明白「正變」之法，如同夢囈，更談不上詩歌的作用與功能了。

用兵要達「奇正」的效果，有賴於平時的訓練。作詩要實現「正變」的法則，要有「冥搜于象外」的工夫。「冥搜于象外」至少可以包含兩種意思：第一、「正變」法則雖是從「溫柔敦厚、纏綿悱惻」和「慷慨激昂、裁雲鏤月」各種體裁中抽繹出來，並且可以在古人的成就中找到取法的對象，但「正變」一旦成爲法則後，就是一個普遍的原理，詩人要運用這個原理創造新的作品，而不是對歷史上的「正」、「變」作品極力模擬，或在一字一句間講究，而應該從根源處涵養、暗地裏尋索。簡單地說，應該從對時代深刻的觀察與體悟著手。第二、對時代有所體悟之後，還要出之以高妙的創作手法，在這裏特別是指尋索象外的意，發現在現象以外所蘊涵的意義，而不是將時代現象生硬地描摹出來。詩歌雖然反映時代，但不是生硬地反映現實，而是有所寄託，這就牽涉到創作技巧。

綜上所述，正變原則是從體裁的對照中抽繹出來的創作法則，它的特質是肯定作品之間因爲相異的創作因素，如時代有隆污、詩人才情有正變，便會創作出各種多樣的體裁，如有「溫柔敦厚、纏綿悱惻」和「慷慨激昂、裁雲鏤月」，和介於這兩種之間的無數多種體裁。而純正的體格和正變原則的綜合運用，就是所謂「得體」。

此外，不論「正」、「變」、「正變相半」的體裁，都以創造靈動新鮮的效果爲原則。所譯靈動，是就詩歌章法而言，要活潑跳躍，極盡虛靈之美。然而活潑跳躍並不是沒有秩序，虛靈並不是散漫，而是在變化之中自有樞紐，形成緊要，帶動與統合章法與句法，並且突顯個性。《一瓢詩話》第一百三十四則評魏野詩：

　　絕無緊要，又無氣魄，有何好處。(《清詩話》下，頁887)

詩人對章法的掌握，要不鬆不緊，穩當妥貼，《一瓢詩話》第一百八

十二則：

> 詩文要通體穩稱，乃爲老到。止就詩論，寧使下句襯上句，
> 不可使上句勝下句，然上下句悉敵，縱是天然工到。(《清詩
> 話》下，頁 897)

「通體穩稱」是要表現出一個體裁應有的完整、均勻、妥當的安排，
例如字句的輕重，前後的呼應、或襯托等等。詩人在整體的安排上，
照應得當、並且週全、完足，是爲「老到」。在老到的基礎上能極其
靈動之美，才能波瀾起伏，在變化之中蘊涵著規律，表現顧盼生輝之
姿。《一瓢詩話》對靈動原則的說明雖然不多，但創作技巧上對創造
靈動效果有明顯而強烈的要求，也是《一瓢詩話》對詩歌之美比較正
面的說明。

　　至於新鮮就是表現詩人的獨特性，要自成一家，不做他人影子。
《一瓢詩話》第七十七則：

> 杜浣花云……語不驚人死不休。(《清詩話》下，頁 874)

所謂「驚人」，就是說明詩人追求新鮮陌生的效果，使讀者興起不一
樣的感受。而在意、氣、詞三者中，詩人尤其要追求的是新「意」，
詩歌以意爲主，上述得體與靈動無非爲意服務，從而達成教化功能。
《一瓢詩話》第十九則：

> 不知去俗意，尤爲要緊。(《清詩話》下，頁 858)

第四十七則：

> 能以陳言而發新意，才是大雄。(《清詩話》下，頁 865)

第四十六則：

> 語陳而意新，語同而意異。(《清詩話》下，頁 865)

以意爲主無非是以教化爲宗旨，然而教化的言論最容易給人陳腐固陋
的感受。詩歌雖以教化功能爲依歸，但最忌鄙陋板腐，相反地，要新
鮮脫俗，以新意延續教化的生命。詩人應該善用詩歌的獨特性，使詩
教在表現上不同於其他教化的方式。不僅在字句上追求新變，更要在
詩意中不斷創新，能常新才可以傳諸久遠。

二、創作技巧

甲、詩歌整體的經營——選體、鍊意、寄託

在得體原則的指導下，實際創作的技巧第一是選體。選體首先是選擇適合的體格，而體格對體裁有制約的作用（見第六章第二節第三點），所以選體包括了對體格的選擇，以及對由體格與意、氣、詞綜合而成的體裁的選擇。選體要領有三：第一、詩題與體裁之間，必須做適當的配合。《一瓢詩話》第一百八十一則：

> 題與詩必須相配，縱有好詩，看此題宜作何體，然後據體
> 構思。（《清詩話》下，頁897）

詩題通常限制了題材的選擇範圍，而題材又往往有一與它相應的體裁。就是說，某一體裁往往比其他體裁更適合表現這一題材。如果能選取適當的體裁，自然較能表現詩題及其題材的特色，從而達成詩歌目的。

第二是詩人要衡量本身的條件，選擇適合自己才情的體裁來寫作。《一瓢詩話》第一百八十則：

> 人各有能有不能，豈可強作，以體備為榮，試觀一稿之中，
> 可是篇篇佳句，體體傳作。（《清詩話》下，頁897）

由於每一位詩人對某一特定體裁的掌握能力不一樣，各人有各人所擅長的體裁，也有不擅長的體裁。詩人應該選擇相應於自身才情的體裁，以自己最擅長的體裁來寫作，而不應該勉強寫作自己所不擅長的體裁。

不過，詩人知題選體，都只是一個步驟而已，最重要的還是「意」。《一瓢詩話》第四十一則：

> 一題到手，必觀其如何是題之面目；如何是題之體段；如
> 何是題之神魂。做得題之神魂搖曳，則題之面目體段，不
> 攻自破矣。（《清詩話》下，頁865）

所謂題之「神魂」，就是詩人透過題材、體裁所要表達或表現的「意」。詩歌以「意」為主，所有的技巧無非為「意」服務，從而達成教化功

能。詩人鍊意，最忌鄙俗之意，在新鮮的創作原則下，鍊意的首要之
務，就是去俗意。去俗意未必要搜難尋異，鍊意也不是在字句上求工，
而是要透過詩人的胸襟人品，開拓新的境界。若能如此，即使人所習
用的陳言舊句，也可以賦予新的生命。《一瓢詩話》第四十七則：

> 能以陳言而發新意，才是大雄。(《清詩話》下，頁 865)

《一瓢詩話》第四十六則：

> 語陳而意新，語同而意異，則前人之字句，即吾之字句也。
> (《清詩話》下，頁 865)

鍊意在根本處涵養，根本宏闊浩大，無不可以吸收消化，點鐵成金。

詩人若能鍊出新意，還要出之以寄託的手法，不留教化的痕跡。
《一瓢詩話》第七十七則：

> 詩重清眞，尤要有寄託，無寄託，便是假清眞，有寄託者，
> 必有氣魄，無氣魄者，漫言寄託。(《清詩話》下，頁 875)

清眞是詩歌的極高理想，但清眞的達成必有賴於寄託。同時，寄託必
包涵著氣魄。所謂寄託，至少包含兩個層面，一是詩人所寄託的意，
一是詩人用來寄託的象。沒有意，當然不成爲寄託；但如果沒有象，
也不是寄託，而是說教。所以寄託必包含著意和象。而意的鍛鍊以及
象的選擇和經營，必然貫注著詩人的性情面目，所以有寄託必有氣
魄。詩人冥搜於象外，但最後要寄託於象內，所以詩歌創作必須具備
冥搜於象外又寄託於象內等兩方面。不可沒有象外之意，也不可以沒
有用來寄託的象。

乙、章句的技巧

具備了上述各種條件之後，創作問題就落在語言文句的雕琢上
面。《一瓢詩話》章句的技巧可以分爲五類：

第一、謀篇。《一瓢詩話》第九十二則：

> 詩有從題中寫出，有從題外寫入。(《清詩話》下，頁 878)

第三十九則：

> 其正處精神，多在側處渲染；近處位置，又從遠處襯貼。(《清

詩話》下，頁 864）

第一百四十則：

> 有就此處說者；有就彼處說者。（《清詩話》下，頁 888）

第九十二則：

> 有從虛處實寫，實處虛寫；有從此寫彼，有從彼寫此；有
> 從題前搖曳而來，題後迤邐而去。（《清詩話》下，頁 878）

第一百九十則說：

> 似議非議，有論無論。（《清詩話》下，頁 899）

以上各則，都是藉著兩兩相對，而又可以互相變化的概念，說明詩歌謀篇要手法靈動，如風雲變幻，千萬不要如填字遊戲，有固定的格式。《一瓢詩話》第七十八則：

> 作詩非應舉，何必就程式。（《清詩話》下，頁 875）

就是說明詩歌不要落入格套，失之板滯。又第二百一十四則評李白詩：

> 李有收束法，凡長篇必作一小束，然後再收，如山川跌換
> 之勢。（《清詩話》下，頁 903）

這裡反覆論說的，就是強調手法的靈動活潑、千變萬化，不斷發掘新穎的表達方式。或對比，或映襯，或暗示，或象徵，務求字句之間左瞻右顧，承前啓後，開合掩擁，閃爍彌漫。這種創作技巧，從極盡虛靈之美的靈動原則而來，根本原則就是打破習以爲常的手法。可以如此寫的，試試如彼寫會如何，有此有彼便創造了變化無窮的可能，使全篇前後左右互相呼應交涉，搖曳生姿，情態盎然。

　第二、聲韻的講究。聲韻在詩歌中有它一定的效用，但若一味排比聲韻，則不能稱爲工。《一瓢詩話》第十二則：

> 不去纖響，惟務雕繢，僅同百衲琴，骿湊雖工，膠滯清音，
> 究非上品。（《清詩話》下，頁 856）

聲韻的講究以「清音」爲上，如果詩人不能從根本的地方作洗鍊、渾厚的工夫，而一味雕繢，那麼只不過膠滯清音，沒有什麼價值。同時，聲韻的創作技巧，必須以詩歌整體的創作爲主導，同時配合下列四點：一、收韻，《一瓢詩話》第一百零一則：

> 古人收韻有極不妥處，…忘其韻之與本句相戾也。(《清詩話》
> 下，頁 880)

收韻之韻要和本句相輔相成，不可相離相背。二、轉韻關係詩歌節奏，轉韻或不轉韻，或應該轉入某韻，有時有不可不如此之勢，所以必須考慮詩歌體裁的各層面因素所造成的綜合結果，來決定轉韻的使用。《一瓢詩話》第六十四則：

> 轉韻最難，音節之間，有一定當轉入某韻而不可強者。…
> 樂府宜被管絃，或數句或四句一轉，始覺宛轉有致。若七
> 古則一韻爲難，苟非筆力扛鼎，無不失之板腐(《清詩話》下，
> 頁 871～2)

三、切忌一韻幾押，以免重沓複出。《一瓢詩話》第一百七十一則：

> 一韻幾押，…吾人且避之。(《清詩話》下，頁 895)

四、忌其他的大病。《一瓢詩話》第一百七十三則說：

> 四平頭四實四虛，前後輕重，蜂腰鶴膝，詩中之癧病，極
> 易犯而極不宜犯。(《清詩話》下，頁 895)

　　第三、用事。用事必需活潑自然，切忌誇耀博學。最高明的用事，是不著痕跡，與其他的詩歌成分化合無間，如鹽消釋於水中，這就是《一瓢詩話》第一百四十七則所說的：

> 作詩用事，要如釋語，水中著鹽，飲水乃知。(《清詩話》下，
> 頁 890)

或如《一瓢詩話》第一百五十五則評杜甫：

> 用事天然。(《清詩話》下，頁 891)

第二百二十一則評譚用之：

> 偶有不杜撰、不硬用處便佳。(《清詩話》下，頁 904)

　　第四、對仗。對仗雖可增加詩歌的均衡，但也切忌過分齊整，因爲齊整的對仗，會顯得板滯，而缺少氣韻的流轉。如《一瓢詩話》第一百七十八則評寒山詩：

> 長歌短舞，緊緊作對，已屬不佳。(《清詩話》下，頁 896)

可見對仗之法，必須在靈動的前提下，表現出均衡勻稱，而達到精警

的效果。甚至古人「常有似不對而實對者」（《一瓢詩話》第二十五則，
《清詩話》下，頁858），它的勻稱是含蓄的、曲折的、隱約若現的，
在靈動中內藏著均衡的效果。

第五、鍊字、鍊句。《一瓢詩話》第一百七十五則：

> 屬思久之，詩思漸集，又當淘汰盡情，然後鍊成一首。（《清
> 詩話》下，頁895）

凡「鍊」，都是經過長時期的醞釀，然後在詩思最飽滿充沛的時候，
凝聚精粹，發爲一字一句。而「鍊」的工夫到達極致時，表現在詩歌
上是：「篇中之意工到、氣韻清高深渺、格律雅健雄豪，無所不有。」
（《一瓢詩話》第一百四十二則，《清詩話》下，頁889）可見「鍊」
的技巧涵蓋面甚廣，它可以是詩歌整體的創作技巧，但也可以針對某
一層面的技巧。

先說鍊字。消極的鍊字，是切不可將一些現成的救急字眼隨便湊
上。鍊字是要字字珠璣，在一個字內表達最豐富的意蘊，如果只是湊
字，便無法達到這樣的目的。積極的鍊字，是在一字間點化全詩，將
全詩的精神全部凝聚在這一個焦點上，而煥發出無窮的妙用。例如《一
瓢詩話》一百六十九則說杜甫鍊字蘊藉，且善用「自」字，一個「自」
字，將寄身離亂、感時傷事之情，全然托出。（《清詩話》下，頁894）
不僅在一字之內涵藏無限意蘊，而且含蓄委曲，不留斧鑿之痕。這便
是善於鍊字的妙用。此外，《一瓢詩話》評孟東野「高天厚地一詩囚」，
認爲「詩囚」二字，新極趣極。鍊字若能鍊到創新而富情趣，便是成
功了。而將前人的詩作，成功地點化字句做爲己詩，如王維的「漠漠
水田飛白鷺」，也可以歸納在鍊字一類。但也有不成功的例子，那便
不免餖飣之醜。

再說鍊句，鍊句的基本意義與鍊字沒有什麼不同，只是將範圍擴
大，不要在隻字上鑽營，而要在高處著眼。鍊句的首要工夫是將板腐
剔除，如此詩句才能高邁不俗。

《一瓢詩話》肯定詩歌有內在的秩序法則，如屢稱字法、句法、

章法、詩法。但法不是一成不變的規範,詩人要創造詩歌的秩序,而不是亦步亦趨於古人已有的成績。但詩歌的內在秩序並不是憑空而來,而是在得體、靈動、新鮮的原則下,「行乎所當行,止乎所當止。」(《一瓢詩話》第八十一則,《清詩話》下,頁 876)《一瓢詩話》第八則:

　　作詩家數不必畫一。(《清詩話》下,頁 855)

作詩沒有一定的、唯一的技巧,而是在創作原則的指導下,有時有不得不如此的自然之勢。詩人不能不遵守這種出自創作本體的要求,因此法的最高境界,是「各有自然之妙,不爲法轉,亦不爲法縛。」(《一瓢詩話》第八十一則,《清詩話》下,頁 876)

　　《一瓢詩話》從根本問題如人品的涵養,到具體而細節性如技巧等問題,都一一說明。有些可以看出是在政教功能的制約下的發展,技巧性的問題雖然沒有直接的政教價值或意義,但從《一瓢詩話》整體來看,技巧仍是爲政教功能服務的。事實上,下一章討論《一瓢詩話》的批評觀,也是在這樣的基礎上建立起來的。

第八章　《一瓢詩話》對詩歌批評與閱讀的看法

　　這一章的內容包括兩部分，第一節、第二節以批評爲主，說明《一瓢詩話》批評的標準和實際批評。第三節以閱讀爲主，由於詩歌目的是在讀者身上發揮政教功能，詩人的意是有所爲的（見第一節第一點），所以《一瓢詩話》對讀者提出閱讀上的指導，希望透過讀者的善於閱讀，領會詩人的用意。

第一節　批評的態度與標準

　　《一瓢詩話》認爲批評應該是客觀的，第一要有客觀的態度，第二要有客觀的批評標準，如此才能有客觀的批評。《一瓢詩話》第四十九則：

> 詩文無定價，一則眼力不齊，嗜好各別，一則阿私所好，愛而忘醜。或心知，或親串，必將其聲價逢人說項，極口揄揚，美則牽合歸之，疵則宛轉掩之，談詩論文，開口便以其人爲標準，他人縱有傑作，必索一瘢以詆之。後生立腳不定，無不被其所惑。吾輩定須豎起脊梁，撐開慧眼，舉世譽之而不加勸，舉世非之而不加沮，則魔群妖黨，無所施其伎倆矣。（《清詩話》下，頁866～7）

《一瓢詩話》認爲對詩人的評價難於有共識的原因有二、一是批評者有偏見，各有各的喜好，二是批評者以詩文以外的其他條件做爲評價的考量，又依據這些不當的考量爲詩文本身揚瑜掩疵。針對這些弊病，眞正的批評一要有識見，所謂「撐開慧眼」，批評者應該超越一己的偏見；二要有操守，所謂「豎起脊梁」，不應該以詩文以外的其他條件混淆對詩文的批評。綜合起來說，就是批評應該是客觀的，一要有客觀的態度，二要有客觀的標準。《一瓢詩話》第四十則：

> 從來偏嗜，最爲小見。（《清詩話》下，頁 864）

第八十四則：

> 評論詩文、品題人物，皆非美事，亦非易事。（《清詩話》下，
> 頁 877）

前則表現出《一瓢詩話》要求批評的客觀性，後則表現出《一瓢詩話》要求批評的嚴肅性。事實上，批評的嚴肅是建立在客觀上，因爲客觀，所以不可憑一己才氣隨意揮灑。客觀態度的建立與客觀標準的掌握，都不是容易的事。

在薛雪的時代，客觀的批評並未建立，批評者不能將批評客觀化的情形已如上述，而被批評者對批評的客觀性也缺乏認識。這種情況可以從《一瓢詩話》第七十九則看出來：

> 大凡今人著作，既經鏤板者，及試草硃卷等類，切不可動
> 筆，倘偶然動筆，切不可寘案頭，令人見之。（《清詩話》下，
> 頁 875～6）

可見被批評者缺乏批評是客觀活動的觀念，將批評活動與世俗的人際關係混爲一談，所以批評者也不好公開的批評。

客觀態度的建立除了摒除一己私見之外，還要以平實、有見解爲原則，《一瓢詩話》第十三則：

> 議論切不可欹刻好奇，未能灼見，不妨闕疑。（《清詩話》下，
> 頁 856）

批評應該平實，有根據，不可爲了標新立異而強加議論，踰越了批評的限度。但平實並不是平庸無見解。如果沒有見解，不可亂加臆度，

或做不必要的批評。以平實的議論表達眞知灼見，是批評的原則。

此外，《一瓢詩話》對批評者的責任也提出說明。批評者的責任是根據一定的標準，評定好壞，指陳優劣，這是批評者所能負擔的工作。但是，能夠評價好壞，並不等同於能夠創作出理想中符合標準的作品，所以《一瓢詩話》第二百二十五則：

> 有口能談手不隨，若以余爲能如其言，正未必然。（《清詩話》
> 下，頁 905）

這是《一瓢詩話》對批評者的能力範圍的認識，它看出創作與批評分屬兩種不同性質的活動，是兩回事，不可混爲一談。

既要以客觀的標準從事批評活動，《一瓢詩話》便對詩歌的批評提出標準。《一瓢詩話》的批評標準是建立在它的基本詩觀以及創作觀上。《一瓢詩話》的詩觀從兩方面立說，一是詩歌政教功能，一是詩歌之體。這兩者的關係是，一方面雖然承認詩歌之體的事實存在，但詩歌之體必需在政教功能的大方針下才能得到價值的點化而具有人文意義的存在條件。另外一方面雖然政教功能是詩歌價值的根據，但政教功能的達成，又不能不依賴詩歌之體。在基本詩觀的制約下，《一瓢詩話》對創作的看法有三項特點：一、爲了達成政教目的，因此重視詩人人品。二、由於政教目的依賴詩歌之體而達成，所以重視詩人才氣，但所謂才氣是在人品涵蓋下。三、政教目的與詩歌之體應該互相綜合，綜合的手法是寄託。《一瓢詩話》的批評標準，就是從它對創作的看法延伸出來的。論述如下：

第一、爲了達成政教功能而重視詩人人品，人品必需正，人品正，詩歌自然就正，「正」，是批評的首要衡量標準。《一瓢詩話》第七則：

> 詩者，心之言，志之聲也。心不正，則言不正；志不正，
> 則聲不正，心志不正，則詩亦不正，名之曰歪，不亦宜乎。
> （《清詩話》下，頁855）

這段話是指點創作，從詩人的心說起。但它所透露的是，詩若不正，名爲歪，歪有明顯的貶意，所以詩歌第一要「正」。

第二、由於政教功能的達成必需依憑詩歌之體，而詩歌之體來源於詩人才氣。因此《一瓢詩話》重視詩人才氣，才氣大，詩歌便豐富，「豐富」是詩歌的批評標準之二。《一瓢詩話》第二百二十四則：

> 如溟渤，無流不納，如日月，無幽不燭，如大圓鏡，無物不現。（《清詩話》下，頁905）

就單首詩歌來說以豐富爲佳，就詩人來說，風格也以多樣爲佳，多樣才能成大家。《一瓢詩話》第一百一十一則：

> 如來三十二相八十種好，何所不現，大詩家正不妨如是。（《清詩話》下，頁883）

第三、詩人人品與才氣互相綜合的結果，是有寄託。《一瓢詩話》第七十七則：

> 詩重清眞，尤要有寄託。（《清詩話》下，頁875）

詩歌不僅要正，要豐富，而且要將從詩人端正的人品所發出的教化之意寄託在豐富的字裏行間。有寄託，才是眞清眞，一味的說教，或只有聲色之美而無意蘊，都不能算是好詩。所以詩歌要「思深意微」、「通體含諷」，（見《一瓢詩話》第五十七則，第一百九十二則）寄託之意要深刻，而表達的手法要委婉，總以能收政教之功爲上。

在使用批評標準的時候，第一項是第二項的先決條件，所以第一、二項的批評標準並不能單獨完成批評的工作，必定要兩項配合運用，或與第三項配合運用。因爲第三項批評標準其實包涵了第一項標準，所以可以單獨使用第三項標準對詩歌進行評量，也可與第二項配合使用。

此外，體裁的「正」、「變」、或「正變相半」，並不是評價的標準，體裁可以容許各種風格。《一瓢詩話》第一百五十四則：

> 先生休訕女郎詩，山石拈來壓晚枝，千古杜陵佳句在，雲鬟玉臂也堪師。（《清詩話》下，頁892）

《一瓢詩話》第一百一十一則：

> 許彥周謂韓昌黎銀燭未銷窗送曙，金釵欲醉座添春。殊不類其爲人。可知如來三十二相八十種好，何所不現，大詩

家正不妨如是。(《清詩話》下，頁 883)

上一則以杜甫的詩作爲例，下一則反駁許彥周對韓愈詩的批評，都說明體裁可以容納詩人不同的才情，並不以「裁雲鏤月」爲「變體」而否定它的價值。《一瓢詩話》肯定詩歌體裁的多樣化，與上述詩歌必需「正」的要求並不衝突，上述的「正」是從道德說，是對詩歌的目的、功能等，大方向的指導，在這個大方向之下，可以有「溫柔敦厚，纏綿俳惻」、「慷慨激昂，裁雲鏤月」等等的不同。換一個角度來說，詩歌儘管有「溫柔敦厚，纏綿俳惻」、「慷慨激昂，裁雲鏤月」的不同，但都必需在道德上的「正」的點化之下，才有意義與價值。《一瓢詩話》第一百零一則：

平生最愛隨筆納忠，觸景垂戒之作 (《清詩話》下，頁 881)

不論是「正」、「變」或「正變相半」的體裁，都不能喪失以政教爲目的的本質。《一瓢詩話》的批評標準已如上述，《一瓢詩話》的實際批評是與它所建立的批評標準相符合的，說明如下。

第二節　實際批評

下面列舉《一瓢詩話》實際批評的重點，第一、二、三是針對詩人所做的批評；第四是對整個詩歌歷史提出原則性的評價。一方面說明《一瓢詩話》的實際批評大要，另一方面則說明《一瓢詩話》以政教功能爲詩歌不可動搖的基本綱領，在實際批評中獲得具體實踐。

第一：杜甫是最被尊崇的詩人。《一瓢詩話》第五十三則：

橫山先生說詩，推杜浣花、韓昌黎、蘇眉山爲三家鼎立。(《清詩話》下，頁 868)

基本上，《一瓢詩話》對《原詩》所推崇的杜甫、韓愈、蘇軾三家評價頗高，其中格外尊崇杜甫。《一瓢詩話》論及韓愈的約有九則；〔註1〕

〔註 1〕論及韓愈的有下列九則：第二十五、五十三、五十五、六十四、一百一十一、一百二十五、一百五十八、一百九十七、一百九十九則。

論及蘇軾的約有十一則；[註2] 而論及杜甫的，則多達四十一則，[註3]
且其中半數以上，都是讚美杜甫的成就，少數爲考證或講解。不論是
從直接的推許，或從其關注的態度上來看，《一瓢詩話》對杜甫的尊崇，
都比對韓愈或對蘇軾高出許多。杜甫詩可以說是《一瓢詩話》觀念中
詩歌的典範。這是因爲杜甫的詩歌一方面從人品所貫注的詩人之意符
合以政教功能爲宗旨的道德要求；另一方面從才思、學力、志氣所開
展的詩歌規模很大，無所不包，（見《一瓢詩話》第五十三則、二百二
十四則）既能因遇得題，因題達情，又能因情敷句，工到老成，[註4]
所以在《一瓢詩話》中，杜甫佔有典範性的地位。

此外，《一瓢詩話》對於杜甫之後，能夠繼承杜甫風範的詩人，
也非常推崇，如李商隱、元白、杜牧，《一瓢詩話》都以他們「直入
浣花之室」（《一瓢詩話》第三十一則，《清詩話》下，頁 862）、「杜
浣花之後，不可多得」（《一瓢詩話》第五十七則，《清詩話》下，頁
870）、及「直造老杜門牆」（《一瓢詩話》第二百二十一則，《清詩話》
下，頁 903）等爲理由，說明他們的不凡。足見杜甫在《一瓢詩話》
中的獨特地位。

第二：對李商隱的高度評價。杜甫雖是《一瓢詩話》中最被推崇
的詩人，但李商隱的地位幾乎可與杜甫並駕齊驅。《一瓢詩話》第二
百一十三則：

> 李玉溪無疵可議，要知前有少陵，後有玉溪，更無有他人

[註2] 論及蘇軾的有下列十一則：第四、五十三、六十五、六十九、九十
三、一百零二、一百二十七、一百三十、一百三十一、一百三十八、
一百五十四則。

[註3] 論及杜甫的有下列四十一則：第三、九、十五、十六、二十、二十
三、二十五、二十八、二十九、三十、三十一、三十七、四十六、
五十三、五十五、五十七、六十四、六十九、七十四、七十六、八
十、八十五、九十六、一百零二、一百零四、一百一十二、一百一
十八、一百二十三、一百二十九、一百三十八、一百四十一、一百
四十七、一百五十五、一百五十七、一百六十六、一百六十九、一
百八十七、一百九十七、一百九十九、二百一十四、二百二十四則。

[註4] 《一瓢詩話》從章法的角度說明杜甫成就的有十幾則。

可任鼓吹，有唐惟此二公而已。(《清詩話》下，頁 903)

前有少陵，後有玉溪，兩人不過時代早晚，若論優劣，頗有不分軒輊
之勢。《一瓢詩話》對李商隱的推崇，是依據「寄託」的標準而來。
第三十二則：

　　此是一副不遇血淚，雙手掬出，何嘗是豔作，故公詩云，

　　楚雨含情俱有託，早將此意明告後人。(《清詩話》下，頁 862)

這一則是解李商隱錦瑟及無題四首之四。《一瓢詩話》從寄託的角度
解李商隱的詩，並且認為李商隱有「楚雨含情俱有託」的詩句，就是
明白的說明詩中都有寄託之意。而《一瓢詩話》對李商隱的推崇，也
是符合上述批評標準中的第三項的。

　　第三：對元白的重新認識。《一瓢詩話》第五十七則：

　　元白詩言淺而思深，意微而詞顯，風人之能事也。至于屬

　　對精警，使事嚴切，章法變化，條理井然，杜浣花之後，

　　不可多得，蓋因元和長慶間，與開元天寶時，詩之運會一

　　變，故知之者少。(《清詩話》下，頁 870)

基本上《一瓢詩話》是肯定元白的價值的，因為元白「思深而意微」。
並且《一瓢詩話》還說明以往批評者對元白思深而意微的認識不夠，
是因為元白處於詩歌運會交替之變，元白以前大都措辭委婉，是「溫
柔敦厚，纏綿悱惻」的「正體」，而元白言淺詞顯，是「慷慨激昂」
的「變體」。然而體裁正變是必然的、自然的，不以體裁的不同區分
高下。元白體裁雖變而道德教化的根本不失，表現風人之能事，所以
《一瓢詩話》對元白的評價也是很高的。

　　《一瓢詩話》中還有一些詩人也受推崇，但不如上述幾位地位崇
高，如李白、王維、孟郊、韋應物、溫庭筠。而對孟浩然、高適、岑
參，雖然並不特別推崇，但也反對過分貶抑的講法，這是與《原詩》
的看法不同的地方，將於第九章中詳述。

　　第四：詩歌功能退化的史觀。《一瓢詩話》第一則：

　　何世無詩，但日趨日下，去本一步，呈盡千嬌，昔人已有

　　詩亡之歎，況今日乎。(《清詩話》下，頁 853)

「日趨日下」是《一瓢詩話》對詩歌歷史的總評。（這也是與《原詩》大異其趣的地方，將於第九章中詳述）《一瓢詩話》會有這樣的看法，是站在政教功能的立場，批評詩歌道德方向的迷失。三百篇以下，詩歌的教化功能越來越不彰明，並且喪失道德意義，醜陋的現象全都浮現出來。從這一角度來看，詩歌歷史是退步的。詩歌若不能發揮政教功能，形式無論是好是壞都不關緊要，因為根本既失，好的形式與不好的形式，同樣沒有意義與價值。同時，《一瓢詩話》的退化史觀，並無關於體裁正變的問題，並不是因為古代詩歌體裁為正，後代詩歌體裁為變，所以說今不如古，體裁正變是在道德教化的涵蓋下才有意義的，道德教化的功能既失，體裁無論是正是變，都沒有價值，所以《一瓢詩話》的退化史觀是從政教功能的角度立說。由此可見詩歌的政教功能是《一瓢詩話》詩觀的根本，並從詩觀延伸出去，成為批評的準則。

　　《一瓢詩話》從政教功能的角度建立整體詩觀，在批評上有濃厚的政教意味。同時，詩歌功能是以讀者為對象，必然要將讀者也納入詩歌的範圍，詩歌功能才有具體意義。所以在批評之外，《一瓢詩話》還對如何讀詩提出看法，指導讀者在閱讀過程中達成政教的目的。

第三節　詩歌的閱讀

　　《一瓢詩話》對如何讀詩提出了一些指導，使得《一瓢詩話》從功能角度看詩歌的特色更為突出。《一瓢詩話》對閱讀提出了正反兩面，一為詩歌可以意解，一為詩歌不可以辭解。《一瓢詩話》第二百二十四則：

> 楊誠齋云：可以意解，而不可以辭解，必不得已而解之，可以一句一首解，而不可以全秩解，余謂讀之既熟，思之既久，神將通之，不落言詮，自明妙理，何必斷斷然論今道古邪。（《清詩話》下，頁905）

上列引文中的「不可以辭解」，是指詩歌的閱讀，無法從詩歌的文辭

得到全面的了解。讀者如果根據詩歌的文辭，頂多只能做到解一句，或解一首，而不能做到全面的了解。要求全面的了解，必須從詩歌之「意」著手。這從《一瓢詩話》對詩歌的基本看法、創作觀等可以得到解釋。

　　《一瓢詩話》對詩歌的基本看法，是認為詩歌以意為用。詩歌的基本意義，在於透過可以明義的作用，發揮政教功能。所以詩歌以意為主，以辭為衛，試圖了解以「意」為主的詩歌，如果從文辭上去求解，是不切當的。因為辭在詩歌中並沒有獨立的意義，辭的意義是依附著意而存在的。所以解詩要解詩歌的「意」，否則便迷失了方向。再從《一瓢詩話》的創作觀來看，詩人對作品有絕對的影響。一首詩，或一部詩集，是以詩人的全人格做為基柢，包括詩人的胸襟、人品、才思、學力、志氣是詩人全人格的表徵。所謂「品格，自然之高邁」，詩人的優良品德，會自然地表現在詩歌中。所以詩歌是詩人的反影。而詩人想要在詩歌中反影的，是他的「意」，所謂「詩不可無為而作」，詩人的詩作都是有用意的，所以解詩要解詩人的意，而不是辭。總括來說，解詩者也許可以針對某一句詩、或某一首詩，解讀文辭的原委，例如用事的來源、用韻的特性等等，然而這種解說，並不是對詩歌最終的了解。在詩歌政教功能的規約下，對詩歌的最終了解，必定在於解詩人的意。《一瓢詩話》第二十九則：

　　　看詩須知作者所指。(《清詩話》下，頁861)

詩歌既是詩人有所為而作，詩歌之意包含了詩人的政教目的，所以讀者要解的是詩人的意。

　　那麼，讀者如何才能解詩人之意呢？「讀之既熟，思之既久，神將通之，不落言詮，自明妙理。」經過再三的熟讀，反覆的思索，發揮一種靈思的神妙作用。這種作用，跨越了文辭的限制，而與詩人全人格做直接的感通，因此能夠解詩人的意，也是詩歌的意，而領會了詩歌的全貌。

　　《一瓢詩話》以意解詩的說法，大體上繼承孟子「以意逆志」的

傳統。基於「意解」的道理，《一瓢詩話》對詩評的方式加以檢討，
並提出下列的看法。《一瓢詩話》第一百八十八則：

> 從來談詩者，必摘古人佳句爲證，最是小見。(《清詩話》下，
> 頁898)

第一百三十三則：

> 作者得于心，覽者會其意，此是詩家半夜傳衣語，不必舉
> 某人某句爲證。(《清詩話》下，頁886)

由於說詩者一旦摘佳句以爲證，便落入了一句、一首，詩歌文辭層面
的「辭解」的層次，而限制了「意解」的神通妙會。而詩歌的閱讀，
以詩人與讀者的直接感通爲上，所以《一瓢詩話》認爲摘句爲證，其
實正表現出不能善體詩人之意，對詩歌政教功能的達成，只有妨礙而
無幫助，所以反對摘句的批評。

詩歌閱讀以「意解」爲準則，才能有全面的領會。意解有它的長
處，可以超越文辭的局限，但也有它的危險，就是主觀性較強，讀者
如果不愼，會流於臆測比附。《一瓢詩話》第十三則：

> 講解切不可穿鑿附會。(《清詩話》下，頁856)

這是對「意解」可能產生的流弊所提出的指導。

以上各章我們已將《原詩》與《一瓢詩話》分別地研討過，下一
章要將兩家加以比較，檢討兩家的差異。

第九章　《原詩》與《一瓢詩話》的比較

第一節　以往對《原詩》與《一瓢詩話》的比較研究

　　爲了說明的方便，本章的比較工作，將從以往對《原詩》與《一瓢詩話》的比較結果出發。雖然以往的研究也能指出《原詩》與《一瓢詩話》之間的差異，但從整體而言，基本上肯定兩部著作的看法是相似的。前輩學者們大多認爲，在創作的觀念上，《一瓢詩話》是繼承《原詩》的。以下分四方面概述他們的觀點。

　　一、《一瓢詩話》以胸襟爲「詩之基」，是繼承《原詩》的看法。〔註 1〕比對《原詩》與《一瓢詩話》這個方面的論述，很難否認他們這方面的觀點十分相似。《原詩》內篇第二則：

　　　　作詩者，亦必先有詩之基焉。詩之基，其人之胸襟是也。
　　　　有胸襟，然後能載其性情智慧聰明才辨以出，隨遇發生，
　　　　隨生即盛。千古詩人推杜甫，其詩隨所遇之人、之境、之

〔註 1〕例如青木正兒《清代文學評論史》：「其次，他還祖述師說的『胸襟』一項。……」後面節錄《一瓢詩話》襲用《原詩》的話。又如吳宏一先生〈葉燮原詩研究〉，也引用這一段，說明《一瓢詩話》推衍《原詩》的理論。

事、之物，無處不發其思君王、憂禍亂、悲時日、念友朋、弔古人、懷遠道，凡歡愉幽愁離合今昔之感，一一觸類而起，因遇得題，因題達情，因情敷句，皆因甫有其胸襟以為基，如星宿之海，萬源從出，如鑽燧之火，無處不發，如肥土沃壤，時雨一過，夭喬百物，隨類而興，生意各別，而無不具足。……余又嘗謂晉王義之獨以書法立極，非文辭作手也，蘭亭之集，時貴名流畢會，使時手為序，必極力鋪寫，諛美萬端，決無一語稍涉荒涼者，而義之此序，寥寥數語，託意于仰觀俯察，宇宙萬彙，係之感憶，而極于死生之痛，則義之之胸襟，又何如也。(《清詩話》下，頁704～5)

《一瓢詩話》第三則：

作詩必先有詩之基，胸襟是也。有胸襟然後能載其性情智慧，隨遇發生，隨生即盛。千古詩人推杜浣花，其詩隨所遇之人之境之事之物，無處不發其思君王，憂禍亂，悲時日、念友朋、弔古人、懷遠道，凡歡愉憂愁離合今昔之感，一一觸類而起，因遇得題，因題達情，因情敷句，皆由有胸襟以為基，如時雨一過，夭矯百物，隨地而興，生意各別，無不具足。(《清詩話》下，頁853～4)

《一瓢詩話》第四則：

王右軍以書法立極，非文辭名世，蘭亭之集，名流畢至，使時手為序，必極力鋪寫，諛美萬端，決無一語稍涉荒涼者。而右軍寥寥數語，託意于仰觀俯察宇宙品類之感慨，而極于死生，則右軍之胸襟何如。(《清詩話》下，頁854)

《一瓢詩話》大段襲用《原詩》，從立論到說明到舉例，確實是繼承師說，並不是偶然一字一語的牽合。前人也就是以此為根據，認為在作詩的基礎問題上，《一瓢詩話》是繼承《原詩》的。

二、《一瓢詩話》在胸襟之外，又提出「人品」，是胸襟的進一步發展。〔註2〕《一瓢詩話》提出「人品」，確是扣著胸襟而說的，《一

〔註2〕將《一瓢詩話》所提出的人品視為《原詩》胸襟的進一步發展的學

瓢詩話》第六則：

　　　具得胸襟，人品必高。（《清詩話》下，頁 854）

《一瓢詩話》以胸襟爲詩歌基礎是繼承《原詩》的，已如上述，那麼在胸襟的基礎上提出人品，可以視爲胸襟的進一步發展。

　　三、《一瓢詩話》對創作提出「才思、學力、志氣」三項，是繼承《原詩》的「識、才、膽、力」。關於「識、才、膽、力」與「才思、學力、志氣」的關係，以往學者雖有較爲分歧的看法，但基本上同意兩者是繼承的關係，或以爲將數項合併爲一項，或以爲同指一事而用了不同的名稱，或從總體精神的角度說它們是相同的。總之不離繼承的關係。〔註3〕

　　四、《一瓢詩話》提倡詩歌風格的多樣化，是繼承《原詩》的看法。〔註4〕由於《原詩》認爲詩歌有「正」有「變」，但不以「正」、「變」區分高下，（見第二章第三節）《一瓢詩話》也認爲詩人才情各有正變，但只要成家，不以變體爲貶，所以有「先生休訕女郎詩」、（《一瓢詩話》第一百五十四則，《清詩話》下頁 892）「人言應制、早朝等詩從

　　　者有：青木正兒《清代文學評論史》：「他還祖述師說的胸襟一項……稍有補充……然後他更進一步以『人品』作結。」霍松林先生《原詩》校注：「薛雪在複述的基礎上略有發揮，認爲『具得胸襟，人品必高。』……」

〔註3〕青木正兒《清代文學評論史》：「蓋『才思』、『學力』即葉燮說的『才』、『力』，『志氣』則是將葉燮的『膽』與『識』加以合併而稍爲改變了他的觀點。」吳宏一先生〈葉燮原詩研究〉：「他說的志氣等於葉燮的所謂識。」霍松林先生《原詩》校注：「葉燮主張詩人必須有自己的面目，……薛雪反覆發揮了這些論點，如說：『……尤要有志氣……方能卓然自立……』青木正兒的比較是一一地對比的方式；吳宏一先生的比較只限於《一瓢詩話》的志氣一項，但與青木正兒的看法有異；霍松林先生是從《原詩》識才膽力的綜合表現以及提出此四項的目的，『自成一家』，與《一瓢詩話》提出志氣的用意來比較，說明二者的精神與目的是相同的。

〔註4〕認爲《一瓢詩話》繼承《原詩》主張詩歌多樣化的，有霍松林先生《原詩》校注：「葉燮提倡藝術風格的多樣化，這在《一瓢詩話》中有較多的闡發。……從不同詩人具有不同個性的角度論證了詩歌風格的多樣性。」

無佳作，非也。」(《一瓢詩話》第四十六則，《清詩話》下，頁 866)
等看法，都是主張詩歌風格的多樣化。

以往的研究雖然肯定《一瓢詩話》大體上是《原詩》的繼承或發
展，但也指出兩書有持論不同的地方。按照這些研究，兩書的差異主
要表現在對詩歌或詩人的評價上。可分為以下三方面：

一、《一瓢詩話》對高適、岑參、孟浩然的評價，與《原詩》不
同。《原詩》外篇下第九則：

> 高岑五七律相似，遂為後人應酬活套作俑。……孟浩然諸
> 體，似乎澹遠，然無縹緲幽深思致…後人胸無才思，易於
> 衝口而出，孟開其端也。(《清詩話》下，頁 752、753)

而《一瓢詩話》第五十六則：

> ……是作賤高岑語也。後人苟能師法高岑，其應酬活套必
> 不如今日之惡。……作賤襄陽語也，氣蒸雲夢澤，波撼岳
> 陽城，亦衝口而出者所能哉？(《清詩話》下，頁 870)

就評價結果來說，《一瓢詩話》顯然是針對《原詩》提出不同的看法，
認為《原詩》對高、岑、孟的評價太低。〔註5〕

二、《一瓢詩話》特別欣賞李商隱，《原詩》對李商隱的評價則不
像《一瓢詩話》如此熱烈推崇。〔註6〕

三、《一瓢詩話》對詩歌源流盛衰的看法與《原詩》不同。《原詩》
內篇第一則：

> 詩有源必有流，有本必達末。……非在前者必居於盛，後
> 者之必居於衰也。(《清詩話》下，頁 693)

《一瓢詩話》第一則：

> 由三百篇而降……，日趨日下，去本一步，呈盡千娬。……
> 溯流而上，必得其源。(《清詩話》下，頁 853)

《原詩》認為詩歌盛衰是循環的，不以時間先後評價詩歌的盛衰。《一

〔註5〕霍松林先生《原詩》校注：「對孟浩然的詩和高適、岑參的五七言律，
即不同意葉燮所作的過低的評價。」
〔註6〕青木正兒《清代文學評論史》：「似特別喜愛李商隱。」

瓢詩話》則以詩歌本源爲標竿，認爲詩歌流末不可取，所以主張追本溯源。〔註7〕

　　事實上，《原詩》的理論核心是詩史觀，也就是正變觀，它在說明創作與批評問題時，都是以詩史觀爲基礎的。依據上述的比較，肯定《一瓢詩話》繼承《原詩》的地方，都集中在創作問題上；而與《原詩》相異的地方，則集中在批評的部分。一般而言，創作觀與批評觀的關係是非常密切的，《一瓢詩話》在創作觀上既然繼承《原詩》，何以在批評上卻與《原詩》不同？其間的差異究竟是來自葉燮與薛雪個人的偏嗜，還是來自基本理論的分歧，就有重新檢討的必要。

第二節　《原詩》與《一瓢詩話》的再比較

一、創作觀的比較

　　在《一瓢詩話》中，雖然常常稱述葉燮「橫山之學」，甚至有與《原詩》完全相同的文句，但薛雪其實只是部分的吸收了《原詩》的看法。從《一瓢詩話》來看，薛雪所理解的橫山之學在創作問題上比較符合《原詩》原意，但是在某些地方已透露了兩者對創作問題的看法並不相同。葉燮與薛雪創作觀的距離，其實是來自兩者對於「正變」的了解不同。最後，這兩方面的差異，表現爲批評觀的分歧。以下從《原詩》與《一瓢詩話》對創作看法的異同開始，對兩家加以比較。

　　有關創作的問題，可以從三方面來看：一是創作的條件，二是創作的目的，三是創作的方法。就創作方法而言，《原詩》與《一瓢詩話》大致上沒有什麼不同，只有詳簡的差異。有些說法是《原詩》有而《一瓢詩話》無，或《原詩》無而《一瓢詩話》有；也有些是《原詩》詳而《一瓢詩話》簡，或《原詩》簡而《一瓢詩話》詳。但在內

〔註7〕霍松林先生校注《原詩・一瓢詩話・說詩晬語》：「薛雪在闡述老師的觀點時，也有不合原意的地方。例如他講詩歌的源流，認爲『自三百篇而降』，『日趨日下，去本一步，呈盡千孃』」

容上都看不出有根本上的分歧，只能說是互相補充。

　　《原詩》在創作條件上是從主觀條件和客觀條件兩方面來講的。《一瓢詩話》有關客觀條件「理、事、情」的討論，幾乎是複述《原詩》字句，沒有提出獨特的見解。在主觀條件方面，有關「胸襟」、「取材於古人」的討論，也時常稱引《原詩》。不過，逐點對比，仍可看出兩家在內容上實有差別。

　　《原詩》和《一瓢詩話》同樣以「胸襟」爲詩歌的基礎，但二書對「胸襟」的內容理解並不相同。《原詩》在胸襟上開出「識、才、膽、力」四個條件；《一瓢詩話》則在胸襟上先標舉「人品」，以人品爲方向的指導，開出「才思、學力、志氣」三者。《原詩》雖然也注意到詩人的人品，但主要是針對詩人是否具有能夠容納他人的器量，有器量才可能承先啓後，使詩歌變革更新，由衰返盛。《一瓢詩話》的人品則是指詩人的品格和道德修養而言，並認爲詩人有崇高的道德修養，才可能創作有助教化的詩歌，使詩歌達成政教的目的。在「識、才、膽、力」中，《原詩》以「識」爲主導，類似《一瓢詩話》的「人品」，但「識」並不如「人品」那樣有明確的道德性格。《原詩》對「識」的說明是通過它與才、膽、力的關係而來，而膽和力又是站在文辭新變的立場與目的所提出，因此《原詩》中「識」的道德義不顯，而顯新變義，詩人的「識」主要表現在所謂「不隨古人腳跟」(《清詩話》下，頁 716)，打破舊的典範，開創新的格局。

　　《原詩》的「識、才、膽、力」與《一瓢詩話》的「才思、學力、志氣」相比較，另一個顯著的不同在於《一瓢詩話》將《原詩》的「力」取消了。《一瓢詩話》所強調的「學力」，是將《原詩》所說的「取材于古人」獨立出來，單獨成爲一項創作的條件。在《原詩》中，「取材于古人」雖然是創作的必要過程，但重要的是最後要「去古人面目」而「自成一家」；而「自成一家」的關鍵則在乎有「力」與否。至於能否自成一家，主要取決於詩人或其詩歌，在正變交替的詩歌演變史上的影響或貢獻。至於《一瓢詩話》提出「學力」，目的在強調詩人

要達成詩歌政教功能所需要的學養。由此可見，兩家對於創作目的的理解，是大不相同的：《原詩》強調的是文辭新變，自成一家；而《一瓢詩話》重視的是道德感化，政教功能。這根本的分歧，充分反映在兩家對「正變」的理解上。

二、「正變」的比較

　　《原詩》的正變觀是從歷史的觀點考察詩歌特質，因此「正變」一詞在《原詩》中，是用來描述與說明詩歌歷史發展的法則，也就是詩史觀。薛雪並不是反對《原詩》的正變觀，在他對白居易、元稹的批評中，以詩歌運會之變來解釋元、白的言淺詞顯，可以看出薛雪並非反對《原詩》的正變觀。不過，更重要的是，《一瓢詩話》對正變的解釋，在觀點上有更多的時候把眼光集中在一個時間定點上，考察詩歌體裁的問題。而它從《原詩》所吸收的歷史變遷的觀念，只像是偶然提起而孤立於《一瓢詩話》系統之外。如此一來，《一瓢詩話》所講的「正變」與《原詩》所講的「正變」便有很大的不同。簡單地說，《原詩》的正變觀是說明詩歌歷史的法則；《一瓢詩話》的正變觀則是說明詩歌體裁的區分與體裁有所區分的原因。

　　《原詩》對創作的看法是以正變觀為根據。而《原詩》的正變觀又與它對詩歌本末的看法有關，就是以「變而不失其正」為最高原則，在正變交替中涵攝著「溫柔敦厚」之意的本。但畢竟推動詩歌正變交替的主要力量是文辭的新變。因此《原詩》對創作的看法，雖然不同於一味趨新，但在主觀條件上，確實明顯地表現出對詩人新變能力的要求。而《一瓢詩話》的正變觀所探討的問題是詩歌體裁，它認為詩歌有「正」、「變」、「正變相半」等多種體裁的區別，造成這種區別的原因是時代盛衰和詩人本身才情的差異。因此可以看出《一瓢詩話》的正變所討論的對象是詩歌體裁，尤其是時代和詩人才情在創作上所反映的詩歌內容。此外，《一瓢詩話》雖然承認體裁有正變性質的不同，並且從創作的角度加以說明，但正變並不是體裁最重要的性質。

因爲詩歌以「意」爲主，而「意」簡單地說就是詩人的政教用意，詩人的政教用意都是相同的，體裁是在詩人政教用意的涵蓋下，因此正變性質的區別變得無關緊要。所以《一瓢詩話》對創作上的主觀條件，表現出對詩人人品的要求，不同於《原詩》表現出對詩人新變能力的要求。

　　《原詩》與《一瓢詩話》在創作的主觀條件中所透露的差異，其實根源於兩者對正變的看法不同，而兩家會對正變有不同的解釋，又是因爲考察詩歌問題時的觀點有所不同。《一瓢詩話》對正變的解釋可以說與〈毛詩序〉的正變觀大致相同，且正變觀在《一瓢詩話》中並非關鍵或作爲核心的觀念。《原詩》的正變觀從詩歌歷史的角度，看到文辭新變的一面，這並不是傳統對詩歌問題的關懷重點。《原詩》對詩歌有新的見解，《一瓢詩話》未能加以開展，反而採取〈毛詩序〉的正變觀，從理論發展的角度來看，可以說是一種倒退。

三、批評的比較

　　關於批評，《原詩》和《一瓢詩話》同樣主張建立客觀態度和客觀標準。但《原詩》從歷史新變的觀點看詩歌特質；《一瓢詩話》從政教功能的觀點看詩歌特質，在不同觀點下，分別發展出重視文辭新變與重視道德教化的創作觀。在不同的基本觀點與不同的創作觀的影響下，兩家的批評在兩方面出現分歧：一是批評標準。一是實際批評。

　　在批評標準上，《原詩》以能夠開創歷史爲最高標準。在個別詩人方面以杜甫、韓愈、蘇軾最得到推崇。在詩歌歷史時期方面，只要能在文辭上新變成功，開創詩歌極盛的，也都得到《原詩》的肯定。至於《一瓢詩話》以能夠達成政教功能爲標準，其中杜甫、李商隱、元稹、白居易都得到很高的評價。而以歷史時期來說，古代的詩歌能收政教之功，越往後代政教之功越不可見，所以古代的詩歌好，後代的詩歌不好，表現出濃厚的崇德、崇古觀念。

　　《原詩》與《一瓢詩話》在詩人方面的批評，雖然都最推崇杜甫，但這是因爲杜甫同時符合歷史的和政教的兩種批評標準，而且不論以哪一種批評標準來看，都是最優秀的。但從《原詩》推崇韓愈、蘇軾，《一瓢詩話》推崇李商隱、元白，可以明顯地看出兩家的批評有所不同。韓愈、蘇軾因爲能夠開新而得到《原詩》推崇，其價值是歷史意義的；李商隱寄託深遠、元白表現風人之能事，因此得到《一瓢詩話》的推崇，其價值是政教的。兩家在實際批評上的最大衝突有二：一是對孟浩然、高適、岑參三家的評價。一是對詩歌歷史時期的評價，以下分別論述。

　　《原詩》外篇下，第九則：

> 高岑五七律相似，遂爲後人應酬活套作俑。如高七律一首中，疊用巫峽、啼猿、衡陽、歸雁、青楓江、白帝城：岑一首中，疊用雲隨馬、雨洗兵、花迎蓋、柳拂旌，四語一意。高岑五律如此尤多。後人行笈中，攜廣輿記一部，遂可吟詠徧九州，實高岑啓之也。總之以月白風清鳥啼花落等字裝上地頭，一名目，則一首詩作。可以活板印就也。……孟浩然諸體，似乎澹遠，然無縹緲幽深思致，如畫家寫意，墨氣都無。蘇軾謂浩然韻高而才短，如造內法酒手：而無材料，誠爲知言。後人胸無才思，易於衝口而出，孟開其端也。（《清詩話》下，頁752～3）〔註8〕

　　《一瓢詩話》第五十六則：

> 前輩論詩，往往有作踐古人處，如以高達夫、岑嘉州五七律相似，遂爲後人應酬活套，是作踐高岑語也。後人苟能師法高岑，其應酬活套，必不致如近日之惡矣。又謂孟浩然似乎澹遠，無縹緲幽深思致，東坡謂浩然韻高而才短，如造內法酒手而無才料，誠爲知言。後人胸無才思，易于

〔註8〕《原詩》所引蘇軾之說，語出後山詩話第三十九則：「子瞻謂孟浩然之詩，韻高而才短，如造內法酒手而無材料爾。」以及苕溪漁隱叢話前集卷十五：「後山詩話云：『子瞻謂孟浩然詩，韻高而才短，如造內法酒手，而無材料耳。』」

衝口而出，孟開其端，此過信眉山之說，作踐襄陽語也。

氣蒸雲夢澤，波撼岳陽城，亦衝口而出者所能哉。（《清詩話》
下，頁870）

《原詩》認為高適、岑參的缺點在於疊用字詞，後代遊覽詩、山水詩
依據這種手法寫作，成為應酬格套。孟浩然的缺點在於才思不足，後
人才思短淺，也貿然寫作，便有衝口而出的毛病。《一瓢詩話》反駁
《原詩》，認為後人應酬格套如果真能取法高適、岑參的長處，一定
不至於太壞，所以是後人不善取法。至於孟浩然的作品，也不是衝口
而出的人所能作得出來的。

造成爭辯的原因是，《原詩》從歷史新變的標準從事批評，因此
要求詩人擔負開啟後代詩歌之盛的責任，對於導致後代詩歌之衰的，
則嚴苛地加以責難。所以在高適、岑參、孟浩然的作品中，有引發後
代走入死路的端緒的，《原詩》將責任都交給引發端緒的人，因為他
們不善啟後。高適、岑參的疊用字詞雖然並不像後代的應酬活套那麼
不堪，但是卻是造成後代不堪的起因；孟浩然的才思之短雖然不像後
代的衝口而出，但後代的衝口而出卻是起因於孟浩然。《原詩》以歷
史新變的觀點為主，對詩人在詩歌歷史上的影響，反應非常強烈，責
任的追究也毫不放鬆；反之，《一瓢詩話》不以開新為批評標準，因
此並不認為高、岑、孟必需承受這麼嚴厲的指責。

《原詩》與《一瓢詩話》對詩歌歷史時期的評價不同，也是來自
批評標準的不同。《原詩》從三百篇以至於宋，甚至明初，都一一予
以肯定。直到李夢陽、李攀龍等人，提出學古、擬古的主張，違反了
詩歌新變的正常規律，詩道至此才沈淪不彰。又有反對李夢陽、李攀
龍的人，但因「溺于偏畸之私說」，也不能因變起盛，詩道更加沈淪
而不可救。（見《清詩話》下，頁694）至於《一瓢詩話》，認為自三
百篇以下，詩歌越來越不能發揮政教功能，因此評價越來越低。

此外，由於《一瓢詩話》以政教功能為主，教化是對讀者而說的，
所以必需指導讀者正確的讀詩方式，才能收政教之功。《一瓢詩話》

提出了「意解」的閱讀，意解是要超越文辭的限制，令讀者體察詩人
的政教用意，透過詩人人品的感化，達到道德政教的目的。由於《一
瓢詩話》從政教功能看詩歌，因此詩歌與詩人人品，以及詩歌與讀者
的關係，都非常密切。而《原詩》從文辭新變看詩歌特質，在批評上
直接以詩歌作品本身為對象，並不涉及讀者，這又是兩者不同的地方。

　　以上我們將《原詩》與《一瓢詩話》的異同做了一一的比較，從
這樣的比較中，我們發現《一瓢詩話》並不像以往學者所說的「奉行
師說」，兩部著作的差異將啟發我們進一步檢討一些理論上的問題。

四、詩人責任的比較

　　《原詩》以「文辭」為核心所展開的正變觀，是在總結中國詩歌
歷史經驗的基礎上，歸納出詩歌演變的正變規律，並認為正變規律是
詩道發展的常態，若是不遵循正變規律，將會導致詩道衰頹的必然結
果。根據這樣的看法，詩人的責任在於遵循詩歌演變的正變規律。其
中，「正」是已經形成的典範，是一歷史事實，已經沒有詩人再用力
的餘地，所以創作的重點，在於「變」。如何才能變呢？《原詩》並
不是要詩人搜難尋異，而是要在詩歌傳統的繼承中，突顯詩人自己的
獨特面目，以開創新局。《原詩》的變由於涵融著傳統，而中國詩歌
傳統以「溫柔敦厚」為本，所以不能不說《原詩》的變也含有道德理
想的內涵。可是，導致這種結果的並非以道德本身為首出，而是因為
遵循詩歌演變的規律必然會有的結果。

　　至於《一瓢詩話》，並不是以詩史觀為基礎來建立整體詩觀，而
是以詩教功能為整體詩觀的基礎。不過，《一瓢詩話》雖然強調政教
功能，但並不否認詩歌有文辭的一面。因為詩歌有文辭的一面，所以
《一瓢詩話》裏，儘管有種種道德意味較強的觀念如人品的提出，但
所謂道德、政教，畢竟不是詩歌的全部，並且對於詩歌文辭方面，也
不能有實質的作用。文辭的問題不是人品可以照顧得到的，如講格
律、字句，都是道德之外的問題，而這些問題，與政教功能同時決定

了詩歌的存在方式。《一瓢詩話》也肯定因為時代與詩人才情的不同，詩歌有正變的現象，並且詩人應該回應這種不同，以表現自己的面目。不過，不論在文辭上如何講究，或在風格上有特色，這些都要依附政教才有價值。

因此，《原詩》與《一瓢詩話》兩家的主張，雖然同樣包含了政教與文辭兩面，但就詩人的責任而言，兩者其實有很大的不同。《原詩》對詩人的要求，是根據詩歌歷史的經驗去做，詩歌歷史的演變規律是正變，詩人就應該遵循正變規律來創作。所以《原詩》是在詩人以外立下一個標準，要求詩人符合這個標準。雖然這個標準的達成，也要詩人向自身探求，所謂識、才、膽、力等主觀條件，但標準還是外在於詩人的。至於《一瓢詩話》，則直接要求詩人從人品出發，並且實現詩人一己的才情，這些是詩人之內的，不同於《原詩》在詩人之外建立標準。至於詩歌體裁正變則是其結果，不是原因。所以雖然《原詩》與《一瓢詩話》兩家對詩歌的看法，同時包涵了政教的和文辭的兩方面，可是在根本上，兩部著作實在大異其趣，《原詩》側重文辭；《一瓢詩話》側重政教。對於詩人的責任，在根本精神上也完全不同。如果要說《一瓢詩話》繼承《原詩》的看法，只能在末節上說，至於根本處，是不相同的。

第十章　結　論

　　在中國詩歌理論史上，對詩歌歷史的反省與說明常常是理論著作不可或缺的一部分，如劉勰的《文心雕龍》、鍾嶸的《詩品》，都具有這樣的特色，而《原詩》在這方面的表現尤爲強烈。它從詩歌歷史的反省中，歸納出詩歌歷史的演變法則，做爲理論的基礎，用來指導創作、從事實際批評，整套理論都爲濃厚的歷史意識所籠罩。這種發展雖然並不是偶然的，而是由整個中國文化具有濃厚歷史意識的傳統所孕育，不過，宋明詩話中卻沒有像《原詩》這樣從歷史角度觀察詩歌特質，而發展出以正變觀爲理論核心的著作。《原詩》在這方面可以說表現出獨一無二的特質。由於《原詩》認爲詩歌歷史的正變發展是以文辭新變爲主要推動的力量，從正變觀延伸到創作問題，便以培養詩人能夠新變的識、才、膽、力之主觀條件爲重心，而最後要歸結到自成一家，以推動詩歌歷史的新變。在批評上則以是否能夠開創詩歌歷史爲評價標準。以這個標準來從事批評，杜甫、韓愈、蘇軾得到極高的評價，歷代詩歌也都得到肯定。《原詩》以一條基本原則來統貫整套理論，所以形成一個嚴密的體系。這種體系的表現在宋明以來的詩話史上是獨一無二的。可是，體系的嚴密卻同時影響到它對體系以外有關詩歌其他問題的考量，造成了它的缺憾。這些缺憾，通過與《一瓢詩話》的比較，大致都能呈顯出來。兩相對照，最明顯的是《原詩》

關於詩歌政教功能的討論不足。

政教功能是中國詩歌的傳統，〈毛詩序〉以「上以風化下，下以風刺上」說明「風」的政教功能；《禮記‧經解篇》也以「溫柔敦厚而不愚，則深於《詩》者也」說明詩歌的教化功能，後世如唐白居易〈與元九書〉所謂的「文章合爲時而著，歌詩合爲事而作」，〔註1〕以及南宋呂祖謙在《呂氏家塾讀詩記》中所主張的以「詩無邪」爲教，〔註2〕都是在政教傳統下的發展。《一瓢詩話》以詩歌的政教功能爲整體詩觀的基礎，是詩歌政教傳統的繼承。在比較研究中，可以看出《原詩》在這方面的表現卻非常特殊。因爲《原詩》雖以歷史精神爲首出來規範詩道的發展，但也並不否認詩歌的「溫柔敦厚」的政教功能是詩歌之本。不過，由於受到歷史角度的制約，強調的是詩歌創作的新變，使「溫柔敦厚」之意隱而不彰。結果，《原詩》對於詩歌的內容問題和功用問題，都討論得很少。

另一方面，由於《一瓢詩話》以政教功能爲詩歌的本質，所以十分重視時代的實況和讀者的感受。政教的作用是隨著時代與社會的變遷而變遷的，如果詩人不能回應時代實況的變化，就不可能達成政教功能。因爲政教功能的發揮，主要以讀者爲對象，所以《一瓢詩話》對於讀者相當重視，不僅從詩人的地方談如何達成詩歌的政教功能，並且還進一步討論讀者在閱讀上如何配合。相對來說，《原詩》對這兩方面就頗爲忽略。雖然《原詩》似乎也十分重視時代，但它所重視的是詩歌本身的時代，而不是現實世界的時代。而一套完整的詩歌理論，對於詩人、世界、作品和讀者，以及四者的關係，都應該有一定程度的說明，《原詩》在這方面，也顯然有所不足。

此外，傳統詩話除了政教功能之外，大都十分重視詩歌的審美特

〔註1〕見《中國歷代文論選》，郭紹虞等編，木鐸出版社，民國70年4月再版。

〔註2〕見朱自清《詩言志辨‧詩教》一章：『他以爲「作《詩》之人所思皆無邪」，以爲「《詩》人以無邪之思作之，學者亦以無邪之思觀之，閔惜懲創之意自見於言外。」』

性，所以宋明以來的詩話，對於詩歌的意境、風格等問題多所探討。
這些討論，可說是傳統詩話的核心內容。但由於《原詩》從詩史觀所
延伸出的有關創作與批評的看法，都是理智地遵循詩歌歷史的發展法
則，對於詩歌審美的性質，其說明明顯不足。結果，有關鑑賞的問題
成為《原詩》最為欠缺的部分。〔註3〕

　　通過上文的比較，不但證明了《原詩》與《一瓢詩話》有著根本
的差異，推翻了一般把《一瓢詩話》視為《原詩》的繼承的觀點，也
進一步顯出《原詩》詩歌理論的特點及其缺憾。

〔註 3〕吳宏一先生在《葉燮原詩研究》第三章中說道：『筆者個人以為「原
　　　　詩」所論，歸納起來，不外是鑑賞論和創作論範圍內的問題。』但
　　　　在整部《原詩》約將近三萬字的篇幅中，內篇第一則便長達將近五
　　　　千字，其論述全是在總結中國詩歌歷史的基礎上，說明詩歌歷史的
　　　　演變法則，也就是《原詩》的詩史觀。《原詩》專談詩史觀的部分已
　　　　佔所有篇幅的六分之一，其他各則中還有提到的。吳先生的研究卻
　　　　完全忽略了這個作為《原詩》理論基礎的詩史論。而吳先生又認為
　　　　鑑賞論是《原詩》的主要內容之一，恐怕也和《原詩》的實際內容
　　　　不相符。

參考書目

1. 《十三經注疏》，藝文印書館。

2. 《四庫全書總目提要》，藝文印書館。

3. 《四庫全書薈要》，世界書局。

4. 《昭代叢書》。

5. 《叢書集成新編》，新文豐。

6. 《郋園全書》，夢蓑樓刊本（傅斯年圖書館）。

7. 《已畦詩集》（包括詩集十卷、文集二十三卷、原詩四卷），葉燮，烏石山房文庫，金閶劉承芳二弃早堂刊本（台大研究圖書館）。

8. 《中國文學批評史》，羅根澤，學海出版社，民國 69 年 9 月再版。

9. 《中國文學批評史》，郭紹虞，藍燈文化事業股份有限公司，民國 77 年 10 月初版。

10. 《中國文學批評史》，劉大杰，文匯堂印行，民國 77 年 11 月。

11. 《中國文學理論》，劉若愚著，杜國清譯，聯經出版事業公司，民國 70 年 9 月初版。

12. 《中國文學理論史》，黃保真、蔡鍾翔、成复旺，北京出版社，1987 年 12 月初版。

13. 《中國文學論集》，徐復觀，臺灣學生書局，民國 74 年 1 月六版（學五版）。

14. 《中國文學論集續編》，徐復觀，臺灣學生書局，民國 73 年 9 月再版。

15. 《中國古代文藝美學範疇》，曾祖蔭，文津出版社，民國 76 年 8 月。

16. 《中國古典美學初編》，郁沅，長江文藝出版社，1988 年 5 月初版。

17. 《中國詩論史》，鈴木虎雄著，許恩譯，廣西人民出版社，1989 年 9 月初版。

18. 《中國歷代文論選》，郭紹虞等編，木鐸，民國 70 年 4 月再版。

19. 《中國藝術精神》，徐復觀，臺灣學生書局，民國 55 年 2 月初版。

20. 《文心雕龍注釋》，周振甫，里仁出版社，民國 73 年 5 月。

21. 《文學論》，韋勒克、華倫合著，王夢鷗、許國衡合譯，志文出版社，民國 74 年 5 月再版。

22. 《文藝心理學》朱光潛，漢京文化事業有限公司，民國 73 年 3 月初版。

23. 《史記會注考證》，瀧川龜太郎，洪氏出版社，民國 71 年再版。

24. 《古代中國人的美意識》，笠原仲二著，魏常海譯，北京大學出版社，1987 年 7 月初版。

25. 《古代文學理論研究》，張文勛等，上海古籍，1981 年 2 月初版。

26. 《古典文藝美學論稿》，張少康，中國社會科學出版社，1988 年 2 月初版。

27. 《百種詩話類編》，臺靜農編，藝文印書館，民國 63 年。

28. 《昭明文選》，蕭統編，藝文印書館，民國 72 年 6 月第十版。

29. 《苕溪漁隱叢話》，胡仔撰，世界書局，民國 55 年 4 月再版。

30. 《原詩‧一瓢詩話‧說詩晬語》，霍松林、杜維沫，人民文學出版社，1979 年 9 月初版。

31. 《清代文學評論史》，青木正兒著，陳淑女譯，臺灣開明書店，民國 58 年 12 月初版。

32. 《清代詩學初探》，吳宏一，臺灣學生書局，民國 75 年 1 月再版。

33. 《清詩話》，丁福保編，藝文印書館，民國 66 年 5 月再版。

34. 《葉燮的人格與風格》，丁履譔，成文出版社，民國 67 年 3 月初版。

35. 《葉燮和原詩》，蔣凡，上海古籍，1985 年 4 月。

36. 《詩人玉屑》，魏慶之，臺灣商務印書館，民國 72 年 9 月臺四版。

37. 《詩詞審美》，張文勛，上海文藝出版社，1987 年 9 月初版。

38. 《詩言志辨》，朱自清，漢京文化事業有限公司，民國 72 年 5 月初版。

39. 《詩品注》，汪中選注，正中書局，民國 68 年 10 月臺七版。

40. 《詩源‧詩美‧詩法探幽──《原詩》評釋》，呂智敏，書目文獻出版社，1990 年 11 月初版。

41. 《詩話學》，蔡鎮楚，湖南教育出版社，1990 年 10 月初版。

42. 《傳統文學論衡》，王夢鷗，時報文化出版企業有限公司，民國 76 年 6 月初版。

43. 《對文學的藝術作品的認識》，羅曼‧英加登著，陳燕谷、曉未合譯，文藝新科學建設出版社，1988 年 10 月初版。

44. 《歷代詩話》，何文煥，漢京文化事業有限公司，民國 72 年 1 月初版。

45. 《藝術的奧秘》，姚一葦，臺灣開明書店，民國 74 年 10 月十版。

46. 《藝術哲學》，亞德烈著，周浩中譯，水牛出版社，民國 76 年 2 月再版。

47. 《「唐詩」、「宋詩」之爭研究》，戴文和，民國 79 年中央大學中研所碩士論文。

48. 《《原詩》析論》，王策宇，民國 77 年高雄師範大學國研所碩士論文。

49. 《中國文學批評史上之美學批評法》，蔡芳定，民國 74 年臺灣師範大學國研所碩士論文。

50. 《王世貞研究》，黃志民，民國 65 年政治大學中研所博士論文。

51. 《明七子詩文及其論評之研究》，龔顯宗，民國 68 年文化大學中研所博士論文。

52. 《晚明性靈文學思想研究》，陳萬益，民國 66 年臺灣大學中研所博士論文。

53. 《葉燮原詩研究》，馮曼倫，民國 71 年東吳大學中研所碩士論文。

54. 《葉燮詩論研究》，陳惠豐，民國 66 年臺灣師範大學國研所碩士論文。

55. 《歷代詩話中「法」的觀念之探究》，林正三，民國 74 年臺灣大學中研所碩士論文。

56. 〈葉燮的「原詩」初探〉，張靜二，《中外文學》四卷四期，民國 64 年 9 月。

57. 〈葉燮的通變論〉，紀秋郎，《藍星詩刊》復刊一號，民國 63 年。

58. 〈葉燮的詩文理論——以「氣」為主的創作論〉，張靜二，《中外文學》十卷八期，民國 77 年 1 月。

59. 〈葉燮的詩觀〉，丁履譔，《高雄師院學報》，民國 66 年 1 月。

60. 〈葉燮原詩研究〉，吳宏一，《國立編譯館館刊》六卷二期，民國 66 年 12 月。

61. 〈試探葉燮研究的幾個相關問題〉，林正三，《幼獅學誌》十八卷二期，民國 73 年 10 月。

62. 〈對葉燮詩歌創作論的思考〉，成复旺，《文學遺產》1986 年第五期，1986 年。

祝堯《古賦辯體》研究

游適宏 著

作者簡介

游適宏，政治大學中國文學系學士、碩士、博士。本書為作者 1994 年 6 月提交之
碩士學位論文，指導教授為簡宗梧博士，現悉依原貌出版。

提　　要

　　祝堯（元仁宗延佑五年進士，生平不詳）的《古賦辯體》，是元代一部賦
學專著，其書除了依「楚辭體」、「兩漢體」、「三國六朝體」、「唐體」、「宋體」選
輯代表作品七十篇，各體和各篇並附有評論，藉以指導讀者認識及寫作「古賦」
（指「律賦」以外的賦）。本文即以《古賦辯體》為研究對象，嘗試探討《古賦辯體》
的編撰意圖及理論內涵。

　　本文除了有「引言」大略介紹賦論的研究概況、說明研究動機之外，計分六
章展開敘述：

　　第一章為「緒論」，分為「唐宋科舉與論賦趨向」、「元代賦學的變律為古」
兩節，先從科舉考試的背景，追索何以產生唐宋重律賦、元代重古賦的差異。

　　第二章為「《古賦辯體》的編撰」，分為「編撰意圖」、「編撰體例」兩節，說
明祝堯為何編撰此書，並概述全書選錄作品的方式及辨識體格的原則。

　　第三至五章則分別就《古賦辯體》的理論和實際批評加以解析。第三章為「古
賦演變的觀察」，分為「騷為賦之祖」、「時期的劃分」、「演變的詮釋」三節，敘述
祝堯如何為楚騷到兩宋的古賦劃分時期、區別特色，對這一千餘年的古賦發展過
程，又是如何以「情」、「辭」、「理」三項「主導要素」的相互消長進行歷史詮釋。

　　第四章為「古賦本色的尋求」，分為「賦是詩而不是文」、「賦緣情而兼比
興」、「麗則之旨的重新闡發」三節，試圖從祝堯的思考起點，重建其賦屬於「詩」，
故必須「緣情託興」，更必須以「情」涵攝「辭」、「理」來完成「麗則」風格的基
本理論架構。

　　第五章為「古賦名篇的評析」，分為「據本色選評作品」、「以六義解析作法」
兩節，從祝堯對於賦篇的去取、褒貶，及其特以「風、雅、頌、賦、比、興」六
義分析作法這兩方面，考察祝堯鑑賞賦篇的立場與方式。

　　第六章為「結論」，分為「《古賦辯體》的理論意義」、「《古賦辯體》與當
代賦學」兩節，闡明《古賦辯體》在賦論史上的地位及其對後世的影響，並強調
今日許多我們視為「常識」的賦學觀點，例如將賦分為「古、俳、律、文」四類，
謂賦「盛於漢魏，極於六朝，至唐始卑」等，其實均導源於《古賦辯體》，然而這
些見解，畢竟只是在某一時代環境下所產生的「偏見」，而不是放諸古今皆準
的「洞見」。因此，正本清源地釐清支配當代近百年的賦學研究典範，才是我們今
日重讀《古賦辯體》的價值所在。

目
次

引　言

　　賦論，也如文論、詩論、詞論、曲論等一般，均是中國文學批評的一部分。賦自兩漢興盛之後，著名的賦家如揚雄、張衡，史家如司馬遷、班固，思想家如桓譚、王充等人，都曾經就賦的特徵、功能或困境提出討論；而王逸的《楚辭章句》，則首次針對了某一類賦進行「以意逆志」的本義箋釋〔註1〕。魏晉南北朝時期，以創作問題為導向的「文體論」成為文學批評的主流〔註2〕，不僅皇甫謐〈三都賦序〉、

〔註1〕王逸雖名其書曰《楚辭章句》，但書中仍舊可見他稱呼這些「楚辭」為「賦」，例如：〈招隱士〉序：「著作篇章，分造辭賦」、「故作〈招隱士〉之賦以章其志也。」，〈九思〉序：「至劉向、王褒之徒，咸嘉其義，作賦騁辭，以讚其志。」如此看來，所謂「楚辭」在漢代人心目中，實與「賦」並無不同。關於這點，簡宗梧師在〈漢賦瑋字源流考〉（收於《漢賦源流與價值之商榷》，台北：文史哲出版社，1980年）、〈編纂《全漢賦》之商榷〉（收於《漢賦史論》，台北：東大圖書公司，1993年）等文中均曾論及。再者，王逸《楚辭章句》各篇之前均有序以交代作者、題意及寫作意圖。例如〈九歌〉序曰：「〈九歌〉者，屈原之所作也。昔楚國南郢之邑，沅、湘之間，其俗信鬼而好祠；其祠，必作歌樂鼓舞以樂諸神。屈原放逐，竄伏其域，懷憂苦毒，愁思沸鬱，出見俗人祭祀之禮、歌舞之樂，其詞鄙陋，因為作〈九歌〉之曲，上陳事神之敬，下見己之冤結，托之以風諫。」見洪興祖《楚辭補注》（台北：長安出版社，1987年），頁55。
〔註2〕黃景進師在〈論儒學對魏晉至齊梁文論之影響——兼論六朝文藝美學之特徵〉一文中曾指出：六朝文論家不同於漢代經學家，「他們的創作理論是可以直接影響當代作家的，故創作論及文學本質論成為新時

摯虞《文章流別論》「賦」序說、劉勰《文心雕龍‧詮賦》等紛紛從事於理想賦體的重塑，在用來訓解深僻詞語的賦注中，也偶爾可見對作法的剖析〔註3〕。而由中唐到元代，爲了取便於科舉，有關律賦、古賦的格式與選本也因應考試內容的更易而先後問世。下至清代，則除了有《歷代賦彙》、《歷朝賦楷》等總集的大量編纂外，並且出現了一批述體要、標秀句的賦話〔註4〕。這些形式各異的賦論，或許在數

代詮釋架構的核心，當時人重視『文體』問題，亦是因爲『文體』與創作有密切關係。」（《中華學苑》36 期，1988 年 4 月，頁 120。）又顏崑陽《文心雕龍》「知音」觀念析論〉也說：「魏晉六朝的文學批評趨向是什麼？研究這一段文學批評史的學者，應該都會同意魏晉六朝文學批評的主要趨向就是：文體論的批評。」（《中國文學批評》第一集，台北：台灣學生書局，1992 年，頁 211。）

〔註3〕例如〈魏都賦〉張載注即曾列舉數位賦家對「臺」的描寫：「王褒〈甘泉賦〉曰：『十分未升其一，增惶懼而目眩，若播岸而臨坑，登木末以闚泉。』揚雄〈甘泉賦〉說臺曰：『鬼魅不能自逮，半長途而下顛。』班固〈西都賦〉說臺曰：『攀井幹而未半，目眩轉而意迷，舍靈檻而卻倚，若顛墮而復稽。』張衡〈西京賦〉說臺曰：『將乍往而未半，怳悼慄而竦兢，非都盧之輕趫，孰能超而究升。』此四賢所以說臺榭之體，皆危岷悚懼。」見蕭統編，李善注：《文選》（台北：藝文印書館影印宋淳熙本重雕鄱陽胡氏藏版，1983 年），卷六，頁 103。

〔註4〕清代出現的「賦話」約有下列幾種：
吳景旭《歷代詩話》「賦」九卷。
孫梅《四六叢話》「賦」二卷。
李調元《賦話》十卷。
浦銑《歷代賦話》正集十四卷，續集十四卷。
浦銑《復小齋賦話》二卷。
王芑孫《讀賦卮言》一卷。
孫奎《春暉園賦苑卮言》二卷。
汪廷珍《作賦例言》一卷。
朱一飛《律賦揀金錄》卷首「賦譜」。
林聯桂《見星廬賦話》十卷。
魏謙升《賦品》一卷。
江含春《楞園賦說》一卷。
余丙照《賦學指南》十六卷。
潘遵祁《唐律賦鈔》卷首「論賦集鈔」。
劉熙載《藝概》「賦概」一卷。
相關的介紹可參閱葉幼明《辭賦通論》第五章第四、五節「清代的辭

量上不及詩學汪洋宏富，在內涵上也不如詩學博奧精深，然而賦既是
中國文學相當重要的文類〔註5〕，則其理論實在也不應被排除於中國

　賦研究」及何新文《中國賦論史稿》第五章「清代及近代賦論」。

〔註5〕以「文類」一詞指稱詩、詞、曲等已是目前「約定俗成」的用法。但
　　　近人徐復觀先生以為「自典論論文以迄元代，除極少數的例外，都是
　　　把文類和文體分得十分清楚的」、「都是沒有把類說成體的」（〈文心雕
　　　龍的文體論〉，《中國文學論集》，台北：台灣學生書局），卻不無可議
　　　之處。蓋六朝產生的「文體」一詞，誠如徐氏所云，確係由「人體」
　　　轉用而來的觀念，指的是「文學中的藝術的形相性」，因此可以有某
　　　位作家文筆的「文體」，如《詩品》謂張協「文體華淨」、陶潛「文體
　　　省淨」；可以有某群作品的「文體」，如《詩品》：「古詩眇邈，人世難
　　　詳，推其文體，固是炎漢之製」；可以是某個時期的「文體」，如沈約
　　　《宋書·謝靈運傳論》：「自漢至魏，四百餘年，辭人才子，文體三變」；
　　　也可以是某個地區的「文體」，如蕭綱〈與湘東王書〉：「比見京師文
　　　體，懦鈍殊常，競學浮艷」；當然，更可以是某種文類的「文體」，因
　　　為「每一文類的存在，對六朝批評心靈而言，毋寧就是一種典型文體
　　　的存在。」（賴麗蓉〈文心雕龍「文體」一詞的內容意義及「文體」
　　　的創造〉，《文心雕龍綜論》，台北：台灣學生書局）例如傅玄〈連珠
　　　序〉：
　　　　　所謂連珠者，……，其文體，辭麗而言約，不指說事情，必假喻
　　　以達其旨，而賢者微悟，合於古詩勸興之義，欲使歷歷如貫珠，易觀
　　　而可悅，故謂之連珠。（《藝文類聚》卷五十七）。
　　　　　因此，《文心雕龍》中的九次「文體」固然不指涉任何一種文類，
　　　但劉勰還是以「體」指稱「類」，「賦體」、「頌體」、「傳體」、「論體」
　　　等在書中屢見不鮮。而且最重要的是，六朝以降所謂的「類」，其實
　　　乃是「類書」的「類」，根本與今日「文類」的意義毫不相涉。例如
　　　《文選》序：
　　　　　詩賦體既不一，又以類分，類分之中，各以時代相次。
　　　　　《文選》本是齊梁時編纂「類書」風尚下的產物（方師鐸《傳統
　　　文學與類書之關係》，天津：天津古籍出版社），故賦所分的十五類、
　　　詩所分的二十三類便是所謂「又以類分」。而最早以「文類」命名的
　　　書──明克讓的《文類》（見《北史》）雖已亡佚，但應該也具有「類
　　　書」性質。至於唐代的《藝文類聚》為一部類書，歐陽詢即序曰：
　　　　　金箱玉印，以類相從，號曰藝文類聚。
　　　　　又宋初兩部著名的總集：《文苑英華》與《唐文粹》，其書前亦曰：
　　　　　太平興國七年九月，命……閱前代文集，撮其精要，以類分之為
　　　千卷。（《宋會要》）
　　　　　凡為一百卷，命之曰文粹，以類相從，各分首第門目。（《唐文粹》
　　　序）

文學批評的研究之外，尤其古人論賦崇尚巨麗的風格，講究琢句的工夫，相信都是今日建構技巧理論與審美理論時值得參考的資料。

　　不過長期以來，賦論仍是一個頗受忽略的範疇。這固然與舊籍散佚者居多、存留者又蒐羅不易有關，但主要還是受到五四文學史觀所影響〔註6〕。例如胡適的《白話文學史》便直斥漢賦為「死的、

　　　　我們只須看《文苑英華》在賦之下又分「天象」、「歲時」等三十八類，《唐文粹》在賦之下又分「宮殿」、「京都」等十八類，就知道「類」所指的是什麼了。但元代蘇天爵編《國朝文類》於賦、詩等之下並未分類，卻以「文類」名其書，且陳旅序曰：
　　　　　若歌、詩、賦、頌、……，皆類而聚之，……，名曰國朝文類。
　　　　此後吳訥《文章辨體》雖以「體」為名，但序中卻又出現了「類」：
　　　　　故今所編，始於古歌謠辭，終於祭文，每類自為一類。
　　　　楊有仁編《升庵先生文集》，也有「賦類」、「序類」、「論類」等名稱。
　　　　而徐師曾《文體明辯》序則改把「類」的層級提高到「體」之上：
　　　　　蓋自秦漢而下文愈盛，文愈盛，故類愈增，類愈增，故體愈眾。
　　　　陳懋仁《續文章緣起》更以「詩類」統攝二言詩、八言詩等，以「文類」統攝制、敕等，顯然「類」的指涉對象又有不同。由此可見，與其說是章樵《古文苑》序的「歌、詩、賦、書、……，為體二十有一」將「類」胡說成「體」（同上引徐氏書），還不如說是《國朝文類》把「類」轉變成與「體」同義了。這種「體」與「類」通用的情況，《四庫全書總目提要》中的「成都文類提要」應是最好的例子：
　　　　　所錄凡賦一卷、詩歌十四卷、文三十五卷，……，分為十有一門，各以文體相從，故曰「文類」，每類之中又各有子目，頗傷繁碎，然昭明文選已創是例。
　　　　按此書序雖云「類為十一目」，但不過是與卷別相連的文體有十一種，實際上並不止此數（如卷四十八「箴」後尚有銘、贊、頌），反倒是卷二「詩」下云「其類十有四」，果然立有都邑、江山、學校、寺觀等目。因此，那仿《文選》所立的「子目」，應該才是書名為「文類」的原義。紀昀之時「體」、「類」已不復有宋以前的分別，因而做此說解。
〔註6〕五四時期的文學史觀可以胡適為代表。胡適認定文人們因襲模仿的文學，絕不能「代表那一個時代的精神」，「因為這二千年的文人所做的文學都是死的，都是用已經死了的語言文字做的。死文字決不能產生活文學。」而「自從三百篇到於今，中國的文學凡是有一些價值有一些兒生命的，都是白話的，或是近於白話的。」（建設的文學革命論）故主張除口語文學外，其餘都是死文學。而賦，恰巧就是來自文人階層，並且離口語最遠的文學。

僵化了的、無可救藥的」「假骨董」〔註7〕，而龍沐勛《中國韻文史》
的「韻文」更只限於詩、詞、曲，幾乎已將賦逐出文學的門牆。在
這種意識的支配之下，賦本身已然是飽嘗攻訐，備受冷落，賦論當
然也就乏人問津了；即如談到唐宋間論賦之書，也說那「不過摘舉
雋語、標示作法、商討體格或講述源流諸端，要之都不外技巧的問
題」，故由文學批評而言，實「不關重要」，甚至「與文學批評不生
什麼關係」〔註8〕。因此，早年文學批評史中關於賦論的敘述大抵
均止於魏晉，唐宋後便無一字〔註9〕，唯傅錫壬先生之〈劉勰對辭
賦作家及其作品的觀點〉曾專談《文心雕龍》的賦論〔註10〕。然而
台灣近十餘年來，由於瑋字原係口語語彙的真相得以澄清，卸除了
人們對漢賦「瑰怪聯邊」的誤解，加上對文學本是語言藝術的認同，
不再以「爲文造情」、「侈靡過實」爲漢賦不可饒恕的缺陷〔註11〕，
故在賦作的研究上已經累積了不少成果；而賦論方面，簡宗梧師〈漢
賦文學思想源流〉及朴現圭先生《漢賦體裁與理論之研究》均對漢
人論賦的觀點有所申述，又梁立中先生〈賦概詮論〉，則是就《藝概‧

〔註7〕胡適《白話文學史》（台北：遠流出版事業股份有限公司，1986年）
　　　上卷云：「漢朝的韻文有兩條來路：一條路是模倣古人的辭賦，一條
　　　路是自然流露的民歌。前一條路是死的、僵化了的、無可救藥的。」
　　　（頁61）「漢朝文人正在做古做辭賦的時候，四方的平民很不管那些
　　　皇帝的清客們做的什麼假骨董，他們只要唱他們自己懂的歌曲。」（頁
　　　31）

〔註8〕見郭紹虞：《中國文學批評史》（台北：文史哲出版社，1988年），頁
　　　460～461。

〔註9〕不止是賦論，早年的文學批評史對於詞論和小說、戲曲理論等也較少
　　　觸及，所以張靜二〈試論文類學的研究範疇〉一文中說：「近人郭紹
　　　虞和羅根澤二人皆以『中國文學批評史』名其專著，其實，他們的書
　　　中除了總論文學觀念外，只討論歷代的詩文理論。因此，嚴格說來，
　　　二者只能稱爲『中國詩文理論史』而已。」（《美國文學‧比較文學‧
　　　莎士比亞》，台北：書林出版社，1990年，頁442。）

〔註10〕此文收於《文心雕龍研究論文集》（台北：淡江大學文理學院中文研
　　　究室，1970年）。

〔註11〕參閱簡宗梧師：〈對漢賦若干疵議之商榷〉，《漢賦源流與價值之商榷》
　　　（台北：文史哲出版社，1980年），頁135～157。

賦概》的內容做了初步的注解〔註 12〕。至於港、澳地區，何沛雄先生較早即編有《賦話六種》刊行〔註 13〕，其〈《文選》選賦義例論略〉、〈略論賦的分類〉則可視爲賦論的相關研究〔註 14〕，而近期亦有鄭良樹先生〈司馬遷的賦學〉、鄧國光先生〈祝堯《古賦辯體》的賦論〉等專文發表〔註 15〕。此外，中國大陸近來也不再視賦爲「反現實主義」的文學，除了有徐志嘯先生《歷代賦論輯要》〔註 16〕之類的資料匯編外，對賦論尤其有相當程度的探討，以目前粗略所知，便可列舉數筆：

龔克昌：〈劉勰論漢賦〉，《文史哲》1983 年 1 期。（後收入其專著：
　　　《漢賦研究》，濟南：山東文藝出版社，1990 年）

畢萬忱：〈體國經野，義尙光大：劉勰論漢賦〉，《文學評論》1983
　　　年 6 期。

王　朋：〈漢代賦論淺探〉，《中國文學研究》（長沙）1986 年 2 期。

易健賢：〈六義附庸，蔚爲大國：談劉勰對漢賦的評述〉，《貴州教
　　　育學院學報》（社科）1987 年 4 期。

车世金：〈從漢人論賦到劉勰的賦論〉，《文史哲》1988 年 1 期。

于裕賢：〈劉勰論漢賦〉，《福建師範大學學報》（哲社）1988 年 1
　　　期。

何新文：〈劉熙載漢賦理論述略〉，《中國文學研究》（長沙）1988

〔註 12〕〈漢賦文學思想源流〉，見註 11 所揭書；《漢賦體裁與理論之研究》，
　　　　1983 年台灣師範大學國文研究所碩士論文；〈賦概詮論〉，載《東南
　　　　學報》7 期，1984 年。

〔註 13〕《賦話六種》，何沛雄編，内收清代賦話四種：王芑孫《讀賦卮言》、
　　　　魏謙升《賦品》、劉熙載《藝概‧賦概》、浦銑《復小齋賦話》，民國
　　　　賦話兩種：饒宗頤《選堂賦話》、何沛雄《讀賦零拾》，1982 年香港
　　　　三聯書店出版。

〔註 14〕分見何沛雄：《漢魏六朝賦論集》（台北：聯經出版事業公司，1990
　　　　年），《書目季刊》21 卷 4 期，1988 年 3 月。

〔註 15〕二文均係 1992 年 10 月香港中文大學中國文化研究所主辦：「第二屆
　　　　國際賦學研討會」之論文。

〔註 16〕徐志嘯：《歷代賦論輯要》，上海：復旦大學出版社，1991 年。

年 3 期。

孫亭玉：〈論班固辭賦觀〉，《中國文學研究》（長沙）1988 年 4 期。

王　琳：〈西晉辭賦觀簡論〉，《山東師大學報》（社科）1988 年 5
期。

黃樣興：〈簡論漢魏六朝賦論〉，《上饒師專學報》（哲經）1988 年 6
期

孫亭玉：〈簡述漢代四家辭賦觀〉，《長沙水電師院學報》（社科）
1989 年 1 期。

章滄授：〈漢賦創作理論初探〉，《長沙水電師院學報》（社科）1989
年 1 期。

曹大中：〈論魏晉賦學〉，《中國文學研究》（長沙）1989 年 2 期。

盛　源：〈論漢魏六朝的賦體源流批評〉，《延安大學學報》（社科）
1989 年 3 期。

李　蹊：〈漢人未論大賦原于古詩之賦說〉，《山西師大學報》（社科）
1989 年 4 期。

曹明綱：〈論詩賦源流說的歷史演變〉，《古代文學理論研究叢刊》
14 輯，上海古籍出版社，1989 年。

曹　虹：《賦論：漢魏六朝篇》，南京大學 1989 年博士論文。

徐志嘯：〈歷代賦論述要〉，《中國文學研究》（長沙）1990 年 2 期。

葉幼明：〈賦論發微〉，《求索》1990 年 3 期。

高華平：〈試論《文心雕龍‧詮賦》篇的重大成就及理論價值〉，《南
京大學學報》（哲社）1990 年 3 期。

周勛初：〈司馬相如賦論質疑〉，《文史哲》1990 年 5 期。

孫亞權：〈前修未密，後出轉精：試論《文心雕龍‧詮賦》的理論
價值〉，《揚州師院學報》（社科）1991 年 2 期。

何新文：〈賦話新探〉，《湖北大學學報》（哲社）1991 年 2 期。

曹　虹：〈詩人之賦與辭人之賦〉，《學術月刊》1991 年 3 期。

曹　虹：〈從「古詩之流」說看兩漢之際賦學的漸變及其文化意義〉，

《文學評論》1991 年 4 期。

曹大中：〈南北朝賦學觀述評〉，《長沙水電師院學報》(社科) 1991
　　　　年 4 期。

葉幼明：《辭賦通論》第五章「歷代辭賦研究概述」，湖南教育出版
　　　　社，1991 年。

阮　　忠：〈漢賦批評論〉，《華中師大學報》(哲社) 1992 年 3 期。

章滄授：〈論晉賦創作理論的新貢獻〉，香港中文大學中國文化研究
　　　　所主辦「第二屆國際賦學研討會」論文，1992 年 10 月。

詹杭倫：〈《雨村賦話》在賦學上的貢獻〉，香港中文大學中國文化
　　　　研究所主辦「第二屆國際賦學研討會」論文，1992 年 10
　　　　月。

龔克昌：〈評漢代的兩種辭賦觀〉，香港中文大學中國文化研究所主
　　　　辦「第二屆國際賦學研討會」論文，1992 年 10 月。(後
　　　　刊於文史哲 1993 年 5 期)

程章燦：《魏晉南北朝賦史》第七章二、三節「南朝賦論（一）、
　　　　（二）」，江蘇古籍出版社，1992 年。

詹杭倫：《雨村賦話校証》，台北：新文豐出版公司，1992 年。

許　　結：〈賦學批評方法論〉，《西南師範大學學報》(哲社) 1993
　　　　年 1 期。

曹　　虹：〈陸機賦論探微〉，《中國文學報》(日本京都大學文學部)
　　　　46 冊，1993 年 4 月。

何新文：《中國賦論史稿》，北京：開明出版社，1993 年。

　　顯然這 1988 年被認爲還是「辭賦研究領域內一個最薄弱的環節」
〔註 17〕，已經打開了一片新局。

　　本論文選擇「祝堯《古賦辯體》」爲研究對象，首先緣於它乃是

〔註 17〕見李生龍：〈全國首屆賦學討論會綜述〉，《中國古代、近代文學研究》，
　　　　1989 年 4 期，頁 47。(按：中國第一屆賦學討論會是在 1988 年 4 月
　　　　25 日至 29 日於湖南省衡陽市舉行。)

現存元代最專門的賦學論著。今天假如我們想了解元代對「賦」的觀感，則必須重建當日的賦學基準（norm）；重建基準所需的資料，可以有兩個來源〔註18〕：第一是當時批評賦的言論，第二是當時被視爲「典律」（canon）〔註19〕的賦家和賦篇。而祝堯的《古賦辯體》，一

〔註18〕根據捷克布拉格學派（Prague school）學者伏迪契卡（Felix Vodicka, 1900-1974）的理論，文學史的演變是由「文學結構」（literary structure）與「文學基準」（literary norm）這兩個系統的演變所推動。至於重建基準的方法，Milos Sedmidubsky 說：

According to Vodicka，in order to "reconstruct the literary norm" the following raw data can be used : a）the favored works of a particular epoch（that is, "works that are read，are popular a nd that serve as yardsticks for comparing and evaluating other works"），b）the epoch's normative poetics and literary theories and，above all, c）critical pronouncements about literature.

依照伏迪契卡（的看法），「重建文學基準」可以運用以下這些原始資料：（a）一個時期最受喜愛的作品（即那些被閱讀、受歡迎、並被當做標準以評估其他篇章的作品）；（b）一個時期規範性的文學理論；（c）最重要的是關於文學的（實際）批評言論。

〔"Literary Evolution As a Communicative Process", in P.steiner, M. Cervenka and R. Vroon ed., The Structure of the Literary Process（Amsterdom: John Benjamins Pub. Co., 1982），p.495.〕

此處所提到的資料，其實都與文學批評有關，但由於中國古代並沒有專業的文學理論家，所以本文只將重建賦學基準的材料籠統分爲兩類。而有關伏迪契卡的文學史理論，可以參閱陳國球：〈文學結構的生成、演化與接受——伏迪契卡的文學史理論〉，《中外文學》15 卷 8 期（1987 年 1 月）。

〔註19〕所謂"canon"，原先是指《舊約》與《新約》之中已被教會權威認可爲「聖經」的經文。後來用在文學上，起初是指已由專家考證，鑑定並非僞托的作品，例如"Shakepeare canon"。（或者像〈美人賦〉經簡宗梧師考證，應係相如之作無誤，也可以稱爲「司馬相如 canon」。）但近來"canon"這個術語的意義則是：

In recent decades the phrase "literary canon" has come to designate--in world literature, or in European literature，but most frequently in a national literature--those authors who, by a cumulative consensus of critics, scholars, and teachers, have come to be widely recognized as "major", and to have written works often hailed as literary classics. These canonical writers are the ones which, at a given time，are most kept in print, most frequently and fully discussed by literary critics and historians, and most likely to be included in anthologies and taught in college

則分體選錄賦作，二則逐篇加以評析，正好提供了這兩方面的資料。倘若再參照同一時期如陳繹曾《文說》、《文筌》、楊維楨《麗則遺音》、袁桷《清容居士集》等零星的言論，實不難歸納出元代論賦的普遍見解。

再者，祝堯《古賦辯體》對後世論賦也有深鉅的影響。以明代而言，像吳訥《文章辨體》、徐師曾《文體明辯》、許學夷《詩源辯體》及陳懋仁為《文章緣起》所做的注中都曾大幅摘錄《古賦辯體》的文字，至於清代，何焯《義門讀書記》、李調元《賦話》也數度引用祝堯的說法，而紀昀則不僅於《四庫全書總目提要》裡對此書倍加讚譽，甚至代為辯駁了何焯的苛責。（請參閱第六章第一節）凡此均顯示《古賦辯體》問世雖歷數百年，始終仍受到論者的注意。然而在現今容易看到的書本中，卻不乏因為徐師曾《文體明辯》抄撮其說而隱其出處，遂將祝堯之說誤為徐氏特識的情形，例如鈴木虎雄的《賦史大要》就立有「徐師曾賦論——排斥律賦」一節〔註20〕；甚至鄭子瑜先生的《中國修辭學史》在提到吳訥轉引「祝氏曰：『（論兩漢賦之語，略）』」後，卻補充道：「所以《文章辨體・序說》所說的祝氏不是祝允明，乃指明初洪武年間舉文學、為邑庠教育的祝宗善。」〔註21〕雖然就當代文學理論來看，「是誰在說話」並不是那麼重要，但如果因此忽略了這

courses with titles such as "World Masterpieces", "Major English Authors", or "Great American Writers".

近數十年來，「文學典律」這個術語所指的乃是：那些得到批評家、學者、教師們普遍推尊為「巨擘」，且其作品被奉為經典的作家。（可以就世界文學或歐洲文學來說，但通常是就一個國家的文學而言。）在某個特定的時期，他們的作品被持續出版，是最常被文學評論者或文學史家充分討論的對象，而且最有可能獲選於詩文選集中，並被冠上「世界名著」、「英國的主要作家」、「美國的偉大作家」之類的頭銜在學院講授。

〔M. H. Abrams, A Glossary of Literary Terms, six edition （Orlando: Harcourt Brace Jovanovich College Publisher, 1993）, pp.19-20.〕

〔註20〕鈴木虎雄：《賦史大要》（台北：正中書局，1992年），頁163。

〔註21〕鄭子瑜：《中國修辭學史》（台北：文史哲出版社，1990年），頁401。

些見解本是在元代的社會環境中所萌生，仍舊是有些可惜的。不過儘管祝堯在今日已經不爲人所熟悉，但《古賦辯體》中的賦學觀點，卻早已「習而不察」地被當做「常識」或「定論」。像現在我們習慣將賦區分爲古、俳、律、文四類〔註22〕，正是徐師曾沿飾《古賦辯體》得來的產物；而一般所謂賦「變於騷，盛於漢魏，極於六朝，至唐律賦行而體始卑矣。」〔註23〕的流行說法，更完全是元代論賦所持的一貫態度。這樣的解釋，究竟是置諸古今皆準的事實？或者也只是一種囿於「現時觀念」（present mindedness）的偏見呢？這些問題，仍有待於我們仔細思索。

此外，若就元代文學批評研究而言，目前無論是「通代文學批評史」或者是「斷代文學批評史」中，總是尙未見到「賦論」的蹤影。當然，這樣說絕對無意唐突先進，更不想故做新論，妄云賦論地位重要或祝堯成就卓越，只是如今古典文學理論的研究範圍既然也已經拓及原本不受重視的詞、曲、小說、甚至八股制義等文類，那麼是否也可以進一步探索辭賦理論，好讓文學批評的研究層面更爲完備呢？

至於本文預備討論的重點，第一章爲「緒論」，先從科舉考試的背景，追索何以產生唐宋重律賦、元代重古賦的差異。第二章爲「《古

〔註22〕例如王力《古代漢語》（北京：中華書局，1990 年）、丘瓊蓀《詩賦詞曲概論》（台北：台灣中華書局，1966 年）即是如此。或在「古賦」之前加上「騷賦」而爲五類，如陶秋英《漢賦之史的研究》（台北：新文豐出版公司，1980 年）；或又於「騷賦」之前加「短賦」（春秋）而爲六類，如郭紹虞〈賦在中國文學史上的位置〉（《照隅室古典文學論集》，上海：上海古籍出版社，1983 年）；或在「古賦」之後加上「小賦」爲五類，如劉大杰《中國文學發展史》（台北：華正書局，1987 年）；或於「古賦」前加「騷賦」、於「文賦」後加「股賦」爲六類，如鈴木虎雄《賦史大要》（台北：正中書局，1992 年）、張正體《賦學》（台北：台灣學生書局，1982 年）；或分爲「騷、短（荀賦）、古、俳、律、文、股」七類，如李曰剛《辭賦流變史》（台北：文津出版社，1987 年）；但這些分類方式，其實還是在「古、俳、律、文」這個原有的架構上做些補充而已。

〔註23〕分見薛鳳昌：《文體論》（台北：台灣商務印書館，1977 年），頁 99。

賦辯體》的編撰」，說明祝堯爲何編撰此書，並簡介全書在編選上的
安排及其辨識體格的原則。第三章至第五章則分別就《古賦辯體》的
理論與實際批評層面加以探討。第三章爲「古賦演變的觀察」，看看
祝堯如何爲楚騷到兩宋的古賦劃分時期，對於千餘年的古賦歷史又是
如何進行解釋。第四章爲「古賦本色的尋求」，試圖從祝堯的思考起
點，重建其賦屬於「詩」，故必須「緣情託興」，更必須以「情」涵攝
「辭」、「理」來完成「麗則」的基本理論架構。第五章爲「古賦名篇
的評析」，再從祝堯對賦篇的去取、褒貶及以六義分析作法這兩方面，
考察祝堯鑑賞作品的態度與方式。第六章爲「結論」，除了概述《古
賦辯體》的理論要點及其在賦論史上的地位，也將說明《古賦辯體》
對後世，尤其是對當代賦學的影響。

最後需要說明的是，由於祝堯本人的生平已經不可詳考，而且研
究的主題也重在《古賦辯體》的賦學理論，所以這篇論文在作者、版
本等問題上並不特意著墨〔註24〕。又詮釋古人的過程，有時難免會「遠
看成嶺側成峰，遠近高低各不同」，本文或許也將因爲個人學識粗淺
而造成「但照隅隙，鮮觀衢路」的情況，還請讀者特別諒察，不吝指
正。

〔註24〕關於《古賦辯體》的版本，此處做一點說明。台灣可見的《古賦辯
　　　體》善本有三種，分別是：
　　　1. 明成化二年（1466）淮陽金宗潤刊本。（現藏國立中央圖書館）
　　　2. 明刊白口十行本。（現藏國立中央圖書館）
　　　3. 清文淵閣四庫全書本。（現藏國立故宮博物院）
　　　至於出版流通的有兩種，皆影印自文淵閣四庫全書本：一收於台灣商
　　　務印書館的「四庫全書珍本六集」，單冊；一收於台灣商務印書館的
　　　「影印文淵閣四庫全書」第一三六六冊，頁711～862。本文所使用
　　　的，即是收在「影印文淵閣四庫全書」一三六六冊的本子，故自第一
　　　章起，凡遇引自《古賦辯體》的言論，均不另標附註，而直接以夾註
　　　的方式處理，例如：（一／718），即指見於《古賦辯體》（台北：台
　　　灣商務印書館影印文淵閣四庫全書本），卷一，頁718。餘者類推。

第一章　緒　論

第一節　唐宋科舉與論賦趨向

　　賦，幾乎可以說是一種以讀者為導向的文體。早先漢代的賦家們待詔於宮廷中「朝夕論思，日月獻納」〔註1〕，就是要替皇帝助興遣悶，因此他們便在賦中安排一幕幕豪華壯麗的場面，好讓皇帝陶醉在「普天之下，莫非王土」的榮耀裡。到魏晉南北朝時，文人不再是帝王身邊蓄養的俳倡，文學也成為貴族展現修養與才華的藝能，他們既強調「其會意也尚巧，其遣言也貴妍」、「若無新變，不能代雄」〔註2〕，遂也忙著為賦添上「合纂組以成文，列錦繡而為質，一經一緯，一宮一商」〔註3〕的外衣，好贏得朋儕之間的讚歎。縱觀這數百年間賦的

〔註1〕班固〈兩都賦〉序云：「至於武、宣之世，乃崇禮官，考文章，……，故言語侍從之臣，若司馬相如、虞丘壽王、東方朔、枚皋、王襃、劉向之屬，朝夕論思，日月獻納；而公卿大臣：御史大夫倪寬、太常孔臧、太中大夫董仲舒、宗正劉德、太子太傅蕭望之等，時時間作。」引自蕭統編，李善注：《文選》（台北：藝文印書館影印宋淳熙本重雕鄱陽胡氏藏版，1983年），卷一，頁21。

〔註2〕陸機〈文賦〉：「其會意也尚巧，其遣言也貴妍，暨音聲之迭代，若五色之相宣。」蕭子顯《南齊書‧文學傳論》：「習玩為理，事久則瀆，在乎文章，彌患凡舊，若無新變，不能代雄。」

〔註3〕此係《西京雜記》卷二引司馬相如論賦之語，其真偽或難斷定，但最

發展，實乃「生於深宮之中，長於文人之手」，而賦既然不是要供尋常的讀者閱讀，則「深覆典雅，旨意難睹」、「非師傳不能析其辭，非博學不能綜其理」〔註4〕的現象，就作者看來非但不是作品的敗筆，反而正是他們刻意追求的境界。

逮及唐宋，賦除了帝王、文人本身以外，又出現了另一類特殊的讀者──考官。爲了因應此一讀者結構的轉變，賦也被改造出另一種新的體製，他們特別稱之爲「甲賦」、「律賦」、或者「近體賦」。

賦成爲考校士子的項目，始於初唐。按唐代貢舉之進士科，原先只試策〔註5〕。至高宗調露二年（即永隆元年，680），有「考功員外郎劉思立奏請加試帖經與雜文，文之高者放入策」〔註6〕，故高宗於永隆二年（681）八月下詔：「自今已後，……，進士試雜文兩首，識文律者，然後並令試策。」〔註7〕不過此時大概尚未成爲定制，「至神龍元年（705），方行三場試」〔註8〕。所謂三場，即帖經、雜文和策。而其中雜文一場的內容，初或以賦居一，或以詩居一，約到天寶、甚至大曆以後，專用詩賦才成爲常例〔註9〕。

少應能代表魏晉以後創作賦篇的態度。

〔註4〕王充《論衡‧自紀》：「深覆典雅，旨意難睹，唯賦頌耳。」劉勰《文心雕龍‧練字》：「追觀漢作，翻成阻奧，故陳思稱揚馬之作，趣幽旨深，讀者非師傳不能析其辭，非博學不能綜其理。」

〔註5〕參閱杜佑：《通典》（台北：台灣商務印書館，1987年），卷十五〈選舉三〉，頁83。又徐松《登科計考》卷一引《唐語林》云：「唐朝初，……，進士試時務策五道。」（京都：中文出版社，1982年，頁19。）

〔註6〕王定保：《唐摭言》（台北：台灣商務印書館影印文淵閣四庫全書本），卷一，「試雜文」條，冊一〇三五，頁701。

〔註7〕董誥等：《欽定全唐文》（台北：文海出版社，1972年），冊一，卷十三，〈嚴考試明經進士詔〉，頁181。

〔註8〕同註6。

〔註9〕按《舊唐書》卷九〈玄宗本紀下〉曰：「是秋（天寶十三載），……，上御勤政樓試四科制舉人，策外加詩賦各一首，制舉加詩賦，自此始也。」（台北：鼎文書局，1976年，頁229。）徐松《登科記考》卷二亦曰：「雜文之專用詩賦，當在天寶之際。」（京都：中文出版社，1982年，頁149。）但羅聯添〈唐代進士科試詩賦的開始及其相關問題〉（《中國歷史學會史學集刊》17期，1985年）一文則依據《登科記

　　唐代由於社會崇拜文學〔註10〕，所以雜文一場日漸受到矚目。天寶十一載，曾有進士孫季卿向楊國忠建議：「若先試雜文，然後帖經，則無餘才矣。」〔註11〕蓋唐代以各場皆定去留的方法進行考試，置雜文於首場，無疑是要將文筆不佳者先予黜落。但自同年玄宗敕曰：「進士所試一大經及爾雅，帖既通而後試文、試賦各一篇，文通而後試策。」〔註12〕看來，終玄宗之世，依舊以雜文爲次場。不過中唐以後，情況便改觀了。例如黎逢爲代宗大曆十二年（777）進士，《唐摭言》卷五曾載其以「初場」文詞被擢爲狀元的故事〔註13〕；又李觀爲德宗貞元八年（792）進士，其於〈帖經日上侍郎書〉云：「昨者奉試〈明水賦〉、〈新柳詩〉，平生也，實非甚高。」〔註14〕足見雜文是在帖經的前一日考；而唐末牛希濟的〈貢士論〉亦明言：「天子制策，考其功業辭藝，謂之進士。……。大率以三場爲試：初以詞賦，謂之雜文，復對所通經義，終以時務爲策目。」〔註15〕由此可知，從中唐到唐末，詩賦不僅爲進士科所必考，而且已位居頭場把關的要衝〔註16〕。

考》所蒐考的試題，推測唐代進士試雜文專用詩賦成爲常例，似不在天寶年間，而應在大曆時代。

〔註10〕關於唐代社會的「文學崇拜」現象，可以參閱龔鵬程：《文化符號學》（台北：台灣學生書局，1992年），第三卷第一章〈文學崇拜與中國社會：以唐代爲例〉。

〔註11〕詳見封演：《封氏聞見記》（台北：台灣商務印書館影印文淵閣四庫全書本），卷三，「貢舉」條，冊八六二，頁427。

〔註12〕引自王欽若等：《冊府元龜》（台北：大化書局，1984年），卷六四○〈貢舉部條制二〉，冊三，頁3383。

〔註13〕王定保：《唐摭言》（台北：台灣商務印書館影印文淵閣四庫全書本），卷五，「以其人不稱才，試而後驚」條曰：「黎逢氣貌山野，及第年，初場後至，便於簾前設席。主司異之，訝其生疏，必謂文詞稱是，專令人伺之，句句來報。初聞云：「何人徘徊」，曰：「亦是常言」；既而將及數聯，莫不驚歎，遂擢爲狀元。」（冊一○三五，頁735。）

〔註14〕同註7所揭書，卷五三三，冊十一，頁6867。

〔註15〕同註7所揭書，卷八四六，冊十八，頁11205。

〔註16〕但德宗建中二年（781）及文宗太和七年（833）則有以箴、論、表代替詩、賦的情況。《宋史》卷一五五〈選舉一〉載李淑答宋仁宗曰：「建中二年，趙贊請試以時務策五篇，箴、論、表、贊各一篇，以代詩賦。

　　北宋在崇尚經世致用的風氣下，進士科曾兩度停罷詩賦，專用經義。第一次是在神宗王安石變法（1071-1085）期間的十餘年，第二次則在哲宗親政（紹聖元年，1094）後到北宋末的二十餘年。除此之外，雖曾出現「先策論，後詩賦」之議〔註17〕，但英宗之前（960-1067），詩賦仍是首場；而哲宗元祐年間（1086-1093），詩賦進士雖須聽習一經，但主要還是「以詩賦為去留」〔註18〕。南渡之後，高宗於建炎二年（1128）「定詩賦、經義取士，……，自紹聖後，舉人不習詩賦，至是始復。」紹興十三年（1143），經賦合科，併為三場：「以本經、語、孟義各一道為首，詩、賦各一首次之，子史論一道、時務策一道又次之。」十五年（1145）仍分習兩科，二十七年（1157）又復行兼經，三十一年（1161）確定分立兩科，士子得專於所習〔註19〕。故南宋之世，詩賦始終未廢。

　　詩賦不僅是掄才較藝的工具，而且也是最具關鍵性的項目。唐代重視辭藝，固然有「主司褒貶，實在詩賦，務求巧麗，以此為賢」〔註20〕的趨勢，而宋代雖然不時提出崇本務實的論調，卻也免不了落入「以粗淺視論策，而以精深視詩賦」〔註21〕的窠臼。單就賦而

太和三年〔唐會要作七年〕，試帖經，略問大義，取精通者，次試論、議各一篇。」（台北：鼎文書局，1980年，頁3612。）但「太和八年，禮部復罷進士議論而試詩賦。」（《新唐書》卷四十四〈選舉上〉，台北：鼎文書局，1980年，冊二，頁1168。）

〔註17〕在熙寧變法之前，例如張知白、歐陽修等均曾提議試進士應先策論而後詩賦。范仲淹於慶曆年間改貢舉，也施行過「先策，次論，次詩賦」之法，但僅數個月即因范仲淹去職而停罷。詳參閱金中樞：〈北宋科舉制度研究（上）〉，《新亞學報》6卷1期（1964年），第一章第二節與第二章第一節。

〔註18〕參見托克托：《宋史》（台北：鼎文書局，1980年），卷一五五〈選舉一〉，冊五，頁3621。

〔註19〕同註18，卷一五六〈選舉二〉，冊五，頁3625～3631。

〔註20〕同註7所揭書，卷三五五，冊八，趙匡〈舉選議〉，頁4556。

〔註21〕見馬端臨：《文獻通考》（台北：台灣商務印書館，1987年），卷三十一〈選舉四〉，冊一，頁290。此係馬端臨批評「歐公所陳欲先考論策，後考詩賦，蓋欲以論策驗其能否，而以詩賦定其優劣。」的結論，

言，《唐摭言》卷八即記載了李程因〈日五色賦〉而被考官認定「非
狀元不可」的軼聞〔註22〕，《四六叢話》卷五也引《歸田錄》所載，
謂宋眞宗曾以徐奭〈鑄鼎象物賦〉和蔡齊〈置器賦〉有理趣、有器
識而賜兩人第一人及第〔註23〕。然則銓擢進士的條件，何以會由策
論轉移到詩賦呢？《唐書·選舉志》對此有一個最實在的回答：「按
其聲病，可以爲有司之責，捨是則汗漫而無所守。」〔註24〕原本文
義深淺，難免涉於主觀，但格律聲病，卻是白紙黑字，是非分明；
而且所謂對策，也可以仿照前人文句寫成，見不到考生的眞本事。
宋代孫何就說：

> 蓋策問之目，不過禮樂、刑政、兵戎、賦輿、歲時災祥、
> 吏治得失，可以備擬，可以曼衍，故汗漫而難校，銖朕而
> 少工，詞多陳熟，理無適莫。惟詩賦之制，非學優才高，
> 不能當也。〔註25〕

即如馬端臨雖主張「詩賦不過工浮詞，論策可以驗實學」，卻也不得
不承認：「蓋場屋之文，論策則蹈襲套括，故汗漫難憑，詩賦則拘以

　　可見除非進士科不考詩賦，否則詩賦仍較策論重要。
〔註22〕王定保：《唐摭言》（台北：台灣商務印書館影印文淵閣四庫全書本），
　　　卷八，「已落重收」條曰：「貞元中，李緣公先牓落矣。……。於陵深
　　　不平，乃於故策子末繕寫而斥其名氏，攜之以詣主文，從容紿之曰：
　　　『侍郎今者所試賦，奈何用舊題？』主文辭以非也。於陵曰：『不止
　　　題目向有人賦，次韻腳亦同。』主文大驚。於陵乃出程賦示之，主文
　　　贊賞不已，於陵曰：『當今場中若有此賦，侍郎何以待之？』主文曰：
　　　『無則已，有則非狀元不可。』於陵曰：『苟如此，侍郎已遺賢矣，
　　　乃李程所作。』亟命取程所納面對，不差一字。主文因而致謝於陵，
　　　於是請擢爲狀元。」（冊一○三五，頁 756。）
〔註23〕「眞宗好文，雖以文辭取士，然必視其器識，始賜第一人及第，或取
　　　其所試文辭有理趣者。徐奭〈鑄鼎象物賦〉云：『足爲下正，詎聞公
　　　餗之欹傾，鉉乃上居，實取王臣之咸重。』遂以爲第一。蔡齊〈置器
　　　賦〉云：『安天下於覆盂，其功可泰』，遂以爲第一人。」見孫梅：《四
　　　六叢話》（台北：世界書局，1962 年），卷五，頁 95。
〔註24〕歐陽脩、宋祁：《新唐書》（台北：鼎文書局，1980 年），卷四十四〈選
　　　舉上〉，冊二，頁 1166。
〔註25〕引自孫梅：《四六叢話》（台北：世界書局，1962 年），卷五，頁 99。

聲病對偶，故工拙易見。其有奧學雄文能以論策自見者，十無一二。」
〔註26〕

於是，考官為了做一位「稱職」的讀者，客觀公正地評斷出各個
作者（考生）的高下，便不能不對程式之文做些必要的限制。試賦的
八字韻，就是這樣逐漸形成，洪邁《容齋續筆》曰：

> 唐以賦取士，而韻數多寡、平側次敘，元無定格。故有三
> 韻者，……，有四韻者，……，有五韻者，……，有六韻
> 者，……，有七韻者，……。八韻有二平六側者，……，
> 有三平五側者，……，有五平三側者，……，有六平二側
> 者，……。自太和以後，始以八韻為常。……，舊例，賦
> 韻四平四側，……。國朝太平興國三年九月，始詔自今廣
> 文館及諸州、府、禮部試進士律賦，並以平側次用韻，其
> 後又有不依次者，至今循之。〔註27〕

而字詞的平仄聲調，更是捉搦的憑據，《太平廣記》卷三四九〈韋鮑
生妓〉敘述韋、鮑二生聽見南朝時謝莊、江淹二鬼論賦，江淹向謝莊
說：

> 數年來在長安，蒙樂遊王引至南宮，入都堂，與劉公幹、
> 鮑明遠看視秀才。予竊入司文之室，於燭下窺能者制作，
> 見屬對頗切，而賦有蜂腰、鶴膝之病，詩有重頭重尾之犯。
> 若如足下「洞庭」、「木葉」之對，為純謬矣；小子拙賦云：
> 「紫臺稍遠，燕山無極，涼風忽起，白日西匿。」則「稍」、
> 「忽起」之聲，俱遭黜退矣，不亦異哉？〔註28〕

足見聲病之苛，就算是謝莊、江淹也莫可奈何。有時還會遇上考官特
出難題，故用險韻，如唐昭宗乾寧二年覆試進士，內出「良弓獻問賦」，
以「太宗問工人：木心不正，脈理皆邪，若何道理」十七字皆取五聲

〔註26〕同註21。
〔註27〕卷十三，「試賦用韻」條，洪邁：《容齋隨筆》（台北：大立出版社，
1981 年），上冊，頁 386～387。
〔註28〕見李昉等：《太平廣記五百卷》（台北：新興書局，1958 年），卷三四
九，冊七，頁 2558。

字，依輪次以雙周隔句為韻，限三百二十字成。賦韻如此，實在前所
未有〔註29〕。若再觀孫何所論，那就更是近體賦的「高標準」了：

> 破巨題期於百中，壓強韻示有餘地；驅駕典故，渾然無跡；
> 引用經籍，若己有之。詠輕近之物，則托興雅重，命詞峻
> 整；述樸素之事，則玄言遒麗，析理明白。其或氣燄飛動，
> 而語無孟浪；藻繢交錯，而體不卑弱。頌國政則金石之奏
> 間發，歌物瑞則雲日之華相照。觀其命句，可以見學植之
> 淺深，即其構思，可以覘器業之大小。窮體物之妙，極緣
> 情之旨，識春秋之富豔，洞詩人之麗則。能從事於斯者，
> 始可以言賦家流也。〔註30〕

可知想成就「一片宮商」、「擲地要作金石聲」〔註31〕的佳構，過程是
相當艱困的。

　　然而難則難矣，由詩賦登進士第仍是舉子們終生的夢想。以唐代
來說，「開元以後，四海晏清，士無賢不肖，恥不以文章達」〔註32〕，
且「搢紳雖位極人臣，不由進士者，終不為美」〔註33〕。宋代也是一
樣，哲宗元祐時尚書省請復詩賦，與經義兼行，不久即造成士子多改
習詩賦，「專經者十無二三」〔註34〕的情況；高宗紹興十五年經賦分
科，也使得「學者競習詞賦，經學寖微」〔註35〕。在這樣的科舉文化
下，自然出現不少指示作賦門法的格樣：

> 《賦樞》三卷，唐張仲素撰。(宋史藝文志)

〔註29〕可參閱洪邁：《容齋四筆》卷六，「乾寧覆試進士」條，《容齋隨筆》
　　　　（台北：大立出版社，1981年），下冊，頁682～683。
〔註30〕同註25，頁99～100。
〔註31〕《北夢瑣言》卷七：「前進士沈堯有〈洞庭樂賦〉，韋八座岫謂朝賢曰：
　　　　『此賦乃一片宮商也。』」《世說新語・文學》：「孫興公作〈天台賦〉
　　　　成，以示范榮期云：『卿試擲地，要作金石聲。』」
〔註32〕參見杜佑：《通典》（台北：台灣商務印書館，1987年），卷十五〈選
　　　　舉三〉，頁84。
〔註33〕同註6，卷一，「散序進士」條，頁698。
〔註34〕同註18，頁3622。
〔註35〕詳見李心傳：《建炎以來朝野雜記》（台北：台灣商務印書館影印文淵
　　　　閣四庫全書本），甲集，卷十三，「四科」條，冊六○八，頁343。

《賦訣》一卷，唐范傳正撰。（宋史藝文志）

《賦門》一卷，唐浩虛舟撰。（宋史藝文志）

《賦要》一卷，唐白行簡撰。（宋史藝文志）

《賦格》一卷，唐紇干俞撰。（宋史藝文志）

《賦格》一卷，五代和凝撰。（宋史藝文志）

《賦評》一卷，宋吳處厚撰。（宋史藝文志）

《賦門魚鑰》十五卷，宋馬偁撰。（宋史藝文志）（直齋書錄解題：「編集唐蔣防而下至本朝宋祁諸家律賦格訣」。）

《八韻關鍵》，朱時叟撰。（文天祥序：「八韻關鍵者，義山朱君時叟所編賦則也。」）

《聲律關鍵》八卷，鄭起潛撰。（四庫未收書目）（鄭起潛序：「起潛屢嘗備數考校，獲觀場屋之文，賦體多失其正。起潛初仕吉州教官，嘗刊賦格，……，總以五訣，分為八韻，至於一句，亦各有法，名曰：聲律關鍵。」）

而賦選集也隨著時代潮流，以提供舉子們當做摹寫範本：

《賦苑》二百卷，五代徐鍇編。（宋史藝文志）（李調元賦話序：「徐鉉〔鍇〕之集唐宋律賦為賦苑二百卷。」）

《甲賦》五卷，五代徐鍇編。（宋史藝文志）（鄭堂札記：「唐人稱應試之賦為甲賦，蓋因令甲所頒，故有此稱。」）

《賦選》五卷，五代李曾編。（宋史藝文志）（國史經籍志：「李曾集唐人律賦。」）

《桂香賦集》三十卷，五代江文蔚編。（宋史藝文志）（姚鉉唐文粹序：「賦則有甲賦、賦選、桂香等集，率多聲律，鮮及古道。」）

《典麗賦》六十四卷，宋楊翔編。（宋史藝文志）（國史經籍志：「宋楊翔〔翔〕集古今律賦。」）

《典麗賦》九十三卷，宋王咸編。（宋史藝文志）

《後典麗賦》四十卷，宋唐仲友編。（直齋書錄解題：「此集自唐末以及本朝盛時名公所作皆在焉，止於紹興間。先

有王戊〔咸〕集典麗賦九十三卷,故此名後典麗賦。」)

《大全賦會》五十卷,不著編者。(四庫存目:「皆南宋程
式之文也」)

《指南賦箋》五十五卷,不著編者。(直齋書錄解題)

《指南賦經》八卷,不著編者。(直齋書錄解題:「指南賦
箋五十五卷、指南賦經八卷,皆書坊編集時文,止於紹熙
以前。」)

《唐賦》二十卷,不著編者。(郡齋讀書志:「唐科舉之文
也,蕭穎士、裴度、白居易、薛逢、陸龜蒙之作皆在焉。」)

《賦林衡鑑》,范仲淹編。(范仲淹序:「仲淹少遊文場,嘗
橐詞律,惜其未獲,竊以成名。近因餘閒,載加研玩,頗
見規格,敢告友朋。其於句讀聲病,有今禮部之式焉,別
析二十門,以分其體勢。……,命之曰:賦林衡鑑。」)

此外,李廌《師友談記》中也特別記錄了秦觀論賦謀篇、押韻、用事、
鍛句之法十則,儘管兩人最後對於如此造作的文體感到有些無奈:

少游言:「賦之說雖工巧如此,要之是何等文字?」廌曰:「觀
少游之說,作賦正如填歌曲爾。」少游曰:「誠然。夫作曲,
雖文章卓越,而不協於律,其聲不和。作賦何用好文章?只
以智巧餖飣爲偶儷而已。若論爲文,非可同日語也。朝廷用
此格以取人,而士欲合其格,不可奈何爾。」〔註36〕

不過,士子們欲登龍門,則非先俯首於此不可。像宋代何群雖因其「罷
賦」的意見不被採納而決定以「罷考」表示抗議,但他先前所作的賦
也是既多且工的:

(何群)又上書言:「……,文辭中害道者莫甚於賦,請罷
去。」……,下兩制議,皆以爲進士科始隋歷唐數百年,
將相多出此,不爲不得人,且祖宗行之已久,不可廢也。
群聞其說不行,乃慟哭,取平生所爲賦八百餘篇焚之。講
官視群賦既多且工,以爲不情,絀出太學。群逕歸,遂不

〔註36〕語見李廌:《師友談記》(台北:台灣商務印書館影印文淵閣四庫全
書本),冊八六三,頁177。

復舉進士。〔註37〕

所以，無論念茲在茲也好，不情不願也罷，近體賦畢竟仍是唐宋六百多年間學者用力最深的一類賦。他們所要學習的，就是迎合考官心目中「學優才高」的標準，作出「窮體物之妙，極緣情之旨，識春秋之富豔，洞詩人之麗則」的賦篇。

第二節　元代賦學的變律爲古

然而宋亡不出百年，元代所編成的一批賦體總集，卻和唐宋時的面貌大大不同，標題上紛紛掛起「古賦」的名銜：

《皇朝古賦》一卷，元郝經編。（千頃堂書目）（國史經籍志）（補元史史藝文志）（補遼金元藝文志）

《古賦辯體》八卷，外集二卷，元祝堯編。（國史經籍志）（補元史藝文志）（補遼金元藝文志）（四庫全書總目）

《楚漢正聲》二卷，元吳萊編。（補遼金元藝文志）（補元史藝文志：「集宋玉、司馬相如、揚雄、柳宗元四家賦。」）

《古賦準繩》十卷，元虞廷碩編。（千頃堂書目）（補元史藝文志）（補遼金元藝文志）

《古賦青雲梯》三卷，不著編者。（千頃堂書目）（補元史藝文志、補遼金元藝文志作「元賦青雲梯」）（四庫未收書目提要：「上卷錄賦三十六篇，中卷錄賦三十九篇，下卷錄賦三十六篇，凡一百十一篇，蓋當時應試之士選錄以作程式者。」）

《古賦題》十卷，後集六卷，不著編者。（千頃堂書目作「古題賦」）（補遼金元藝文志）（四庫存目：「舊本題天歷己巳古雍劉氏翠巖家塾識，蓋元仁宗時所刊。……考宋禮部貢舉條例載，出題必具其出處，……，故宋人有備爲策論經義之書，無備詩賦題之書。至元，此制不行，故《錢惟

善集》載有鄉試以「羅刹江賦」命題，鎖院三千人不知出
處之事。此書之所以作歟？」）

吳萊（1297～1340）另有《古賦方錄》八卷，《千頃堂書目》著錄於
「史部地理類」，此書雖非總集，但也顯示了「古賦」似乎很能引起
當時人探索的興趣。這樣的變革，或許可以看做是古文運動後古文勢
力抬頭的結果。但事實上，從《古賦青雲梯》及《古賦題》的「提要」
中我們不難窺見，文壇所以會在短時間內由專攻近體賦逆轉爲重視古
賦，還是緣於政治力量——科舉的影響。

　　在金、蒙古相繼與趙宋對峙、南北阻絕不通的時期，學術界呈現
的乃是「程學盛於南，蘇學盛於北」〔註38〕的局面。北宋程頤與蘇軾
的對立，不僅基於兩人的個性不同，也因爲他們的學術觀點互異：程
頤強調性善情惡，蘇軾則謂性情非有善惡之別；程頤主張以古人禮教
抑制情慾，蘇軾則認爲禮乃是因人情而設，應隨時變革；程頤好言性
命之學，蘇軾則否；蘇軾注重文章修辭，程頤則不然。總之，程頤與
蘇軾的差別，乃在一爲德性我之展現，一爲情意我之發揮〔註39〕。因
而對於科考問題，洛黨（程頤爲領袖）和蜀黨（蘇軾爲領袖）的意見
也是彼此扞格。例如元祐年間新黨被黜，尚書省乞復詩賦取人，程頤
弟子朱光庭即指斥曰：「今使學者不學，……，而反學雕蟲篆刻童子
之技，豈不陋哉？」但蘇軾之弟蘇轍則辯稱：「蓋緣詩賦雖號小技，
而比次聲律，用功不淺。」〔註40〕自此，文學即與理學分道揚鑣，爭
鬪不睦。趙宋南渡後，北邊的金朝雖然在科舉上採用經、賦分科之法，
但詩賦依舊爲北人所尚，甚至還出現了以賦爲重的趨勢：「有司者止
考賦而不究詩、策、論也」，「故學者只工于律賦，問之他文，則懵然

〔註38〕皮錫瑞：《經學歷史》（台北：藝文印書館，1987年），頁308。
〔註39〕參閱楊勝寬：〈蘇軾與理學家的性情之爭〉，《四川大學學報》（哲社）
　　　　1993年1期；黃明理：《晚明文人型態研究》（台北：台灣師範大學
　　　　國文研究所碩士論文，1989年），第三章。
〔註40〕關於宋哲宗元祐年間詩賦與經義之爭，可參閱金中樞：〈北宋科舉制
　　　　度研究（下）〉，《新亞學報》6卷2期（1964年），第三章一、二節。

無知」〔註41〕，形成了金源學術仍較偏向文章一面，有別於於南方的理學熾盛〔註42〕。直到元太宗七年（1235），蒙古軍南征江漢，趙復被俘，隨姚樞北上燕京，朱子之書才傳到北方。其後許衡從姚樞錄程、朱之書，性理之學遂得以在北方流播發揚〔註43〕。

而自元太宗六年（1234）金國覆滅起，蒙古朝廷即不再舉行科舉。這與皇室用人最重「根腳」有關。元初「高官厚祿幾為數十個『大根腳』、『老奴婢根腳』、或是『根腳深重』的家族所籠斷，這些根腳深重的家族多在蒙古建國過程中立有殊勳，並早與皇室建立私屬主從關係」〔註44〕，故執政者並不急於採行科舉。憲宗元年（1251），忽必烈以太弟的身分開府金蓮川總理漢事，召募了不少漢人，其中即包括王鶚、王惲等金源遺士與姚樞、許衡等儒學之流。十年後（1260），忽必烈登大汗位，方採取「以漢法治漢地」的政策，於是朝廷就在許衡的規劃之下，開始興立學校，許衡本人並曾擔任國子祭酒。而正當「理學集團」積極推動學校教育之時，屬金代科舉出身的「金源遺士集團」〔註45〕，也開始向元世祖提出施行科舉的建議，《元史・選舉志》：

　　（至元）四年（1267）九月，翰林學士承旨王鶚等請行選

〔註41〕語見劉祁：《歸潛志》（台北：台灣商務印書館影印文淵閣四庫全書本），卷八，冊一○四○，頁 275。劉氏此書對金代之事記載甚多。

〔註42〕金源學術較偏向文章一面，孫克寬：《元代漢文化之活動》（台北：台灣中華書局，1968 年）所收〈元初儒學〉中「儒學接觸時期（金源文化的注入）」一節亦曾論及，可以參閱。

〔註43〕詳參宋濂：《元史》（台北：鼎文書局，1981 年），卷一八九〈儒學一〉，「趙復傳」，冊七，頁 4314。

〔註44〕引自蕭啟慶：〈元代科舉與菁英流動〉，《漢學研究》5 卷 1 期（1987 年 6 月），頁 130～131。

〔註45〕蕭啟慶〈忽必烈時代「潛邸舊侶」考〉一文（《大陸雜誌》25 卷 1 期～3 期，1962 年 7～9 月）將忽必烈身邊的幕僚分為「邢臺集團」、「正統儒學集團」、「金源遺士集團」、「西域人集團」和「蒙古集團」，後來丁崑健〈元代的科舉制度〉（《華學月刊》124 期、125 期，1982 年 4 月、5 月）徵引時，則將「正統儒學集團」改稱「理學集團」。又按：金源，水名，後為金代的別稱。《金史・地理志》：「國言『金』曰『按出虎』，以『按出虎水』源於此，故名『金源』，建國之號，蓋取諸此。」

舉法，遠述周制，次及漢、隋、唐取士科目，近舉遼、金
選舉用人，與本朝太宗得人之效，以爲「貢舉法廢，士無
入仕之階，或習刀筆以爲吏胥，或執僕役以事官僚，或作
技巧販鬻以爲工匠商賈。以今論之，惟科舉取士最爲切務，
矧先朝故典，尤宜追述。」〔註46〕

可是「理學集團」卻表示反對，如許衡就說：

科目之法愈嚴密，而士之進於此者愈巧，以至編摩字樣，
期於必中。上之人不以人才待天下之士，下之人應此者，
亦豈仁人君子之用心也哉？雖得之，何益於用？上下相
待，其弊如此，欲使生靈蒙福，豈可得乎？〔註47〕

其後「理學集團」又認爲，即便要實行科舉，也須以經義、明經爲內
容。但「金源遺士集團」中的王惲卻大不以爲然：

省擬將詞賦罷黜，止用經義、明經等科。……，若果實人
材，雖出一切科目，不害爲通敏特達之士，何獨詞賦無益
於學者治道哉？至明經設科，正使天下之人舍精就簡，去
難從易，……，反不若賦義之淹貫經史，扣擊諸子，辭理、
文彩兼備之爲愈也。〔註48〕

至於世祖本人則受「理學集團」的影響較深，他曾問趙良弼：「漢人
唯務課賦吟詩，將何用焉？」趙良弼則提醒他：「此非學者之病，在
國家所尚何如耳。尚詩賦，則人必從之；尚經學，人亦從之。」〔註
49〕但由於「理學集團」賤科第與「金源遺士集團」輕選舉間的爭論
始終沒有結果，所以元廷取才，只得暫時沿襲貢舉之法，由各路州縣
從學校選拔諸生向中央薦用。〔註50〕

〔註46〕同註43，卷八一〈選舉一〉，冊三，頁2017。
〔註47〕許衡：《魯齋遺書》（台北：台灣商務印書館影印文淵閣四庫全書本），
　　　　卷一〈語錄上〉，冊一一九八，頁285。
〔註48〕王惲：《秋澗集》（台北：台灣商務印書館影印文淵閣四庫全書本），
　　　　卷八十六，〈論明經保舉等科目狀〉，冊一二〇一，頁239。
〔註49〕同註43，卷一五九，「趙良弼傳」，冊六，頁3746。
〔註50〕關於元代貢舉制度的內容與影響，請參閱丁崑健：〈元代的科舉制度
　　　　（下）〉，《華學月刊》125期（1982年5月）。

　　貢舉制固然使得學校大興，卻也鼓舞了奔赴權貴的風氣，甚至造成了吏治的敗壞，因而仁宗為親王時，便已感覺到問題的嚴重性，待仁宗即皇帝位（1312），更決心要恢復科舉。此時，學校制度已行數十年之久，學校教育也都以經學為重，若要改用詩賦取士，恐怕會招來強烈反彈。不過，根本也沒有人會提出這種主張，因為數十年下來的潛移默化，朝野早就是理學的天下了。故皇慶二年（1313）中書省乃奏曰：

> 夫取士之法，經學實修己治人之道，詞賦乃搞章繪句之學，自隨唐以來，取人專尚詞賦，故士習浮華。今臣等所擬，將律賦、省題詩、小義皆不用，專立德行明經科，以此取士，庶可得人。〔註51〕

十一月，仁宗下詔：「舉人宜以德行為首，試藝則以經術為先，詞章次之。」訂後年（即延祐二年，1315）於京師會試，考試科目為：〔註52〕

蒙古人	第一場	經問五條，四書內設問。
色目人	第二場	第一道，以時務出題。
漢　人 南　人	第一場	明經經疑二問，四書內出題。
	第二場	古賦、詔、誥、章、表內科一道。古賦、詔、誥用古體，章、表四六，參用古體。
	第三場	策一道，經史時務內出題。

　　時過境遷，風移俗易，這已不再是個「會須作賦，始成大才」、「能賦可以為大夫」〔註53〕的年代，朝廷試「古賦、詔、誥、章、表」的

〔註51〕同註46，頁 2018。
〔註52〕同註46，頁 2019。
〔註53〕《漢書‧藝文志》：「傳曰：『不歌而誦謂之賦，登高能賦可以為大夫。』」（台北：宏業書局，1984 年，頁 1755。）《三國典略》曰：「齊魏收以溫子昇、邢紹不作賦，乃云：『會須作賦，始成大才，唯以章表自許，此同兒戲！』」引自李昉等：《太平御覽》（台北：台灣商務印書館影印南宋蜀刊本，1974 年），卷五八七〈賦〉，冊五，頁 2775。此或亦能借來形容唐、宋時的觀點。

用意，也只是要考察一下撰寫「公文」的能力，侈藻妍章，一概無用。
不過，科場既也限了體格，就不能阻止民間編選像《古賦準繩》、《古
賦題》這類的「寫作範例」或「命題精華」。其實，自從南宋末年以
來，文人對於唐宋科考專用的工麗律賦便多有深切的反省，如王若虛
（1174～1243）即曾謂：

> 科舉律賦不得預文章之數，雖工，不足道也。〔註54〕

吳澄（1249～1333）也認爲：

> 詞賦本於離騷，而不逮騷遠矣；聲韻四六本於詞賦，而不
> 逮賦又遠矣。後世方以之設科取士，於是讀書者不復講求
> 義理，惟務採摘對偶，一韻爭奇，一字競巧，緝續成文，
> 去本愈遠。……，然則今之賦，其可醜也？〔註55〕

趙孟頫（1254～1322）亦指責：

> 宋之末年，文體大壞，……，作賦者不以破碎纖靡爲異，
> 而以綴緝新巧爲得，有司以是取，士以是應，程文之變，
> 至此盡矣。〔註56〕

至元廢科舉，律賦的威權瓦解，原本一般士人無暇太過留意的古賦，
似乎又能多吸引些讀者的目光了。像劉壎（1240～1319）就深感「近
世諸老多以文章名，而工古賦者絕少」，遂特於《隱居通義》中錄前
人古賦兩卷〔註57〕；而郝經（1223～1275）的《皇朝古賦》若非僞托，
則又是開當時編纂古賦總集的先例。逮科舉復行之後，古賦終於因爲
貼近「經術爲先，詞章次之」的「期待視界」（horizon ofexpection）
〔註58〕，翻身成爲學子必要研習的文類，正如祝堯《古賦辯體》所云：

〔註54〕王若虛：《滹南集》（台北：台灣商務印書館影印文淵閣四庫全書本），
卷三十七，冊一一九○，頁462。

〔註55〕吳澄《吳文正公集》卷二。轉引自曾永義編：《中國文學批評資料彙
編──元代》（台北：成文出版社，1978年），冊下，頁397。

〔註56〕趙孟頫：《松雪齋集》（台北：台灣商務印書館影印文淵閣四庫全書本），
卷六，〈第一山人文集序〉，冊一一九六，頁673。

〔註57〕見劉壎：《隱居通議》（台北：台灣商務印書館影印文淵閣四庫全書
本），卷四、卷五，冊八六六，頁45～60。

〔註58〕"A term devised by Hans Robert Jauss to denote the criteria which

渡江前後，人能龍斷，聲律盛行，賦格、賦範、賦選粹辯
論體格，其書甚眾。至於古賦之學，既非上所好，又非下
所習，人鮮爲之。……。近年選場以古賦取士，昔者無用，
今則有用矣。（八／818-9）

過去，考生總是惟恐一字不巧、一韻不奇，宋代劉克莊甚至曾自毫地
以爲：「今之律賦，往往造微入神，溫飛卿、李義山之徒，未必能彷
彿也。」〔註59〕日後即便有劉祁（1203～1250）深覺「金朝律賦之弊
不可言」，關心的也還是「律賦不宜犯散文言，散文不宜犯律賦語，
皆判然各異。如雜用之，非惟失體，且梗目難通。」〔註60〕但如今，

---

readers use to judge literary texts in any given period....The poetry of one
age is judged, valued and interpreted by its contemporaries, but the views
of that age do not necessarily establish the meaning and value of the
poetry definitively. Neither meaning nor value is permanently fixed,
because the horizon of expectations of each generation will change. As
Jauss puts it: 'A literary work is not an object which stands by itself and
which offers the same face to each reader in each period. It is not a
monument which reveals its timeless essence in a monologue'."

這是堯斯（德國接受美學代表人物）所創用的術語，意指各個時代讀
者用以評鑑文學作品的標準。……某個時代的作品，當時的人可能
會對其涵義做成解釋，或被許爲極具價值，但這些意義和評價卻不一
定會被一另個時代的人所認同。任何作品的意義與評價都不會固定不
移，因爲每個時代的「期待視界」都會改變。正如堯斯所說：「一件
文學作品，並不是一個在任何時代、任何讀者眼前都呈現相同面貌的
客體。它也不是一塊紀念碑，能自言自語地顯示其絲毫不受時空左右
的本質。」

〔J. A. Cuddon, A Dictionary of Literary Terms and Literary Theory,
third edition （Cambridge, MA, USA: Blackwell Reference, 1991）, pp.
415-416.〕

其實這個術語，堯斯本人並未特別下過定義，姜建強〈堯斯接受美學
中的期待視野探論〉一文則說明道：「所謂『期待視野』，實際上是指
在閱讀一部文學作品時，讀者原先各種經驗、趣味、素養、理想等綜
合形成的對文學作品的一種欣賞水平和要求，在具體閱讀中，表現爲
一種潛在的審美尺度。」見《美學》1993 年 10 期，頁 38。

〔註 59〕劉克莊：《後村先生大全集》（上海商務印書館四部叢刊初編縮印賜
硯堂刊本），卷九十九，〈李耘子詩卷〉，冊一，頁 858。

〔註 60〕同註 41，卷十二，頁 312。

「皇朝設科，取賦以古爲名」〔註61〕，所以像高舜元要向袁桷（1266～1327）請益的則是：「問古賦當祖何賦？其體製理趣何由高古？」〔註62〕至於考場贏家的作品，尤其炙手可熱，流播廣遠，例如楊維楨的《麗則遺音》，原不過是他早年爲「應場屋一日之敵」所私擬的幾十篇賦，然而登科之後，卻「悉爲好事者持去」，「梓於書坊」〔註63〕，又被冠上「麗則遺音：古賦程式」的書名，胡助並且在「跋」中語重心長地呼籲：「場屋之士，果能彷彿其步趨，吾知斯文之復古矣！」〔註64〕很顯然，一股學賦「貴古賤今」的浪潮已席捲了整個元代。

　　北宋的蘇軾曾經說過：「夫科場之文，風俗所繫，所收者天下莫不以爲法，所棄者天下莫不以爲戒。」〔註65〕當然，我們不能以科舉解釋中國文學的任何演變，元賦所以變「律」爲「古」或者也還有其他內在的線索，但在歷史眞象尚無法完全掌握之前，就且先從這最具關鍵性的外緣因素：

　　　　延祐設科，以古賦命題，律賦之體，由是而變。〔註66〕

來解釋此數百年間「古」、「律」賦代興的根由吧。

〔註61〕楊維楨：《麗則遺音》（台北：台灣商務印書館影印文淵閣四庫全書本），「序」，冊一二二二，頁146。

〔註62〕袁桷：《清容居士集》（台北：台灣商務印書館影印文淵閣四庫全書本），卷四十二，冊一二〇三，頁568。

〔註63〕同註61。

〔註64〕同註61，頁179--180。

〔註65〕見《蘇軾全集》（台北：世界書局，1964年），後集，卷十，〈擬進士對御試策一道并引狀〉，冊上，頁576。

〔註66〕吳訥：《文章辨體》（明嘉靖三十四年湖州知府徐洛重刊本），卷二〈古賦〉，「元」序說。

第二章 《古賦辯體》的編撰

第一節 編撰意圖

　　祝堯在延祐五年（1318）登第，是恢復科舉後的第二屆進士〔註1〕，其〈手植檜賦〉則獲選於《古賦青雲梯》中〔註2〕，因此他編撰《古賦辯體》，自然不會與科場試古賦毫無關係。據《廣信府志‧藝

文》的記載，祝堯除了《古賦辯體》之外，尚有三部著述：《大易演義》、《四書明辨》、《策學提綱》〔註3〕，其中《四書明辨》與《策學提綱》都和闈場科目相應。類似這樣注意科舉之文的情形，在元代士人中並不少見，例如約與祝堯同時的陳繹曾便認爲「今世爲學不可不隨宜者」，故特別於《文說》內開闢了「升學講座」，指示應考諸經、古賦、詔、誥、章、表、策前當讀的書，以備「科舉所急用」〔註4〕。所以，祝堯的《古賦辯體》原本就是在「近年選場以古賦取士，昔者無用，今則有用矣」（八／819）的境況下才產生的，明代錢溥在金宗潤刊印《古賦辯體》的序中即謂：

> 君澤所以辨之甚嚴而取之甚確，矧當其時以詞賦取士，得
> 是集而辨其體，未爲無助於世。〔註5〕

不過祝堯編輯此書的用意，也不僅止是便於讀者獵取功名，他更希望讀者能藉由研習古賦，一新國朝文壇的氣象：

> 嘗考春秋之時，覘國盛衰，別人賢否，每於公卿大夫士所
> 賦知之。愚不知今之賦者，其將承累代之積弊，嘍啾咿嚘
> 而使天醜其行邪？抑將侈太平之極觀，和其聲而鳴國家之
> 盛邪？則是賦也，非特足以見能者之材知，而亦有關吾國
> 之輕重，學者可不自勉！（八／819）

然而不管是放眼場屋得失，或者是關心賦學正變，所要解決的問題倒是一致的，那就是學賦「欲復古者當何如哉？」（七／811）

　　吳澄〈谷山樵歌序〉曰：「唐初創近體詩，字必屬對偶，聲必諧平仄，由是詩分二體，謂蕭《選》所載漢魏以來詩爲『古體』，而近體一名『律詩』。」〔註6〕同樣的，「古賦」這個名稱，也是爲了要和

〔註3〕見《廣信府志》（台北：成文出版社影同治十二年刊本），卷十一之一〈藝文·經籍〉，冊三，頁1378。

〔註4〕陳繹曾：《文說》（台北：台灣商務印書館影印文淵閣四庫全書本），冊一四八二，頁249～250。

〔註5〕祝堯：《古賦辯體》（明成化二年淮陽金宗潤刊本），「古賦辯體序」。

〔註6〕吳澄：《吳文正公集》（台北：台灣商務印書館影印文淵閣四庫全書本），卷二十二，冊一一九七，頁237。

「律賦」（近體賦、甲賦）做區別才出現的。例如姚鉉編《唐文粹》，「止以古雅爲命，不以雕篆爲工」〔註7〕，故卷一至卷九所收的唐人賦便特別標明爲「古賦」；而呂祖謙編《宋文鑑》，其卷一至卷十雖只是題爲「賦」，但那係因「國家取士之源，亦加採綴略存」的第十一卷，則又另稱爲「律賦」〔註8〕。此外，在宋、元文人的別集中，也不乏見到「古賦」之名，茲略舉一二：

歐陽修《居士外集》	卷八「古賦」四首，卷二十四「近體賦」十一首（題下均注明韻腳）。
晁補之《雞肋集》	卷一「古賦」四首，卷二「古賦」五首。
楊傑《無爲集》	卷一「古律賦」七首（其中五首注明韻腳爲律賦），卷二「律賦」六首。
蒲壽宬《心泉學詩稿》	卷一中賦的標題爲「古賦二首」。
胡助《純白齋類稿》	卷一「古賦」五首。
許有壬《至正集》	卷一「古賦」七首。

然而這個與「律賦」相對的「古賦」，就如所謂「古詩」一般，其實僅是一種概念，它泛指律賦以外的賦，並沒有具體的語言形式可供辨認。當我們談到「七言律詩」，所指的一定是全篇八句、每句七字、頷聯頸聯對仗、偶數句押平聲韻且不換韻、以及其他黏、對等格律約束的語言體製，但若談到「五言古詩」，則恐怕除了押韻及每句五個字之外，便舉不出其他形式上的特徵了。（用拗句和三平調之類實爲不涉律體而特地「自我作古」之法。）至於律賦，雖然不一定非多少字不可，卻也有「每篇限以八韻而成，要在音律諧協，對偶精切爲工」〔註9〕的原則，例如李程的〈日五色賦〉，便限以「日、麗、九、

〔註7〕姚鉉：《唐文粹》（上海商務印書館四部叢刊初編影明嘉靖刊本），「唐文粹序」，頁4。
〔註8〕呂祖謙：《皇朝文鑑》（上海商務印書館四部叢刊初編影常熟瞿氏藏宋本），「皇朝文鑑目錄」，冊一，頁16～19。
〔註9〕吳訥：《文章辨體》（明嘉靖三十四年湖州知府徐洛重刊本），外錄，目錄，第一卷「律賦」序說。

華、聖、符、土、德」八韻，而其音律與對偶的精巧，則不妨由其第一韻（華）的部分觀其梗概：

> 德動天鑒，祥開日華。
>
> 守三光而效祉，彰五色而可嘉。
>
> 驗瑞典之所應，知淳風之不遐。
>
> 稟以陽精，體乾爻於君位；
>
> 昭夫土德，表王氣於皇家。

雖然只是短短十句，但四六言句型、押韻、協律、單對、隔對等律賦的特徵一應俱全。再就全篇來說，文意的起承轉合也宜按照用韻的次序推展，李廌《師友談記》引秦觀曰：

> 凡小賦如人之元首，而「破題二句」乃其眉，惟貴氣貌，有以動人，故先擇事之至精至當者先用之，使觀之便知妙用。然後「第二韻」探原題意之所從來，須便用議論。「第三韻」方立議論，明其旨趣。「第四韻」結斷其說以明題，意思全備。「第五韻」或引事，或反說。「第七韻」反說，或要終立義。「第八韻」卒章，尤要好意思爾。〔註10〕

此外，格律方面依例也有不少拘忌：

> 其官韻八字一平一反相間，即依次用；若官韻八字平反不相間，即不依次用。其違式不考之目有：詩賦重疊用事；賦四句以前不見題；賦押官韻無來處；賦得一句末與第二句末用平聲、不協韻；賦側韻第三句末用平聲；賦初入韻用隔句對、第二句無韻。〔註11〕

但古賦卻沒有這些形式上的要求，以漢代的賦來說，縱然有以「既履端於唱序，亦歸餘於總亂」〔註12〕的方式布置全文者（如王延壽〈魯

〔註10〕李廌：《師友談記》（台北：台灣商務印書館影印文淵閣四庫全書本），冊八六三，頁176。

〔註11〕見紀昀：《四庫全書總目》（台北：台灣商務印書館影印文淵閣四庫全書本），卷一九一〈集部總集類存目一〉，冊五，頁119，「大全賦會提要」。

〔註12〕劉勰著，王更生注譯：《文心雕龍讀本》（台北：文史哲出版社，1988年），〈詮賦〉，頁133。

靈光殿賦〉），但「有序無亂」（如傅毅〈舞賦〉）及「有亂無序」者（如班固〈幽通賦〉）亦所在多有，而像司馬相如〈子虛〉、〈上林〉賦、班固〈西都〉、〈東都〉賦等，則根本沒有「序」和「亂」，只是賦的首尾用散文，中間用韻文而已。若再觀察魏晉六朝的賦，又有以排偶代單行、混詩句於賦中的現象。至於唐代律賦以外的賦，如李庾〈西都賦〉、〈東都賦〉、盧肇〈海潮賦〉等，均是長逾兩千字的鴻裁，但如李商隱〈蝨賦〉、〈蝎賦〉、羅隱〈秋蟲賦〉等，卻是短不過四十言的小制。因此，所謂「古賦」，真稱得上是「其爲體也屢遷」，「良多變矣」〔註13〕了。

　　古賦既然無代無之，體製又千差萬別，所以後代作家在創作時便不容易掌握其藝術特點，南宋周密和元初劉壎都曾有感而發地說：「大抵作文欲自出機杼者極難，而古賦爲尤難」，「作器能銘，登高能賦，蓋文章家之極致；然銘固難，古賦尤難。」〔註14〕但也因爲如此，黃庭堅才提出了：

　　　　作賦要須以宋玉、賈誼、相如、子雲爲師，略依放其步驟，

　　　　乃有古風。〔註15〕

這段話在胡仔《苕溪漁隱叢話》、王構《修辭鑑衡》、甚至《古賦辯體》中都曾引述〔註16〕，可見頗受認同，但對於黃庭堅的辭賦之作，朱熹則以爲不甚了了：

〔註13〕借自陸機〈文賦〉中語。

〔註14〕見周密：《齊東野語》（台北：台灣商務印書館影印文淵閣四庫全書本），卷五，「作文自出機杼難」條，冊八六五，頁 680；劉壎：《隱居通議》（台北：台灣商務印書館影印文淵閣四庫全書本），卷四，冊八六六，頁 45。

〔註15〕黃庭堅：《山谷別集》（台北：台灣商務印書館影印文淵閣四庫全書本），卷十五，〈與王立之承奉帖六〉，冊一一一三，頁 687。

〔註16〕分見於《苕溪漁隱叢話・前集》卷一（台北：長安出版社，1978 年，頁 4）、《修辭鑑衡》卷一（台灣商務印書館影印文淵閣四庫全書本冊一四八二，頁 276）、《古賦辯體》卷二（台灣商務印書館影印文淵閣四庫全書本冊一三六六，頁 739）。

> 入本朝來，騷學殆絕，秦、黃、晁、張之徒，不足學也。〔註
> 17〕

蘇門四學士外，朱熹以為即便是歐陽脩、蘇軾、曾鞏之流也對賦學未
嘗用心：

> 國朝文明之盛，前世莫及。自歐陽文忠公、南豐曾公鞏與公
> （按：指蘇軾）三人，相繼迭起，各以其文擅名當世，然皆
> 傑然自為一代之文，獨於楚人之賦有未數數然者。〔註18〕

看來朱子對宋人擬騷之作並不怎麼滿意。不過劉壎的看法就不同了，
雖然他也察覺：

> 近代工古賦者殊少，非少也，以其難工，故少也。其有能
> 是者，不過異其音節而已，而文意固庸庸也。〔註19〕

但他在《隱居通議》中選錄的理想古賦，卻多半是歐陽脩、蘇軾、黃
庭堅、楊萬里等宋人的作品，尤其是黃山谷，劉壎認為「不惟音節激
揚，而風骨意味足追古作」〔註20〕。如此紛歧的見解，在祝堯看來正
是「古賦」秩序尚未建立的結果：

> 渡江前後，人能龍斷，聲律盛行，……，至於古賦之學，
> 既非上所好，又非下所習，人鮮為之。就使或為，多出於
> 閒居暇日以翰墨娛戲者，或惡近律之俳，則遂趨於文；或
> 惡有韻之文，則又雜於俳。二體衮雜，迄無定向，人亦不
> 復致辨。（八／818-9）

由此可知，當時士子雖然明白要學古賦，卻因為歷代累積的古賦遺產過
於龐大，而有無所適從的困惑。所以，祝堯認為當務之急，便是趕緊找
出古賦的「本色」，推求古賦的「體要」，好貞定古賦的形式與本質。

　　歸納各種文類的適切風格，原本就是古代文論家討論文類時的終

〔註17〕朱熹：《朱子語類》（台北：正中書局影明刊宋咸淳六年導江黎氏本），
　　　　卷一三九〈論文‧上〉，冊八，頁5298。

〔註18〕朱熹：《楚辭集注》（台北：文津出版社，1987年），卷六，頁300。

〔註19〕劉壎：《隱居通議》（台北：台灣商務印書館影印文淵閣四庫全書本），
　　　　卷四，冊八六六，頁45。

〔註20〕同註19。

極關懷，例如劉勰便主張文非一體，必須「各以本采爲地」：

> 章、表、奏、議，則準的乎典雅；賦、頌、歌、詩，則羽
> 儀乎清麗；符、檄、書、移，則楷式於明斷；史、論、序、
> 注，則師範於覈要；箴、銘、碑、誄，則體制於弘深；連
> 珠、七辭，則從事於巧豔；……，譬五色之錦，各以本采
> 爲地矣。〔註21〕

而這些理想的體式，並不能臆測杜撰，總是由閱讀經驗中反省得來。
我們從摯虞《文章流別論》、甚至《漢書・藝文志》裡都可以見到此
一研究方法的運作〔註22〕。逮劉勰著《文心雕龍》，則明云：「若乃論
文敘筆，則囿別區分，原始以表末，釋名以章義，選文以定篇，敷理
以舉統。」〔註23〕其中「原始以表末」即是做文類的歷史考察，最後
「敷理以舉統」，獲致該文類的「體要」〔註24〕。例如論「頌」，劉勰
便先區判出前人作品的「變體」、「謬體」、「訛體」等，然後才歸結：
「揄揚以發藻，汪洋以樹義，雖纖曲巧致，與情而變，其大體所抵，
如斯而已。」〔註25〕類似這樣的辨析，目的無非是要讓主體性情能在
客觀的規範下進行創作活動。到了宋代，各文類之間相互混淆、名不
符實的問題越形複雜，因而從行業行爲與組織中借用了「當行」、「本
色」這組詞語和觀念，以釐清各種文類的特徵〔註26〕，例如《能改齋

〔註21〕同註13，〈定勢〉，頁63。
〔註22〕黃景進師〈論儒學對魏晉至齊梁文論之影響——兼論六朝文藝美學
之特徵〉一文曾特別指出《文章流別論》與《文心雕龍》討論文體的
模式都可能受到《漢書・藝文志》的啓發。見《中華學苑》36期，
1988年，頁90～91。
〔註23〕同註12，〈序志〉，頁383。
〔註24〕「體要」，此處指文類的規範要則，參閱顏崑陽：〈論文心雕龍「辨
證性的文體觀念架構」〉，中國古典文學研究會主編：《文心雕龍綜論》
（台北：台灣學生書局，1988年），頁96～98；袁燕萍：〈釋《文心
雕龍・定勢》篇「因情立體，即體成勢」義〉，《書目季刊》23卷2
期，1989年9月，頁16～17。
〔註25〕同註12，〈頌贊〉，151～153。
〔註26〕參閱龔鵬程：《詩史本色與妙悟》（台北：台灣學生書局，1986年），
第二章「論本色」。

漫錄》云：「黃魯直間作小詞固高妙，然不是當行家語。」《後山詩話》
云：「退之以文爲詩，子瞻以詩爲詞，如教坊雷大使之舞，雖極天下
之工，要非本色。」〔註27〕均顯示了一種文類必然具有一種特定的美
感要求，不能擅改，否則作品若不合乎「本色」，即使再好也算不上
「當行」。因此，「先體製而後文之工拙」〔註28〕便成爲文學批評的模
式，作家在創作之前，也得先弄清楚雅俗正變才行。像眞德秀編《文
章正宗》，即「以後世文辭之多變，欲學者識其源流之正也。」〔註29〕
又嚴羽爲了解決南宋詩論的核心問題——如何學詩，亦首先強調：

夫學詩者以識爲主。〔註30〕

所謂「識」，就是辨別家數體製的能力，所以《滄浪詩話・詩法》說：
「辨家數如辨蒼白，方可言詩。」〈答吳景仙書〉也說：「作詩正須辨
盡諸家體製，然後不爲旁門所惑。」〔註31〕基於這樣的立場，嚴羽遂
在《滄浪詩話・詩辨》中留下一段著名的以禪喻詩之論：

禪家者流，乘有大小，宗有南北，道有邪正；學者須從最
上乘，具正法眼，悟第一義。若小乘禪、聲聞辟支果，皆
非正也。論詩如論禪，漢、魏、晉與盛唐之詩，則第一義
也；大曆以還之詩，則小乘禪也，已落第二義矣；晚唐之
詩，則聲聞辟支果也。〔註32〕

〔註27〕見曾造：《能改齋漫錄》（台北：台灣商務印書館影印文淵閣四庫全書
　　　　本），卷十六〈樂府上〉，「黃魯直詞謂之著腔詩」條，冊八五〇，頁
　　　　810；陳師道：《後山詩話》，何文煥編：《歷代詩話》（台北：木鐸出
　　　　版社，1982），冊上，頁 309。
〔註28〕黃庭堅〈書王元之竹樓記後〉：「前公評文章，常先體製而後文之工拙。」
　　　　見《山谷集》（台北：台灣商務印書館影印文淵閣四庫全書本），卷二
　　　　十六〈題跋〉，冊一一一三，頁 274。
〔註29〕眞德秀：《文章正宗》（台北：台灣商務印書館影印文淵閣四庫全書本），
　　　　「綱目」，冊一三五五，頁 5。
〔註30〕嚴羽著，黃景進師撰述：《滄浪詩話》（台北：金楓出版有限公司，1986
　　　　年），〈詩辨〉，頁 16。
〔註31〕參閱黃景進師：《嚴羽及其詩論之研究》（台北：文史哲出版社，1986
　　　　年），頁 149～151。
〔註32〕同註30，頁 23。

嚴羽認爲學詩的人就是要先具備這層「識」的功夫，然後立志「以漢、魏、晉、盛唐爲師，不作開元、天寶以下人物」，如此「雖學之不至，亦不失正路」，否則「路頭一差，愈騖愈遠」〔註33〕，想作好詩便難上加難了。

祝堯既也有心解決「如何作古賦」的問題，則光是知道「體格、句法俱要蒼古」〔註34〕乃是不夠的，他還得提出一套依循的範準才行。然而古賦家數浩繁，體製多樣，就像嚴羽眼中的詩：「大曆以前，分明別是一副言語；晚唐，分明別是一副言語；本朝諸公，分明別是一副言語。」〔註35〕而究竟古賦之中有幾副言語？各副言語分別是什麼氣象？又到底哪副言語才接近古賦的本色？要回答這些問題，都不能不先從了解整個古賦的歷史流變著手。漢代揚雄曾說：「能讀千賦則善賦」〔註36〕，祝堯特地名其書爲「辯體」，即是秉持此一「操千曲而後曉聲，觀千劍而後識器」〔註37〕的態度，先由「千賦」中歸納出一個「常體」，再教人「摹體以定習」〔註38〕，達成「善賦」的目的。

第二節 編撰體例

《古賦辯體》的編輯方式，正是爲了具體實現祝堯的理念。祝堯在「目錄」之前的「序」就說道：

> 古今之賦甚多，愚於此編，非敢有所去取，而妄謂賦之可取者止於此也，不過載常所誦者爾。其意實欲因時代之高下，而論其述作之不同；因體製之沿革，而要其指歸之當

〔註33〕同註30。
〔註34〕楊載：《詩法家數》：「凡作古詩，體格、句法俱要蒼古。」見何文煥編：《歷代詩話》（台北：木鐸出版社，1982年），冊下，頁731。
〔註35〕同註30，〈詩評〉，頁76。
〔註36〕桓譚：《新論·道賦》：「揚子雲工於賦，王君大習兵器，余欲從二子學，子雲曰：『能讀千賦則善賦』，君大曰：『能觀千劍則曉劍』。」桓譚《新論》已佚，此引自嚴可均《全後漢文》卷十五。
〔註37〕同註12，〈知音〉，頁352。
〔註38〕同註12，〈體性〉，頁22。

一。庶幾可由今之體以復古之體云。（目錄／711）

其中「因時代之高下，而論其述作之不同」即是要從歷來的古賦中分別出各體的差異，「因體製之沿革，而要其指歸之當一」則是要從各體的差異中領會到古賦的體要。因此，《古賦辯體》前八卷的安排乃是一個有意義的結構，而不只是如紀昀所說的「采摭頗為賅備」〔註39〕而已。茲先將前八卷的目錄臚列於後，以便使讀者對《古賦辯體》有個大致的認識：

卷　別	體　製	作　者	篇　　名	備　　　　　註
一 二	楚辭體	屈原	離騷	
			九歌	東皇太乙　雲中君　湘君 湘夫人大司命　少司命　東 君　河伯　山鬼
			九章	惜誦　涉江　哀郢　抽思 懷沙　思美人　惜往日　橘 頌　悲回風
			遠遊 卜居 漁父	
		宋玉	九辨	分為九節
		荀卿	禮賦 智賦 雲賦 蠶賦 箴賦	
三 四	兩漢體	賈誼	弔屈原賦 鵩賦	
		司馬相如	子虛賦 上林賦 長門賦	自注子虛、上林實為一篇
		班婕妤	自悼賦 擣素賦	

〔註39〕同註 11，卷一八八〈集部總集類三〉，冊五，頁 54，「古賦辯體提要」。

		揚雄	甘泉賦 河東賦 羽獵賦 長楊賦	
		班固	西都賦 東都賦	自注西都、東都實爲一篇
		禰衡	鸚鵡賦	
五 六	三國 六朝體	王粲	登樓賦	
		陸機	文賦 歎逝賦	
		張華	鷦鷯賦	
		潘岳	籍田賦 秋興賦	
		成公綏	嘯賦	
		孫綽	天台山賦	
		顏延之	赭白馬賦	
		謝惠連	雪賦	
		謝莊	月賦	
		鮑照	蕪城賦 舞鶴賦 野鵝賦	
		江淹	別賦	
		庾信	枯樹賦	
七	唐體	駱賓王	螢火賦	
		李白	大鵬賦 明堂賦 大獵賦 惜餘春賦 愁陽春賦 悲清秋賦 劍閣賦	
		韓愈	閔己賦 別知賦	
		柳宗元	閔生賦 夢歸賦	
		杜牧	阿房宮賦	

	宋體	宋祁	圜丘賦	
		歐陽脩	秋聲賦	
		蘇軾	屈原廟賦 前赤壁賦 後赤壁賦	
八		蘇轍	屈原廟賦 黃樓賦 超然臺賦	
		蘇過	颶風賦	
		黃庭堅	悼往賦	
		秦觀	黃樓賦 湯泉賦	
		張耒	病暑賦 大禮慶成賦	
		洪咨夔	老圃賦	

　　以上計有「楚辭體」十二篇（〈九歌〉及〈九章〉各以一篇計），「兩漢體」十四篇（〈子虛〉、〈上林〉與〈西都〉、〈東都〉仍計爲四篇），「三國六朝體」十六篇，「唐體」十三篇，「宋體」十五篇，可見祝堯對五個時期的選量大抵平均處理，並未加以軒輊。

　　除此之外，祝堯在《古賦辯體》之後另附有「外錄」兩卷，據他所云，乃是「以歷代祖述楚語者爲本，而旁及他有賦之義者，因附益於《辯體》之後，以爲『外錄』。」（九／837）所謂「祖述楚語者」，蓋指文句中有「兮」字語助的作品，例如韓愈的〈盤谷歌〉前半四字一句，後半夾有「兮」字，祝堯就說是「起一段如詩，中至末一段如騷」（十／861），又如〈履霜操〉題下注：「古操極多，但多是古詩，今錄〈履霜〉、〈雉朝飛〉二操者，以其似騷而可入於賦也。」（十／854）而檢視祝堯所選的「操」，實不難發現所謂似「詩」與似「騷」的分別，正在「兮」字的有無。至於「外錄」所編選的篇章，亦表列如下：

卷別	體製	作者	篇名	備註	
九	後騷	宋玉	招魂		
		賈誼	惜誓		
		嚴忌	哀時命		
		淮南小山	招隱士		
		揚雄	反騷		◎
		韓愈	訟風伯		◎
			享羅池		◎
		王安石	寄蔡氏女		◎
		黃庭堅	毀璧		◎
		邢居實	秋風三疊		◎
	辭	漢武帝	秋風辭		◎
		息夫躬	絕命辭		◎
		陶潛	歸去來辭		◎
		黃庭堅	濂溪辭		
		楊萬里	延陵懷古辭	延陵季子　蘭陵令　東坡先生	
十	文	孔稚圭	北山移文		
		李華	弔古戰場文		
		韓愈	弔田橫文		◎
		柳宗元	弔屈原文		◎
			弔萇弘文		◎
			弔樂毅文		◎
	操	尹吉甫	履霜操		
		牧犢子	雉朝飛操		
		韓愈	將歸操	楚辭集注將韓愈這四首合稱〈琴操〉	◎
			龜山操		◎
			拘幽操		◎
			殘形操		◎
		蔡琰	胡笳		◎
	歌	舜	南風歌		
		箕子	麥秀歌		
		伯夷	采薇歌		
		孔子	獲麟歌		
		楚狂接輿	鳳兮歌		
		寗戚	黃鵠歌		

		楚漁父	渡伍員歌		
		榜枻越人	越人歌		◎
		荊軻	易水歌		◎
		項羽	垓下帳中歌		◎
		漢高祖	大風歌		◎
		漢武帝	瓠子歌		◎
		烏孫公主	烏孫公主歌		◎
		梁鴻	五噫歌		
		李白	鳴皋歌		◎
		韓愈	盤谷歌		

　　這些作品逕以篇題分類，若以今日的眼光來看並不合乎文類區分的原則〔註40〕，然而祝堯的用意，只不過是要強調這些作品「雖異其號，然取於賦之義則同」（九／836），因此，歸類定名的合理與否，我們也無須苛求。

　　倒是這種不偏護一體、而且有越界之嫌的選文方式，乍看之下似乎頗為可怪。但我們也別忽略了祝堯的初步工作，其實就是要先引導讀者「熟參」各個時期的古賦，所以他只說《古賦辯體》「不過載常所誦者爾」，並沒有說他所錄的通通都是第一流、該「熟讀」的古賦〔註41〕。而在追究古賦本質的過程裡，祝堯也考慮到兩種可能：一是

〔註40〕托鐸洛夫（Tzvetan Todorov）曾指出：

"But it is obvious that if we want to use the concept of genre in a general literary theory, we cannot always trust a historical tradition full of contingencies: some genres never received a name; others, although different, were confused under the same name. The study of genres must take place on the level of structural characteristics, not according to prior naming."

假如我們要把文類當成一種文學理論，我們就不能總是信賴充滿「例外」的歷史傳統：有些文類從來就沒有名稱，而另一些文類則雖然性質有異，卻被混淆在同一名稱之下。文類研究應該在結構特徵的層次上進行，而不是依照名稱來區分。

〔Tzvetan Todorov, "Literary Genres", in Current Trends in Linguistics, (The Hague: Mouton, 1974)，p.957.〕

〔註41〕「熟參」與「熟讀」，借自嚴羽《滄浪詩話》：照嚴羽的看法，「熟參」的對象較「熟讀」廣，其目的是為了辨別家數，而「熟讀」的對象只

有些以賦爲名的作品並不必然得賦之體，二是另有些不以賦爲名的作品卻往往有賦之義，所以祝堯認爲，除了歷來的古賦應該仔細「參」詳之外，也不妨援引其他文類相互「參」照；也就是說必須從「既分非賦之義於賦之中，又取有賦之義於賦之外」（九／837）這兩方面著手，才能完全釐清賦的本色。如「外錄」在選「文」這個文類前即先解釋道：

> 昔漢賈生投文，而後代以爲賦，蓋名則「文」，而義則「賦」也。是以《楚辭》（按：指晁補之《續楚辭》及朱熹《楚辭後語》）載韓、柳之文以爲楚聲之續，豈非以諸文並古賦之流歟？今故錄歷代文中有賦義者于此。若夫賦中有文體者，反不若此等之文爲可入於賦體云。（十／849）

又「外錄」中的一段話，最足以說明其思考路徑：

> 蓋於其同而求其異，則賦中之文誠非賦也；於其異而求其同，則文中之賦獨非賦乎？必也分賦中之文而不使雜吾賦，取文中之賦而可使助吾賦。分其所可分，吾知分非賦之義者爾，不以彼名曰賦而遂不敢分；取其所可取，吾知取有賦之義者爾，不以彼名他文遂不敢取。此正魯男子學柳下惠法也。賦者其可泥於體格之嚴，而又不知曲暢旁通之義乎？（九／836-7）

綜觀上述，我們已經可以清楚地找出祝堯辨識古賦的兩項方針。第一是對前八卷所收的賦篇仔細判別其不屬於「古」的部分，也就是「賦體之流固當辯其異」（九／836）。例如在卷七，祝堯就指出李白〈愁陽春賦〉「及至『若乃』以下，則又只是梁陳體」（七／812）；在卷八，亦謂秦觀〈湯泉賦〉「眾體衰雜，故不能純乎古」（八／829）。第二則必須在前八卷的「賦」中排除不屬於賦的成分，並於「外錄」中辨識出屬於賦的成分，也就是「賦體之源又當辯其同」（九／836）。例如在卷八，祝堯即判定蘇過〈颶風賦〉「前半篇猶是賦」（八／827），意

包括第一義的詩，目的在培養創作能力。詳黃景進師同註33所揭書，頁 177～179。

即後半缺少賦的韻味；又卷十〈弔古戰場文〉題下，祝堯也說：「此篇『文』體雖多，然用『賦』之體亦不少，分其『文』而取其『賦』。」（十／851）學賦者經過此番「異同兩辯，則其義始盡，其體始明」（九／836）。

此外可以一提的，是祝堯《古賦辯體》在許多地方其實都取材自朱熹的《楚辭集注》和《楚辭後語》，假如我們拿「外錄」所收的四十四篇作品和《楚辭後語》相比對，便可以發現其中二十五篇都是相同的（已在上表用「◎」標出），而且其中十四篇均引用朱熹之論，所以吳訥說：

> 晦翁編類《楚辭後語》，一以時世爲之先後，……。迨元祝氏輯纂《古賦辯體》，其曰「後騷」者，雖文辭增損不同，然大意則亦本乎晦翁之舊也。〔註42〕

不但「外錄」如此，其餘像前八卷的「兩漢體序」、「宋體序」、「賈誼」、「蘇軾」、「黃庭堅」諸人下及〈惜誦〉、〈離騷〉、〈九歌〉、〈長門賦〉、〈自悼賦〉等題下注也都具引「晦翁云：……」，至於未言明出處而襲自或改寫自《楚辭集注》者，在「楚辭體」中更是觸目皆是。然而這些現象，並不表示祝堯的《古賦辯體》只是一本極割裂、蹈括之能事的兔園冊子，我們不應該忽視朱子學術在元代的巨大影響，也沒理由要求祝堯在他的時代能夠擺脫「洞穴偶像」；我們應該注意的是，在此歷史情境下產生的《古賦辯體》，究竟對於當時的賦學問題陳述了哪些看法。

〔註42〕同註9，目錄，第三卷「古賦二・兩漢・附錄」序說。

第三章 古賦演變的觀察

第一節 騷為賦之祖

　　《古賦辯體》首卷即為「楚辭體」，而且祝堯開門見山就引宋祁的話說：

　　　　宋景文公曰：「『離騷』為詞賦祖，後人為之，如至方不能
　　　　加矩，至圓不能過規。」則賦家可不祖楚騷乎？（一／718）

此處的「離騷」，係指屈賦。以「離騷」代稱屈原的作品為時已久，像郭璞注《山海經》有謂「〈離騷〉曰：『靡萍九衢』」（中山經）、「〈離騷〉曰：『降土大壑』」（大荒東經）者，實則二語乃出自〈天問〉及〈遠遊〉；又《文心雕龍·物色》云：「〈騷〉述秋蘭，綠葉紫莖」，其實「秋蘭兮青青，綠葉兮紫莖」也是〈九歌·少司命〉的句子；而經朱熹重新編訂的《楚辭》，亦僅限於將屈賦標為「離騷」，其餘的另稱「續離騷」〔註1〕。至於以「屈騷」為「賦」之祖的看法，則更可以推始於漢代，如王逸《楚辭章句》序曰：

〔註1〕朱熹《楚辭集注》在「目錄」中區分〈離騷經〉、〈九歌〉、〈天問〉、〈九
　　　章〉、〈遠遊〉、〈卜居〉、〈漁父〉等七篇為「離騷」，「皆屈原作」，而
　　　以〈九辯〉、〈招魂〉、〈大招〉、〈惜誓〉、〈弔屈原〉、〈服賦〉、〈哀時命〉、
　　　〈招隱士〉等八篇為「續離騷」，其中刪去王逸《楚辭章句》原有的
　　　〈七諫〉、〈九懷〉、〈九歎〉、〈九思〉，新增〈弔屈原〉及〈服賦〉。

> 屈原之詞，誠博遠矣，自終沒以來，名儒博達之士著造詞
> 賦，莫不擬則其儀表，祖式其模範，取其要妙，竊其華藻。
> 〔註2〕

而班固雖以為屈原「露才揚己」，又說〈離騷〉「多稱崑崙冥婚宓妃虛
無之語，皆非法度之政、經義所載」，但也承認：

> 然其文弘博麗雅，為辭賦宗，後世莫不斟酌其英華，則象其
> 形容。自宋玉、唐勒、景差之徒，漢興，枚乘、司馬相如、
> 劉向、揚雄騁極文辭，好而悲之，自謂不能及也。〔註3〕

當然，漢人原本也未曾將屈騷劃分在他們所作的「賦」之外，因此才
會屢次提到屈原「作賦以風」、「作〈懷沙〉之賦」、「作〈離騷〉賦」、
「作〈離騷〉諸賦」、「作〈九章〉賦以風諫」、「賦莫深於〈離騷〉」
〔註4〕等語。後來劉勰在《文心雕龍》中雖立有〈辨騷〉及〈詮賦〉
兩篇，但曾明言〈辨騷〉為「文之樞紐」，且謂屈原唱〈騷〉始廣詞
賦聲貌、允稱詞賦英傑〔註5〕，似乎也不把「騷」和「賦」當成相異
的文類看待。祝堯承襲了這個傳統，除了從《楚辭集注》內徵引宋祁
「離騷為詞賦祖」的舊言，自己也強調：

> 楚臣之騷，即後來之賦。（九／837）

然而面臨著後世繁夥的摹倣《楚辭》之作，假如將屈騷視為「賦」，
就無法避免「後來之騷是否亦為賦」的問題。關於這點，我們從《古
賦辯體》「外錄」別置「後騷」之目的安排，即可略知祝堯的想法，

〔註2〕引自洪興祖：《楚辭補注》（台北：長安出版社，1987年），頁49。
〔註3〕見班固〈離騷序〉，引自郭紹虞主編：《中國歷代文論選》（上海：上
　　　海古籍出版社，1990年），冊一，頁89。
〔註4〕「作賦以風」見《漢書・藝文志・詩賦略》序；「作〈懷沙〉之賦」
　　　見《史記・屈原賈生列傳》；「作〈離騷〉賦」見《漢書・賈誼傳》；「作
　　　〈離騷〉諸賦」見《漢書・地理志》；「作〈九章〉賦以風諫」見班固
　　　〈離騷贊序〉；「賦莫深於〈離騷〉」見《漢書・揚雄傳》。
〔註5〕《文心雕龍・詮賦》：「至如鄭莊之賦〈大隧〉，士蔿之賦〈狐裘〉，結
　　　言短韻，詞自己作，雖合賦體，明而未融。及靈均唱〈騷〉，始廣聲
　　　貌。」又〈辨騷〉篇：「固知楚辭者，體現於三代，而風雜於戰國，
　　　乃雅頌之博徒，而詞賦之英傑也。」

而祝堯自己也曾說明：

> 然愚載屈宋之騷而未及於後來之爲騷者，則以賦雖祖於
> 騷，而騷未名曰賦，其義雖同，其名則異。若自首至尾以
> 騷爲賦，混然並載，誠恐學者徒泥於圖駿之間，而不索驪
> 黃之外。……。故先以屈宋之騷載爲正賦之祖，而別以後
> 來之騷錄之爲他文之冠。（九／837）

由這段話可以了解，祝堯《古賦辯體》眞正要觀察的對象，其實乃是
以「賦」爲篇題的「正賦」。這種因爲作者自覺同屬一類而同取「賦」
名的作品，本是漢代以後才產生的，但祝堯爲了追索賦的濫觴，便在
沿波討源的終點找到所謂「楚辭體」。也就是說，祝堯並非以「屈宋
之騷」爲起點俯看其如何旁流漫衍，只是逆溯「賦」的溪谷，勘定其
源出「屈宋之騷」而已。至於後人所爲的騷雖然不得不排除在狹義的
「賦」之外，祝堯還是把它們納入「外錄」，好讓讀者可以從中體認
古賦的特質。

　　「自漢以來，賦家體製大抵皆祖原意」（一／718），然而從哪些
地方可以得知後世辭家祖述屈賦呢？祝堯首先指出賦中常見的「假設
問對」之法，即是來自〈卜居〉、〈漁父〉：

> 賦之問答體，其原自〈卜居〉、〈漁父〉篇來。（三／749）

> 洪景盧（洪邁）云：「自屈原詞賦假爲漁父、日者問答之後，
> 後人作者悉相規倣：司馬相如〈子虛上林〉以子虛、烏有
> 先生、亡是公，揚子雲〈長楊賦〉以翰林主人、子墨客卿，
> 班孟堅〈兩都賦〉以西都賓、東都主人，張平子〈兩京賦〉
> 以馮虛公子、安處先生，左太沖〈三都賦〉以西蜀公子、
> 東吳王孫、魏國先生，皆改名換字，蹈襲一律，無復超然
> 新意，稍出於規矩法度者。」愚觀此言，則知詞賦之作，
> 莫不祖於屈原之騷矣。（二／738）

〈卜居〉藉由屈原與太卜鄭詹尹的問答以「標放言之致」，〈漁父〉藉
由屈原與漁父的對話以「寄獨往之才」〔註6〕，雖然這兩篇作品有可

〔註6〕《文心雕龍·辨騷》：「〈卜居〉標放言之致，〈漁父〉寄獨往之才」，

能係後人所僞托，不過這樣的懷疑要到清代才產生〔註7〕，祝堯只是根據漢代以降的認識，凸顯屈騷在體製上的特點。

其次，祝堯還注意到賦中有「歌」的形式也是源自屈騷：

> 古今賦中或爲歌，固莫非以騷爲祖。他有「誶曰」、「重曰」之類，即是「亂辭」；中間作歌，如〈前赤壁〉之類，用「倡曰」、「少歌曰」體；賦尾作歌，如齊梁以來諸人所作，用此篇（按：指〈漁父〉）體。（二／739）

屈賦篇後有「亂」者，除了〈離騷〉外，另有〈九章〉裡的〈涉江〉、〈哀郢〉和〈懷沙〉，而「倡曰」及「少歌曰」則僅見於〈抽思〉。其中王逸對「倡曰」、「少歌曰」的說解分別爲「起倡發聲，造新曲也」、「小吟謳謠，以樂志也」〔註8〕，均提到與樂曲的關係，但釋「亂」則僅曰：「亂，理也。所以發理詞指，總撮其要也。」洪興祖補注亦云：「凡作篇章既成，撮其大要以爲亂辭也。」〔註9〕於「亂」是否入樂並不特別強調。祝堯此處認爲「亂」與「倡」、「少歌」同屬可歌，應承自朱子之論：「亂，樂節之名」、「少歌，樂章音節之名」、「倡，亦歌之音節」〔註10〕，故他又說：

> 楚騷「亂」、「倡」、「少歌」所賦，亦取於樂歌之音節。（五／778）

> 所謂「少歌」、「倡」、「亂」，皆是樂歌音節之名。（一／729）

日後賦家沿用這種「本文——亂」的二段式結構〔註11〕，或仍以「亂

> 引自劉勰著，王更生注譯：《文心雕龍讀本》（台北：文史哲出版社，1988 年），頁 66。
>
> 〔註7〕如崔述《考古續說》（台北：藝文印書館影百部叢書集成畿撫叢書本）曰：「謝惠連之賦雪也，託之相如；謝莊之賦月也，託之曹植；是知假託成文，乃辭人之常事，然則〈卜居〉、〈漁父〉亦必非屈原之所自作，〈神女〉、〈登徒〉亦必非宋玉之所自作明矣。」卷下，頁 5。
>
> 〔註8〕同註2，頁 139。
>
> 〔註9〕同註2，頁 47。
>
> 〔註10〕見朱熹：《楚辭集注》（台北：文津出版社，1987 年），頁 26，86，87。
>
> 〔註11〕關於楚辭具有「本文——亂」或「本文——重」這種「二段式結構」的特點，可參閱竹治貞夫著，徐公持譯：〈楚辭的二段式結構〉，收於尹錫康、周發祥編：《楚辭資料海外編》（湖北人民出版社，1986 年），

曰」爲殿（如王褒〈洞簫賦〉、班固〈幽通賦〉、劉歆〈遂初賦〉等），
也有以「誶曰」（如賈誼〈弔屈原賦〉；漢書作「誶」，史記作「訊」）、
「系曰」（如張衡〈思玄賦〉）、「詩曰」（如班固〈東都賦〉）、「辭曰」
（如馬融〈長笛賦〉）、「頌曰」（如潘岳〈籍田賦〉）等做結尾，唯獨
所謂「重曰」（如董仲舒〈士不遇賦〉、班婕好〈自悼賦〉）應和「亂
曰」稍有不同。按「重曰」在屈騷中僅〈遠遊〉一見，王逸注：「憤
懣未盡，復陳辭也」〔註12〕，洪興祖則進一步說明：「『離騷』有『亂』
有『重』；『亂』者，總理一賦之終；『重』者，情志未中，更作賦也。」
〔註13〕可見得「重」與「亂」在賦篇內的功能有異，祝堯誤將「重曰」
也視爲「亂辭」，大概是一時失察。至於後代賦中作歌，像張衡〈南
都賦〉、謝惠連〈雪賦〉等，賦末作歌，像謝莊〈月賦〉、鮑照〈蕪城
賦〉等，祝堯以爲可追溯到〈抽思〉和〈漁父〉，應該是通達之論。
再者，賦的「贍麗之辭」也自騷中來：

> 漢興，賦家……，又取騷中贍麗之辭以爲辭。（三／746）

> 後來賦家爲閎衍鉅麗之辭者，莫不祖此（按：指〈遠遊〉），
> 司馬相如〈大人賦〉尤多襲之，然原之情非相如所可窺也。
> （二／736）

不過，祝堯於此也暗示了屈騷除了「自鑄偉辭」〔註14〕之外，尚有其
他的特質，我們不妨參閱其在〈大鵬賦〉題下的一段敘述：

> 賦家宏衍鉅麗之體，楚騷〈遠遊〉等作已然，司馬、班、
> 揚尤尚此。……。而太白又以豪氣雄文發之，事與辭稱，
> 俊邁飄逸，去騷頗近，然但得騷人賦中一體爾。若論騷人
> 所賦全體，固當以優柔婉曲者爲有味，豈專爲閎衍鉅麗之
> 一體哉？（七／804-5）

由上可知，「宏衍鉅麗」固然是騷的特色，但畢竟只是騷的表層部分，

頁 109～130。
〔註12〕同註2，頁 166。
〔註13〕同註2，頁 47。
〔註14〕同註6。

祝堯認為情志與辭采緊密結合後所完成的「優柔婉曲」，才是騷的整體風格。故他批評荀賦是「措辭工巧，雖有足尚，然其意味終不能如騷章之淵永。」（二／743）屈騷之以「意味淵永」見長，前人其實早已有所體會，例如柳宗元說自己「旁推交通以為文」的過程，便曾「參之〈離騷〉以致其幽」〔註 15〕，並未言學騷能使人「洞入夸豔」〔註 16〕；嚴羽《滄浪詩話》云：「讀〈騷〉之久，方識真味，須歌之抑揚，涕洟滿襟，然後為識〈離騷〉，否則如戛釜撞甕耳。」〔註 17〕同樣認定屈賦的特質在於含蓄深永，不在豔耀綺靡。而屈賦所以能「稱文小而其旨極大，舉類邇而見義遠」〔註 18〕，無疑又來自屈原善用比興，不指切事情，〈楚辭體上〉序曰：

> 凡其寓情草木，託意男女，以極遊觀之適者，變風之流也；
> 其敘事陳情，感今懷古，不忘君臣之義者，變雅之類也；
> 其語祀神歌舞之盛，則幾乎頌矣。至其為賦，則如〈騷經〉
> 首章之云；比則如香草、惡物之類；興則託物興辭，初不
> 取義，如〈九歌〉沅芷澧蘭以興思公子而未敢言之屬。……，
> 則情形於辭而意思高遠，辭合於理而旨趣深長。（一／718）

這也就是司空圖〈與李生論詩書〉所說的：「詩貫六義，則諷諭、抑揚、停蓄、溫雅，皆在其間矣。」〔註 19〕

　　屈賦體披文質，情兼雅怨，故歷來論者通常都奉之為辭賦的完美典型，並據以衡量後世的賦篇。在重視諷諫精神的漢代，司馬遷的看法是：

> 屈原既死之後，楚有宋玉、唐勒、景差之徒者，皆好辭而

〔註 15〕語見柳宗元〈答韋中立論師道書〉。

〔註 16〕同註 6，〈才略〉，頁 319。

〔註 17〕嚴羽著，黃景進師撰述：《滄浪詩話》（台北：金楓出版有限公司，1986 年），〈詩評〉，頁 93。

〔註 18〕見司馬遷《史記‧屈原賈生列傳》，引自瀧川龜太郎著：《史記會注考證》（台北：洪氏出版社，1986 年），頁 1010。

〔註 19〕引自郭紹虞編：《中國歷代文論選》（上海：上海古籍出版社，1990 年），冊二，頁 196。

以賦見稱，然皆祖屈原之從容辭令，終莫敢直諫。〔註20〕

在文學漸趨獨立的魏晉，曹丕改由另一個角度所見的仍是：

> 或問屈原、相如之賦孰愈？曹丕云：「優游案衍，屈原之尚
> 也；浮沉漂淫，窮侈極妙，相如之長也。然原據託設譬，
> 其意周旋，綽有餘矣；長卿、子雲，意未能及也。」〔註21〕

若就以元代來說，在李繼本〈跋學生於徵劉素賦稿〉中依然有著相彷
彿的論調：

> 屈子之騷，三百篇以還，崛爲詞賦之祖，得乎風雅之意也。
> 司馬相如、揚雄、班固、〈上林〉、〈子虛〉、〈甘泉〉、〈羽獵〉、
> 〈東西都〉之製作，雖皆流聲無窮，至律以騷之規律，瞠
> 乎若後塵矣。〔註22〕

而袁桷也主張要學古賦，應以「屈原〈橘賦〉、賈生〈鵩賦〉爲正體」
〔註23〕，顯然「律以騷之規律」正是當時論賦的標準。祝堯的《古賦
辯體》，自亦選擇了「楚辭之賦，賦之善者也」〔註24〕爲基點，來觀
察整個古賦歷史的流變。

第二節　時期的劃分

　　《古賦辯體》的編次，意味著祝堯認爲元以前古賦的歷史，經過
了五個階段的變化：「楚辭體」、「兩漢體」、「三國六朝體」、「唐體」、
「宋體」。其中「楚辭體」包括了原本不在《楚辭》一書的荀卿賦，

〔註20〕同註18，頁1013～1014。
〔註21〕曹丕《典論》中語，引自虞世南：《北堂書鈔》（台北：新興書局，1978
　　　　年），卷一○○，「論文二十」，頁446。
〔註22〕李繼本：《一山文集》（台北：台灣商務印書館影印文淵閣四庫全書本），
　　　　卷九，冊一二一七，頁791。
〔註23〕袁桷：《清容居士集》（台北：台灣商務印書館影印文淵閣四庫全書本），
　　　　卷四十二，「問古賦當祖何賦？其體製理趣何由高古」條，冊一二○
　　　　三，頁569。
〔註24〕摯虞《文章流別論》序「賦」之語。摯書已佚，引自嚴可均編：《全
　　　　上古三代秦漢三國六朝文》（台北：世界書局，1969年），冊四，《全
　　　　晉文》卷七十七。

故所謂「楚辭體」實即「先秦體」。這樣的做法，看來似乎只是將政治史的分期套在文學史上，然而祝堯的分期就算不純是從文學出發，但我們仍然可以看出祝堯所分的各個時期，都是「一段被某一文學標準規範和習例的系統所支配的時間」〔註25〕。

1. 兩漢體

兩漢古賦的風格，祝堯認為是「尚辭」：

> 蓋自長卿諸人就騷中分出侈麗之一體以為辭賦，至於子雲，此體遂盛。（四／761）

> 漢興，……。所賦之賦為辭賦，所賦之人為辭人，一則曰辭，二則曰辭，若情若理有不暇及。（三／746-7）

這與《文心雕龍》「枚、賈追風以入麗，馬、揚沿波而得奇」的批評是同樣意思。漢賦於「辭」上的誇多鬥靡，主要表現在兩個方面，一是排比，一是瑋字。漢賦運用排比的頻繁，正能顯示賦家有意將語言捏塑成對稱工整的型態，例如：

> 拚翡翠，射鵔鸃；微矰出，纖繳施；弋白鵠，連駕鵝；雙鶬下，玄鶴加。……。浮文鷁，揚旌拽；張翠帷，建羽蓋；罔毒冒，鉤紫貝；摐金鼓，吹鳴籟；榜人歌，流聲喝；水蟲駭，波鴻沸；涌泉起，奔揚會。（子虛賦）

〔註25〕韋勒克（Rene Wellek）曾指出：

"Thus the literary period should be established by purely literary criteria. If our results should coincide with those of political, social, artastic, and intellectual historians, there can be no objection. But our starting point must be the development of literature as literature....A period is thus a time section dominated by a system of literary norms, standards, and conventions."

文學的時代劃分應該以純文學的標準來建立。如果我們的結果恰巧和那些政治、社會、藝術、以及思想史學家所研究的相同，那倒是沒有什麼關係的，只要我們的出發點必須是文學作為文學來發展。……。因此一個時代便是一段被某一文學標準規範和習例的系統所支配的時間。

〔Rene Wellek and Austin Warren，Theory of Literature，（London: Penguin Books Ltd., 1993），p.255. 譯文則引自王夢鷗、許國衡譯：《文學論》（台北：志文出版社，1990 年），頁 446。〕

於是後宮乘輦路，登龍舟；張鳳蓋，建華旗；袪黼帷，鏡
清流；靡微風，澹淡浮；櫂女謳，鼓吹震；聲激越，謽屬
天；鳥群翔，魚窺淵；招白鷳，下雙鵠；揄文竿，出比目；
撫鴻幢，御矰繳。（西都賦）

至於瑋字的連篇累牘，更展現了賦家琢鍊語言的精湛功夫，試觀司馬
相如〈上林賦〉中一段有關「水」的描寫：

觸穹石，激堆埼，沸乎暴怒，洶湧彭湃，滭弗宓汩，偪側
泌瀄，橫流逆折，轉騰潎洌，澎濞沆溉，穹隆雲橈，宛潬
膠盭，踰波趨浥，涖涖下瀨，批巖衝擁，奔揚滯沛，臨坻
注壑，瀄濎賈隊，沉沉隱隱，砰磅訇礚，潏潏淈淈，湁潗
鼎沸，馳波跳沫。

這當中便有許多形容水勢或水聲的聯綿詞是相如利用口語自行創造
的，像是「潎洌」、「宛潬」、「瀄濎」、「湁潗」、「洶湧彭湃」、「滭弗宓
汩」、「偪側泌瀄」、「澎濞沆溉」、「砰磅訇礚」、「潏潏淈淈」等，雖然
這些字彙已經有聯邊類聚的現象，但尚非刻意求奇〔註26〕，後來賦家
變本加厲，遂大規模地堆砌字形，張衡的〈南都賦〉即可見其一斑：

其山則崆峣嶒崛，嵣崿嵾刺，岑嵓崔嵬，嶔巇屹嵼，幽谷
簉岑。……。其木則檉松楔樸，慢柏杻檀，楓柙櫨櫪，帝
女之桑，楈枒栟櫚，柍柘檍檀，……。其竹則鐘籠箠菫篾，
篠簳箛箷，……。其水蟲則有蠳龜鳴蛇，潛龍伏螭，鱏鱣
鮪鯩，黿鼉鮫鱷，……。其草則薜苧蘋莞，蔣蒲蒹葭，藻
茆菱茨，芙蓉含蕐，……。其鳥則鴛鴦鵠鷖，鴻鴇鴐鵝，
鴛鴟鵁鶄，鸀鳿鶻鷜，……。若其園圃，則有蓼蕺蘘荷，
藷蔗薑蕃，菥蓂芋瓜，乃有櫻梅山柿，侯桃梨栗，梬棗若
留，穰橙鄧橘。其香草則有薜荔蕙若，薇蕪蓀萇，晻曖翕
蔚，含芬吐芳。

〔註 26〕這些複音辭多屬形聲字，它們本是口語語彙，由於當時字無常檢，
所以賦家下筆便任意將原有的聲符增益形旁，衍成後人難曉的瑋字。
詳參簡宗梧師：〈漢賦瑋字源流考〉，《漢賦源流與價值之商榷》（台北：
文史哲出版社，1980 年）。

賦中說山便疊綴以「山」為形旁的字，說木便疊綴以「木」為形旁的字，談草便出現一批以「艸」為形旁的字，談鳥便出現一批以「鳥」為形旁的字，實在是琳琅滿目，令人目不暇給。綜觀上述，可知祝堯所以用「尚辭」概括漢賦的風格，就是因為漢賦具有「刻形鏤法」及「字必魚貫」〔註27〕這兩個特色。

2. 三國六朝體

祝堯以為三國六朝的古賦是沿續兩漢「尚辭」的發展，而開始流於「俳體」，甚至進一步遁入「律體」，因此他又將此期劃分為「晉宋」和「齊梁」兩個階段。晉宋古賦以「俳體」為特徵，文才如海的陸機和文才如江的潘岳即是其中的代表〔註28〕：

> 士衡輩〈文賦〉等作，全用俳體。……。至潘岳首尾絕俳。
> （五／799）

但所謂「俳體」指的是什麼呢？按「俳」本是「戲」的意思，《說文》云：「俳，戲也」，《漢書》中也有「談笑類俳倡」、「為賦洒俳，見視如倡」（枚乘傳）、「上頗俳優畜之」（嚴助傳）等語；而祝堯在「三國六朝體序」中所引呂大臨詩：「文似相如始類俳」，原做：「學如元凱方成癖，文似相如始類俳，獨立孔門無一事，只輸顏氏得心齋。」〔註29〕「俳」也是嬉嫚之意；又如洪邁《容齋續筆》批評「判」「全類俳體，但知堆垛故事」，王若虛《滹南集》批評「四六」「駢儷浮辭，不啻如俳優之可鄙」〔註30〕，亦只將「俳」引申為出奇弄巧、涉於遊戲

〔註27〕《文心雕龍‧麗辭》：「自揚、馬、張、蔡，崇尚麗辭，如宋畫吳冶，刻形鏤法。」又〈物色〉篇：「及長卿之徒，詭勢瑰聲，模山範水，字必魚貫。」同註6，頁133，302。

〔註28〕鍾嶸《詩品‧上》：「陸才如海，潘才如江」。

〔註29〕轉引自《二程全集》（台北：台灣中華書局，1966年），「遺書」，卷十八，「問作文害道否」條。

〔註30〕見洪邁：《容齋隨筆》（台北：大立出版社，1981年），「續筆」，卷十二，「龍筋鳳髓判」條，冊上，頁358；王若虛：《滹南集》（台北：台灣商務印書館影印文淵閣四庫全書本），卷三十七，冊一一九○，頁462。

的文字。唯祝堯以「排」字釋「俳」，專指辭句的偶對：

　　爲俳者，則必拘於對之必的。（五／779）

　　爲方語而切對者，此俳體也。（八／818）

由於賦至西晉儷辭偶句的情況已經相當普遍，試觀陸機〈文賦〉中的一段：「沉辭怫悅，若游魚銜鉤，而出重淵之深；浮藻聯篇，若翰鳥纓繳，而墜層雲之峻。收百世之闕文，採千載之遺韻。謝朝華於已披，啓夕秀於未振。」實皆由單句對和隔句對所組成，全無散句，故祝堯稱這個時期的賦爲「俳體」。

　　下逮齊梁，古賦又有趨向「律體」的發展，「律者，俳之蔓」，「爲律者，則必拘於音之必協。」（五／779）這種對於賦篇聲韻的講究，祝堯以爲始自沈約：

　　沈休文等出，四聲八病起，而俳體又入於律。……。〈郊居賦〉中嘗恐人呼「雌『霓』」作「倪」，不復論大體意味，乃專論一字聲律。（五／779）

此事見《梁書・王筠傳》，略云：「（沈）約製〈郊居賦〉，構思積時，猶未都畢，乃要（王）筠示其草。筠讀至『雌霓（五激反）連蜷』，約撫掌欣抃曰：『僕常恐人呼爲「霓」（五雞反）。』次至……，約曰：『知音者稀，眞賞殆絕，所以相要，正在此數句爾！』」〔註31〕其推敲聲律之縝密，正與沈約在《宋書・謝靈運傳論》所強調：「一簡之內，音韻盡殊；兩句之中，輕重悉異；妙達此旨，始可言文。」〔註32〕的觀點相同。此外，祝堯又指出：

　　徐、庾繼出，又復隔句對聯以爲駢四儷六，簇事對偶以爲博物洽聞。（五／779）

南朝賦以駢四儷六的方式隔句對偶，在徐、庾未出之前縱然也可以找到幾聯，例如鮑照的「藻扃黼帳，歌堂舞閣之基；琁淵碧樹，弋林釣渚之館」（蕪城賦）、「集陳之隼，以自遠而稱神；栖漢之雀，乃出幽而

〔註31〕見《梁書》（台北：鼎文書局，1980年），卷三十三，王筠傳，頁458。
〔註32〕引自同註19所揭書，冊一，頁216。

見珍」（野鵝賦），吳均的「亭梧百尺，皆歷地而生枝；階筠萬丈，或至杪而無葉」（吳城賦）、「葉葉之雲，共琉璃而並碧；枝枝之日，與金輪而共丹」（橘賦）等，但即便是到了庾信筆下，四六隔對卻依然屈指可數，像庾信的名篇〈枯樹賦〉中就一聯也找不著，至於其鉅作〈哀江南賦〉，雖然「序」裡的四六偶對俯拾即是，但賦本身則只能找出兩聯：「掌庾承周，以世功而爲族；經邦佐漢，用論道而當官」、「灞陵夜獵，猶是故時將軍；咸陽布衣，非獨思歸王子」，故這種「隔句對聯以爲駢四儷六」之法，還是要到唐代「律賦」出現後才臻於大盛。

3. 唐　體

　　唐代古賦按祝堯的觀察，幾乎已全面「律化」了。這一方面固然肇因於賦體尚辭的內在動力，但一方面也是科舉用「律賦」試才的推波助瀾：

> 嘗觀唐人文集及《文苑英華》所載，唐賦無慮以千計，大抵律多而古少。夫古賦之體，其變久矣，而況上之人選進士以律賦，誘之以利祿耶？……。後生務進干名，聲律太盛，句中拘對偶以趨時好，字中揣聲病以避時忌，孰肯學古哉？（七／801）

其結果造成了：

> 就有爲古賦者，率以徐、庾爲宗，亦不過少異於律爾。甚而或以五、七言之詩爲古賦者，或以四六句之聯爲古賦者。（七／802）

將五、七言詩句雜入賦中的作法，早在齊、梁時便頗爲風行，例如梁簡文帝的〈對燭賦〉，全篇三十二句裡就有五言十句、七言八句，佔逾半數。唐初這類型的賦篇更多，像王勃的〈春思賦〉共兩百零四句長，當中七言句便有一百一十四句，五言句也有五十句之多，幾佔全篇四分之三；又如駱賓王的〈蕩子從軍賦〉，更以三十四個七言句和八個五言句分佈於全篇五十四句中，讀起來根本已經像是一首古詩了，試觀開頭前八句：

> 胡兵十萬起妖氛，漢騎三千掃陣雲。隱隱地中鳴戰鼓，迢

迢天上出將軍。邊沙遠離風塵氣，塞草長萎霜露文。蕩子
辛苦十年行，回首關山萬里情。

明代李夢陽即因「病其聲調不類（賦）」，索性將此篇刪改爲七言的「蕩
子從軍行」〔註33〕。至於以四六聯句作賦，本是六朝時候的新實驗，
到了唐代則廣受文人歡迎，不僅以之做爲構成「律賦」的一項特色，
也將這類句型運用到古賦上。在《唐文粹》所收的「古賦」中，我們
便可以找到一些四六聯對的蹤影，例如蘇頲〈長樂花賦〉：「三月華矣，
盡林間之檎木；千霜殞矣，亦庭下之枯蘭」，王維〈白鸚鵡賦〉：「海燕
呈瑞，有玉篋之可依；山雞學舞，向寶鏡而知歸」，陳子昂〈塵尾賦〉：
「或以神好正直，天蓋默默；或以道惡強梁，天亦茫茫」，而李德裕的
〈瑞橘賦〉中更多至三聯：「貞枝凝碧，蔚湘岸之夕陰；華實變黃，動
江潭之秋色」、「樹隱方塘，比丹萍之初實；盤映皎月，與赤瑛而共妍」、
「并食不割，竊愧晏嬰之知；捧之以拜，重感桓榮之賜」。不過，與篇
幅相當的律賦比較起來，這些古賦使用四六聯句的頻率仍不算高，而
且一般說來，古賦也甚少在隔句對的形式上翻新弄巧，不像律賦會刻
意利用詩的句型，而把四六聯改爲四五聯、四七聯或五七聯。

唐古賦俳律之盛，祝堯認爲早始於「唐初王、楊、盧、駱專學徐、
庾穠纖妖媚」（七／803），至於「唐體」一卷中討論最多的李白賦，
祝堯也認爲不過是六朝之風的延續：

李太白天才英卓，所作古賦差強人意，但俳之蔓雖除，律
之根故在，雖下筆有光燄，時作奇語，只是六朝賦爾。（七
／802）

又於〈惜餘春賦〉題下謂：

太白諸短賦，雕脂鏤冰，只是江文通〈別賦〉等篇步驟。（七
／811）

因此祝堯認爲唐代古賦幾已深染「駢花儷葉，含宮泛商」（七／802）

〔註33〕見李夢陽：《空同集》（台北：台灣商務印書館影印文淵閣四庫全書
本），卷十八，冊一二六二，頁130。

的氣息，惟有少數作家如韓愈、柳宗元等能超出俳律之外。

4. 宋　體

關於宋代古賦，祝堯很明白地說道：

> 宋之古賦，往往以文爲體。（八／817）

但什麼是「以文爲體」呢？按照祝堯的文字來看，「以文爲體」應可視爲與卷八〈宋體〉序中兩度出現的「以論理爲體」同義，這點我們尚可找到其他佐證：

> 至於賦若以「文體」爲之，則專尚於「理」。（八／818）

> 俳以方爲體，專求於辭之工；「文」以圓爲體，專求於「理」之當。（八／818）

另外從祝堯評蘇過〈颶風賦〉之語亦可窺知一二：

> 小坡此賦尤爲人膾炙，若夫「文體」之弊，乃當時所尚。
> 然此賦前半篇猶是賦，若其〈思子臺賦〉則自首至尾「有韻之論」爾。（八／827）

這段話顯然是說〈颶風賦〉的後半已落入「文體」，而用「文體」作出來的賦，原不過是加了韻腳的「論」。因此〈宋體〉序中固然也曾以「散語之文」和「對語之俳」相並論，但所謂「以文爲體」的意義應該還是指涉「以議論爲內容」。例如祝堯在歐陽脩〈秋聲賦〉下評曰：

> 其賦全是文體。（八／820）

〈秋聲〉一題，前代也有作者（如劉禹錫），但到了歐陽脩手裡，敘述秋景的文字卻變得較以往清簡，不過是「其容清明，天高日晶」、「其意蕭條，山川寂寥」之類，且其目的也只是爲了引出一段秋氣何以摧敗零落的後設思考：

> 夫秋，刑官也，於時爲陰；又兵眾也，於行爲金。是謂天地之義氣，常以肅殺而爲心。天之於物，春生秋實，故其在樂也，商聲主西方之音，夷則爲七月之律。商，傷也，物既老而悲傷；夷，戮也，物過盛而當殺。

至賦的最後，又抽繹出人「奈何以非金石之質，欲與草木而爭榮」的

思想，全篇根本就是用一種知性而冷峻的眼光來透視形上的秋，而非以感性細膩的筆觸來圖狀聲聞目寓的秋，因而祝堯才會一言蔽之以「全是文體」。宋代這種類型的賦可說是層出不窮，像邵雍的〈洛陽懷古賦〉更直接以條列「其一」、「其二」的方法大談政治良窳之勢，簡直就和一篇奏疏毫無二致了。

　　其實，若將唐代及北宋進士科試賦的題目稍加比較，也不難察覺宋賦「尚理」的傾向。例如宋真宗大中祥符中省試「鑄鼎象物賦」，咸平五年省試「有教無類賦」；宋仁宗天聖八年省試「司空掌輿地之圖賦」、廷試「藏珠於淵賦」，慶慶曆二年廷試「應天以實不以文賦」，慶曆六年省試「民功曰庸賦」，皇祐五年省試「嚴父莫大於配天賦」、廷試「圓丘象天賦」，嘉祐二年省試「通其變使民不倦賦」等，較諸徐松《登科記考》所載的唐律賦題如「旗賦」、「北斗城賦」、「冰壺賦」、「花萼樓賦」、「日中有王字賦」、「射隼高墉賦」、「東郊朝日賦」等，非但就字面上看便具有濃厚的說理成分，而且它們往往源自經書（如「鑄鼎象物」典出《左傳》，「有教無類」典出《論語》，「司空掌輿地之圖」典出《周禮》，「嚴父莫大於配天」典出《孝經》）〔註34〕，內容上自亦須對義理有所闡發才算切題。

　　賦史中各期的特色已如上述，不過，一個時期的古賦風格雖然具有某種統一性，祝堯倒不認為「任何一個時代的統一性是絕對的」，有如「一塊塊石頭的並列而沒有演進的連續性」〔註35〕，所以，祝堯

〔註34〕　參閱楊勝寬：〈試論宋賦尚意的表現特徵〉，《西南師範大學學報》（哲社）1993 年 3 期。

〔註35〕　韋勒克（Rene Wellek）曾指出：

"While a period is thus a section of time to which some sort of unity is ascribed, it is obvious that this unity can be only relative.... If the unity of any one period were absolute, the periods would lie next to each other like blocks of stone, without continuity of development. Thus the survival of a preceding scheme of norms and the anticipations of a following scheme are inevitable."

一個時代是一段具有某種統一性的時間，而這統一性顯然只是相對的。……如果任何一個時代的統一性是絕對的，則一個時代接著另

對各個階段可能存在的傳承關係也特別留意。如謂宋玉：

> 宋賦已不如屈而爲詞人之賦矣。（二／739）

這是說明宋玉其人雖屬先秦，但其賦則宜視爲漢賦的嚆矢。而荀賦體
物的技巧也爲晉宋賦家所本：

> 蓋琢句練字，抽畫細膩，自是晉宋間所長，其源亦自荀卿
> 〈雲〉、〈蠶〉諸賦來。（六／792）

此外，祝堯又指出「俳體始於兩漢，律體始於齊梁」（七／801）

> 自楚騷「製荷芰以爲衣，集芙蓉以爲裳」等句便以似俳，
> 然猶一句中自作對。及相如「左烏號之彫弓，右夏服之勁
> 箭」等語，始分兩句作對。……。沈休文等出，四聲八病
> 起，而俳體又入於律。（六／779）

漢賦中已有「分兩句作對」者，自是無誤，但祝堯所舉的例子卻不甚
相符。其實司馬相如賦裡並不難找到一些類似隔對的句子，如〈子虛
賦〉：「交錯糾紛，上干青雲；罷池陂陀，下屬江河。」「有而言之，
是章君之惡；無而言之，是害足下之信也。」其餘像王褒〈洞簫賦〉
中尚可見分數句作對之法：「聽其巨音，則周流氾濫，并包含吐，若
慈父之畜子也；其妙聲，則清靜厭㢾，順序卑达，若孝子之事父也。」
此後隔對愈出愈長，左思〈吳都賦〉裡的一聯尤讓人歎爲觀止：「祖
裼徒搏，拔鉅投石之部，猿臂駢脅，狂趭獷猤，鷹瞵鶚視，趁趨狙獝，
若離若合者，相與騰躍乎莽攡之野；干鹵殳鋌，暘夷勃盧之旅，長殳
短兵，直髮馳騁，儇佻坌並，銜枚無聲，悠悠旆旌者，相與聊浪乎昧
莫之坰。」

　　至於宋之文體古賦，祝堯以爲肇始於唐杜牧的〈阿房宮賦〉，故
曰：

> 杜牧之〈阿房宮賦〉，古今膾炙，但大半是論體。（七／802）

一個時代便像一塊塊石頭的並列而沒有演進的連續性了。
〔Rene Wellek and Austin Warren, Theory of Literature, （London:
Penguin Books Ltd., 1993），p.265-266；譯文則引自王夢鷗、許國衡
譯：《文學論》（台北：志文出版社，1990 年），頁 447。〕

宋朝諸家，大抵皆用此格。（七／816）

甚至還可以溯源於漢揚雄的〈長楊賦〉：

> 問答賦如〈子虛〉、〈上林〉，首尾同是文，而其中猶是賦；
> 至子雲此賦，則自首至尾純是文，賦之體鮮矣。厥後唐末
> 宋時諸公以文為賦，豈非濫觴於此？（四／766）

按揚雄〈長楊賦〉雖和〈羽獵賦〉一樣選取天子校獵為題材，但作法卻頗不相同。〈羽獵賦〉還是像〈上林賦〉一般，誇張描繪了皇室狩獵活動的驕奢，而〈長楊賦〉則較類似於〈難蜀父老〉，設計「子墨客卿」義正辭嚴地為人民請命及「翰林主人」理直氣壯地為皇帝辯護，全篇議論色彩極濃，不像〈上林〉、〈羽獵〉諸賦以鋪敘景物為主，只在篇末加上些許諷諫的味道〔註36〕，所以祝堯認為它開闢了後世以文為賦的蹊徑。

第三節　演變的詮釋

從上一節看來，由先秦到唐代，古賦顯然在文辭形式的方面一直有所發展，祝堯自己也說過：

> 然荀卿詠物，但於句上求工，已自深刻；晉宋間人又於字
> 上求工，故精刻過之。（六／794）

> 蓋六朝之賦，至顏（延之）、謝（惠連、莊）工矣；若明遠
> （鮑照），則工之又工者也。（六／796）

那麼，祝堯是否認為古賦自先秦以來正不停地「進化」呢？這又未必，因為《古賦辯體》中已經很明白地說：

> 蓋西漢之賦，其辭工於楚騷；東漢之賦，其辭又工於西漢；
> 以至三國六朝之賦，一代工於一代，辭愈工則情愈短，情
> 愈短則味愈淺，味愈淺則體愈下。（五／778）

而且書中尚可見到其他不少屬於「退化」的調論，例如：

〔註36〕可參閱簡宗梧師：〈從揚雄的模擬與開創看賦的發展與影響〉，《漢賦史論》（台北：東大圖書公司，1993 年）。

> （羽獵賦）賦尾有「風」，然子雲之所謂「風」與長卿之所
> 謂「風」，蓋出一律，有非復詩騷之「風」矣。（四／764）
>
> 月露之形、風雲之狀，江左末年，日甚一日，……。如此
> 等賦，豈復有拙、朴、粗之患邪？殊不知已流於巧，巧而
> 華、華而弱矣。（六／798）
>
> 晉宋間賦雖辭勝體卑，然猶句精字選；徐、庾以後，精工
> 既不及，而卑弱則過之。就六朝之賦而言，梁陳之於晉宋，
> 又天淵之隔矣。（六／799）

不過，如果更全面地推敲《古賦辯體》，就會發覺祝堯所秉持的其實仍
是「質文代變」、「質文沿時」的觀點。我們不妨總結一下祝堯的看法：

> 屈賦：「自情而辭，自辭而理，……，豈徒以辭而已哉？」
> （二／743）
>
> 漢賦：「一則曰辭，二則曰辭，若情若理有不暇及。」（三
> ／747）
>
> 三國六朝與唐賦：「辭益侈麗，六義變盡而情失，六義泯盡
> 而理失。」（四／761）
>
> 宋賦：「專尚於理而略於辭、昧於情矣。」（八／818）

此處祝堯歸納了歷來古賦的三種不同創作型態，一是尚情而辭、理兼
具，二是失情而只重辭不重理，三是失情而只重理不重辭。當中屈賦
顯然屬於第一類，是「文質彬彬」的典型，兩漢至唐的賦則屬於第二
類，較偏於「文」，宋賦則屬於第三類，較偏於「質」，其演變的過程
可以圖示如下：

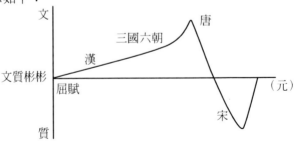

　　據此可以更清楚地看出，祝堯心中古賦的典範，實爲屈騷。此後由漢至唐，古賦雖如圖示，在「文」的方面節節高升，大有「進化」之態，實際上卻是離尚情而辭、理兼備這個「文質彬彬」的基準越來越遠，祝堯以六朝賦爲例評道：

　　有辭無情，義亡體失，此六朝之賦所以益遠於古。（五／779）

至於宋代，雖有意調整前代的偏差，但路徑不對，反而走向另一個極端：

　　宋賦雖稍脫俳律，又有「文」體之弊，精於義理而遠於情性，絕難得近古者。（八／819）

尚「文」是「益遠於古」，尚「質」又「難得近古」，故祝堯提醒者：「舍高就下，俳固可惡；矯枉過正，文亦非宜」（八／818），無論「自漢以來」或「自宋以來」的古賦均非合適的學習對象，學者務必「斟酌乎質文之間」〔註37〕，才能回復文質彬彬的理想。

　　除了主張歷代古賦文質相因，莫能適中，祝堯以「情」、「辭」、「理」間相互消長來解說各期賦體特色的模式，其實與《滄浪詩話・詩評》中的一段敘述相彷彿：

　　詩有詞、理、意興。南朝人尚詞而病於理，本朝人尚理而病於意興，唐人尚意興而理在其中。〔註38〕

上文若將「詩」字易爲「賦」，改「唐人」爲「屈騷」，未嘗不能與祝堯的見解相通。但最可注意的，是祝堯也同嚴羽一般，將「情」、「辭」、「理」都視爲構成詩或賦的要素。這種不以文辭一面觀察作品的看法，實又與自來對「文體」的認識很有關係。早先如《文心雕龍》云：「古來文章，以雕縟成體」，所謂「成體」，即含蓋了「雕琢情性，組織辭令」〔註39〕，因此「文體」乃是主體情志和語言形式辯證融合的有機結構〔註40〕，一如「形」「神」相合才能算是完整的人體：

〔註37〕同註6，〈通變〉，頁50。
〔註38〕同註17，頁80。
〔註39〕同註6，〈原道〉，頁3。
〔註40〕王夢鷗〈劉勰宗經六義試詮〉一文曾指出：「宗經篇云：『文能宗經，

　　夫才童學文，宜正體製：必以情志爲神明，事義爲骨鯁，
　　辭采爲肌膚，宮商爲聲氣。〔註41〕

又劉勰指出理想的文體是：「一則情深而不詭，二則風清而不雜，三
則事信而不誕，四則義貞而不回，五則體約而不蕪，六則文麗而不
淫」；談寫作時應注意「三準」：「設情以位體」、「酌事以取類」、「撮
辭以舉要」；論評鑑時應採取「六觀」：「一觀位體，二觀置辭，三觀
通變，四觀奇正，五觀事義，六觀宮商」〔註42〕；凡此都莫不強調文
學創作本是一有機體的創造，必須透過表裡各個層面構組爲統一的整
體，否則配合不當、統緒失宗，就好比人體血脈不暢、器官功能失調
一樣，可能造成「偏枯文體」或「文體解散」〔註43〕的弊病。不過，
既然一部作品可析分爲情感、題材、章句等要素，則對其中某一要素
的著重，非但可以當做是它的特色，而且一種文類經過作家長時間的
運用後，其不同階段的作品所著重的要素，似乎也有差異。像張戒《歲
寒堂詩話》便察覺到「建安、陶、阮以前詩，專以言志；潘、陸以後
詩，專以詠物。」〔註44〕陳繹曾《詩譜》亦有「凡讀《文選》詩，分
三節：東都以上主情，建安以下主意，三謝以下主辭。」〔註45〕的領

　　　　體有六義』，這是『體』字，應不單是辭章的格式，它還兼括著心意
　　　　或觀念型態而言。」見《古典文學論探索》（台北：正中書局，1987
　　　　年），頁 184；又可參閱顏崑陽：〈論文心雕龍「辯證性的文體觀念架
　　　　構」〉，《六朝文學觀念叢論》（台北：正中書局，1993 年）；施友忠：
　　　　〈劉勰文心雕龍英譯導言〉，《二度和諧及其他》（台北：聯經出版事
　　　　業公司，1976 年）；黃維樑：〈精雕龍與精工甕——劉勰和「新批評
　　　　家」對結構的看法〉，《中外文學》18 卷 7 期，1989 年 12 月。

〔註41〕同註 6，〈附會〉，頁 243。
〔註42〕同註 6，「體有六義」見〈宗經〉，頁 35；「三準」見〈鎔裁〉，頁 92；
　　　　「六觀」見〈知音〉，頁 352。
〔註43〕《文心雕龍・附會》：「若統緒失宗，辭味必亂，義脈不流，則偏枯文
　　　　體。」又〈序志〉：「而去聖久遠，文體解散，辭人愛奇，言貴浮詭，
　　　　飾羽尚畫，文繡鞶帨，離本彌甚，將遂訛濫。」
〔註44〕張戒：《歲寒堂詩話》卷上，丁福保編：《歷代詩話續編》（台北：木
　　　　鐸出版社，1983 年），冊上，頁 450。
〔註45〕陳繹曾：《詩譜》，丁福保編：《歷代詩話續編》（台北：木鐸出版社，
　　　　1983 年），冊中，頁 625。

會。而祝堯也是試圖從這個角度，歸納出不同時期古賦對於賦中要素
的偏重情況。

這種工作，當然已經屬於文學史的詮釋，尤其是和俄國形式主義
（Russian Formalism）後期以「主導要素」（the dominant）的移轉解
釋文學演變頗為相似。依據雅克布遜（Roman Jakobson）對「主導要
素」的定義是：

> 「主導要素」可定義為藝術作品中的焦點成分：它領導、
> 決定、並足以轉化其餘的因素。〔註46〕

「主導要素」這個概念其實是「陌生化」（defamiliarization）這個概
念的延伸。因為早年的俄國形式主義學者（如希柯洛夫斯基
Shklovsky）認為：文學語言和日常實用的語言是相對立的，文學就
是運用諸多技巧將熟悉的經驗變得「陌生化」。但後期的形式主義學
者則不再只說是文學把現實陌生化，他們也開始注意到文學本身的陌
生化。意即文學作品中原本包含一些「前景化」（foregrounding）的
要素（即主導要素）和另一些層次在其之下的要素，可是當這起初居
於主導地位的要素因為「通行既久」而「自成習套」，後代作者見「難
於其中自出新意」，便會轉向偏重原來不居於主導地位的要素「以自
解脫」，致使原先的主導要素退居次要，當然，作品也因改由其他要
素主導而開創了新的風貌。所以，只要承認文學作品的各個要素都有
著「陳腐復化為新奇，新奇復化為陳腐」的可能，就等於承認了影響
文學史變遷的動因：

> 主導要素所具有的這種動態概念，也給形式主義者提供了
> 極有用的方法，讓他們能夠解釋文學史。詩的形式的變遷
> 與發展並不是隨意性的，而是「主導要素的移轉」的結果：
> 詩歌體系的各種要素所構成的相互關係，會持序續不斷的

〔註46〕 "The dominant may be defined as the focusing component of a work of
art: it rules, determines, and transforms the remaining component" 轉引
自 Jeremy Hawyhorn, A Concise Glossary of Contemporary Literary
Theory, （New York: Edward Arnold, 1992）, p.51.

變化、移轉。〔註47〕

同樣地，祝堯眼中的古賦演變過程乃是「漢以前之賦出於情，漢以後
之賦出於辭」（五／778），至於宋賦，則又「專尚於理」；而祝堯在〈子
虛賦〉下的一段敘述，亦透露了古賦的變遷可以視爲著重點轉移的結
果：

> 首尾是文，中間乃賦，世傳既久，變而又變。其中間之賦，
> 以鋪張爲靡而專於辭者，則流爲齊梁、唐初之俳體；其首
> 尾之文，以議論爲駁而專於理者，則流爲唐末及宋之文體。
> （三／750）

由這段話可以看出，主於「辭」的「俳」與主於「理」的「文」原已
在漢賦中具備，只是三國、六朝、唐及兩宋各自偏重了其中一個要素
而已。至於促成轉移的原因，祝堯除了提及「科舉試律賦」影響到唐
賦律多古少之外，均是就內緣方面來討論，例如說所以流於俳體，是
因爲「惟恐一語未新」、「惟恐一字未巧」、「惟恐一聯未偶」、「惟恐一
韻未協」（五／778）；而所以流於文體，則又係「本以惡俳，終以成
文」（八／818）、「惡俳律之過，而特尚理以矯其失」（七／802），祝
堯把原因歸諸「人心思變」的「恐」和「惡」，正說明了他認爲各個
時期的古賦風格所以互異，乃出自後一期對前一期的不盡滿意而特予
扭轉，而作家們別出機杼的方法，便是改選賦中原本不屬於主導地位
的要素來經營，故形成了兩漢至唐的古賦以「辭」擅場，宋代古賦以
「理」取勝的局面。

〔註47〕 "This dynamic notion of the dominant also provided the Formalists with
a useful way of explaining literary history. Poetic forms change and
develop not at random but as a result of a "shiting dominant": there is a
continuing shift in the mutual relationships among the various elements
in a poetic system." Raman Selden, A Reader's Guide to Contemporary
Literary Theory, （Brighton: The Harvester press, 1986）, p.15. 譯文引
自呂正惠譯：〈俄國形式主義〉，收於《中國文學批評（第一集）》（台
北：台灣學生書局，1992 年），頁 361。

第四章　古賦本色的尋求

第一節　賦是「詩」而不是「文」

　　漢代以「賦」來當做一個文類的名稱，原先或許和《詩經》六義中的「賦」並無特別關係，但是當「賦、比、興」轉到「詩學」範疇〔註 1〕，被用來解釋一般詩歌的構造方法後，論者卻也發現賦這種文類的確以「賦」為主要的創作技巧。例如朱熹曾對〈離騷〉九十四章（按：朱子以每四句為一章）進行分析，就認為其中有五十七章屬「比而賦」，十一章屬「賦而比」，單純的「比」和「賦」則各有十三章，因此獲得了「《詩》之興多而比、賦少，《騷》則興少而比、賦多」的結論〔註 2〕。這些見解，不僅都為祝堯所接受，自己也在《古賦辯體》裡指出屈騷「賦之義實居多焉」（一／718）、

〔註 1〕王夢鷗《初唐詩學著述考》：「孔門詩學，……，自漢以下，合於經學而流傳；雖其間發明詩人遣詞造句以及比興之義例，在在皆足影響後代詩學，然其要務仍在於諷誦古書，與後代講求詩歌構造方法以供有至於吟詩賞詩者津梁之助，畢竟不同。故前此之詩學，實即所謂『經學』，與後世所謂『詩學』異趣。」（台北：台灣商務印書館，1977年），頁 1。

〔註 2〕參閱朱熹：《楚辭集注》（台北：文津出版社，1987年），卷一〈離騷經第一〉。

漢人「專取《詩》中賦之一義以爲賦」（三／746）。不過，正是因爲賦中多「賦」，反而使賦的本質不容易界定。且讓我們由中唐的「詩」、「文」二分談起。

中唐古文運動之後，「詩」、「文」二分取代了舊有的「文」、「筆」二分，形成了「天下之作，不歸詩，即歸文」的局面。按南北朝時的「文」、「筆」之分，最初係以「無韻者筆也，有韻者文也」〔註3〕，但後來又有「吟詠風謠、流連哀思者，謂之文。」「筆，退則非謂成篇，進則不云取義」〔註4〕的看法，似已根據文章的性質加以區判。至於「詩」與「文」，那就更不是從語言形式的有韻或無韻來分別了，柳宗元〈楊評事文集後序〉曰：

> 文有二道：辭令褒貶，本乎著述者也；導揚諷諭，本乎比興者也。著述者流，蓋出於《書》之謨訓、《易》之象繫、《春秋》之筆削，其要在於高壯廣厚，詞正而理備，謂宜藏於簡冊也。比興者流，蓋出於虞夏之歌詠，殷周之風雅，其要在於麗則清越，言暢而意美，謂宜於謠誦也。兹二者，考其旨義，乖離不合，故秉筆之士，恆偏勝獨得，而罕有兼者焉。〔註5〕

這是兩種「乖離不合」的創作型態：一種講究「高壯廣厚，詞正而理備」，一種講究「麗則清越，言暢而意美」，因此「詩」、「文」二分所牽涉到的原是本質、功能及美感訴求等問題，而在表現的方式上，則強調了「著述」（賦）和「比興」的差異。所謂「賦」，可「定義爲一種不用譬喻而直接表述作者意象的方式」〔註6〕，至於「比和興的用法，都在不直接去描寫事物，或直接敘述事物，而是間接地用別的事

〔註3〕劉勰著，王更生注譯：《文心雕龍讀本》（台北：文史哲出版社，1988年），〈總術〉，頁256。

〔註4〕蕭繹：《金樓子·立言》，引自郭紹虞主編：《中國歷代文論選》（上海：上海古籍出版社，1990年），冊一，頁340。

〔註5〕引自同上註所揭書，冊二，頁148。

〔註6〕王夢鷗：《文學概論》（台北：藝文印書館，1991年），第十三章「直述」，頁127。

物作譬喻，或烘托出一個生動的意象」〔註7〕。故基本上，「賦」與「比
興」其實各有合適的表現範疇：用來陳述事理的「文」，便是以具有
明確指涉的「賦」為主要媒材，而「詩」由於以激發情感為目的，便
非常需要具有言外重旨的「比興」來提供讀者想像空間；倘若混淆了
彼此的分際，作「文」專用比興，寫「詩」專用賦體，可能就要惹來
「不合本色」的非議了。例如《臨漢隱居詩話》引沈括曰：「韓退之
詩，乃押韻之文爾，雖健美富贍，而格不近詩。」〔註8〕《後山詩話》
曰：「詩文各有體，韓以文為詩，杜以詩為文，故不工爾。」〔註9〕
即因見杜、韓筆下的敘事成分過高而懷疑其詩的價值；此外如劉克莊
〈竹溪詩序〉云：「本朝……，詩各自為體，或尚理致，或負材力，
或逞辨駁，少者千篇，多至萬首，要皆經義策論之有韻者爾，非詩也。」
〔註10〕《歲寒堂詩話》指責：「子瞻以議論作詩，魯直又專以補綴奇
字，……，詩人之意掃地矣。」〔註11〕《滄浪詩話》批評：「近代諸
公乃作奇特解會，遂以文字為詩、以才學為詩、以議論為詩，夫豈不
工，終非古人之詩也。」〔註12〕也同樣是基於「詩」、「文」之體不應
糅雜而針對宋詩所做的反省。

　　那麼究竟賦該屬於「詩」，還是屬於「文」呢？這個問題如果不
是放在中唐以來「詩」、「文」二分的情境下，或許沒有多大意義，但
若了解到「詩」與「文」原本代表著兩種迥異的創作型態，便不難察

〔註 7〕廖蔚卿：《六朝文論》（台北：聯經出版事業公司，1985 年），「文心
　　　　雕龍三論」，頁 171。
〔註 8〕魏泰：《臨漢隱居詩話》，何文煥編：《歷代詩話》（台北：木鐸出版社，
　　　　1982 年），冊上，頁 323。
〔註 9〕陳師道：《後山詩話》，何文煥編：《歷代詩話》（台北：木鐸出版社，
　　　　1982 年），冊上，頁 303。
〔註10〕劉克莊：《後村先生大全集》（上海商務印書館四部叢刊初編縮印賜硯
　　　　堂鈔本），卷九十四，冊一，頁 816。
〔註11〕張戒：《歲寒堂詩話》卷上，丁福保編：《歷代詩話續編》（台北：木
　　　　鐸出版社，1983 年），冊上，頁 455。
〔註12〕嚴羽原著，黃景進師撰述：《滄浪詩話》（台北：金楓出版有限公司，
　　　　1986 年），〈詩辨〉，頁 34。

覺它確實與貞定辭賦創作有著密切的關係。蓋在「文」、「筆」二分的系統中，賦要劃歸「文」這一類自是理所當然，蕭繹《金樓子‧立言》就說：「屈原、宋玉、枚乘、長卿之徒，止於辭賦，則謂之文。」〔註13〕但「詩」、「文」二分以後，賦固然不乏韻律整協、字句精鍊等「詩」的表面特徵，可是多用直述鋪陳之法、以致篇中乏隱、一呌而語窮的現象，卻更有著被視為「文」的可能。因此，宋代雖有范成大《石湖詩集》、周文樸《方泉詩集》、蒲壽宬《心泉學詩稿》等「詩」集中收錄賦篇，但樓昉《崇古文訣》所評點的「古文」，卻赫然可見屈原〈卜居〉、〈漁父〉、賈誼〈鵬鳥賦〉、班固〈兩都賦〉、歐陽脩〈秋聲賦〉等作品，而謝枋得編選《文章軌範》，杜牧〈阿房宮賦〉和蘇軾〈赤壁賦〉、〈後赤壁賦〉等也在「小心文」之列。於是，賦一方面「非詩非文」，一方面又「亦詩亦文」，始終在「詩」、「文」之間徘徊遊走。

賦的身分不能確認，便無法探求賦的本色，也無法歸結賦的體要。祝堯有鑑於此，首先便提出賦實為「詩」來界定賦的本質，因為早在漢代，班固〈兩都賦〉序裡就已經說得明明白白：「賦者，古詩之流也。」

當然，班固此言原來並非要追索詩、賦二者內在屬性上的關聯，所以〈兩都賦〉序接著是說：

> 昔成康沒而頌聲寢，王澤竭而詩不作。大漢初定，日不暇給；至於武、宣之世，乃崇禮官，考文章，內設金馬、石渠之署，外興樂府協律之事，以興廢繼絕，潤色鴻業。是以眾庶悅豫，福應尤盛，⋯⋯。故言語侍從之臣，⋯⋯，朝夕論思，日月獻納；而公卿大臣，⋯⋯，時時間作。或以抒下情而通諷諭，或以宣上德而盡忠孝，雍容揄揚，著於後嗣，抑亦雅頌之亞也。〔註14〕

班固留意的顯然是詩、賦均有「抒下情而通諷諭」、「宣上德而盡忠孝」

〔註13〕同註4。
〔註14〕蕭統編，李善注：《文選》（台北：藝文印書館影宋淳熙本重雕鄱陽胡氏藏版，1983年），卷一，頁21。

的作用，這與《漢書・藝文志》「詩賦」後序實如出一轍：

> 古者諸侯卿大夫交接鄰國，以微言相感，當揖讓之時，必
> 稱《詩》以諭其志，蓋以別賢不肖而觀盛衰焉，故孔子曰：
> 「不學《詩》，無以言」也。春秋之後，周道寖壞，聘問歌
> 詠不行於列國，學《詩》之士逸在布衣，而賢人失志之賦
> 作矣。大儒孫卿及楚臣屈原離讒憂國，皆作賦以風，咸有
> 惻隱古詩之義。〔註15〕

故所謂賦是「古詩之流」，也就是賦「有惻隱古詩之義」，班固「把賦
體創作與《詩》的關係建築在共同的社會功能上，這就使得其對賦體
興起的描述，強調了與『賦詩』之制的消亡之間似斷實連的關係。這
種關係的實質恰如孟子謂『《詩》亡然後《春秋》作』時的思路一樣，
旨在突出《詩》教精神的不亡。」〔註16〕

　　魏晉以後，由於論者置身的已不再像是兩漢那樣一個重視諷諫教
化的環境，因此「賦者，古詩之流」也被重新詮釋為：賦是源自《詩經》
六義的「賦」。這種說法最早見於左思和皇甫謐的〈三都賦序〉〔註17〕：

> 蓋《詩》有六義焉，其二曰賦。揚雄曰：「詩人之賦麗以則」；
> 班固曰：「賦者，古詩之流也。」（左思）

> 子夏序《詩》曰：一曰風，二曰賦，故知賦者，古詩之流
> 也。（皇甫謐）

至齊梁時，劉勰《文心雕龍・詮賦》一開頭也聲明：「《詩》有六義，
其二曰賦」；又以為「賦自詩出」，乃是「六義附庸，蔚成大國」〔註
18〕；蕭統《文選》序亦謂賦本係「古詩之體，今則全取賦名」〔註19〕；

〔註15〕班固撰，顏師古注：《漢書》（台北：宏業書局，1984年），卷三十〈藝
　　　　文志〉，頁446～447。
〔註16〕曹虹：〈從「古詩之流」說看兩漢之際賦學的漸變及其文化意義〉，《文
　　　　學評論》1991年4期。
〔註17〕左思〈三都賦序〉見《文選》卷四，皇甫謐〈三都賦序〉見《文選》
　　　　卷四十五，同註14，頁75，652。
〔註18〕同註3，頁132。
〔註19〕同註14，頁1。

而李善替〈兩都賦〉作注，更完全忽略班固的原義，遂將「賦者，古詩之流也」說解成：

> 《毛詩》序曰：詩有六義焉，二曰賦，故賦爲古詩之流也。
> 〔註20〕

不過，這個幾乎算是定論的講法，祝堯仍然覺得不夠穩妥，他認爲，如果要證明賦係古詩之流，必得先從「〈離騷〉本古詩之衍者，至漢衍極」（十／854）的方向來思考：

> 騷者，《詩》之變也。《詩》無楚風，楚乃有騷，何邪？愚按：屈原爲騷時，江漢皆楚地。蓋自文王之化行乎南國，〈漢廣〉、〈江有汜〉諸詩已列於二南、十五國風之先，其民被先王之澤也深。風雅既變，而楚狂「鳳兮」之歌、滄浪孺子「清兮濁兮」之歌，莫不發乎情、止乎禮義，而猶有詩人之六義，故動吾夫子之聽。但其歌稍變於《詩》之本體，又以「兮」爲讀。楚聲萌蘗久矣，原最後出，本《詩》之義以爲騷：凡其寓情草木，託意男女，以極遊觀之適者，「變風」之流也；其敘事陳情，感今懷古，不忘君臣之義者，「變雅」之類也；其語祀神歌舞之盛，則幾乎「頌」矣。至其爲「賦」則如〈騷經〉首章之云；「比」則如香草、惡物之類；「興」則託物興辭，初不取義，如〈九歌〉沅芷澧蘭以興思公子而未敢言之屬。但世號「楚辭」，初不正名曰「賦」。
> （一／718）

這裡指出屈騷實即二〈南〉之變，雖然字句已「稍變於《詩》之本體」，但卻還保有「詩人之六義」。此說大抵同於晁補之〈離騷新序〉所云：「傳曰：『賦者，古詩之流也』，故〈懷沙〉言『賦』，〈橘頌〉言『頌』，〈九歌〉言『歌』，〈天問〉言『問』，皆『詩』也；〈離騷〉備之矣。蓋詩之流至楚而爲離騷，至漢而爲賦，其後賦復變而爲詩。」〔註21〕他們均主張賦之與詩，容或在形式方面頗多改易，但論其質性則是始

〔註20〕同註14，頁21。
〔註21〕晁補之：《雞肋集》（台北：台灣商務印書館影印文淵閣四庫全書本），卷三十六，冊一一一八。

終如一。故祝堯於〈外錄〉序中再為「賦者，古詩之流」進一新解：

> 後代之賦，本取於《詩》之義以為賦，名雖曰「賦」，義實
> 出於《詩》，故漢人以為「古詩之流」。（九／835）

漢人以為的「古詩之流」自然不是這個意思，因為班固說的「古詩之流」、「有惻隱古詩之義」、以及漢宣帝說的「與古詩同義」〔註22〕，說穿了就是司馬遷所講的「與《詩》之風諫何異？」〔註23〕他們都是從《詩》、賦具有同樣的「功能」立論。而祝堯則改由「本質」的角度著眼，不但給予「賦為古詩之流」一個「文學」上的定義，並且擺落了過去「六義附庸，蔚成大國」的拘執難通。於是，祝堯總算可以放心地告訴後學：

> 賦之源出於《詩》，則為賦者固當以「詩」為體，不當以「文」
> 為體。（九／836）

第二節　賦「緣情」而兼「比興」

　　賦既當以「詩」為體，自然應具備「詩」的特質。而關於「詩」、「文」之辨，祝堯在〈外錄〉序中有一段說明，茲先引述如下：

> 然論「詩」之體必論「詩」之義。「詩」之義六，惟風、比、
> 興三義真是「詩」之全體；至於賦、雅、頌三義，則已鄰
> 於「文」體。何者？「詩」所以吟詠情性，如風之本義，
> 優柔而不直致；比之本義，託物而不正言；興之本義，舒
> 展而不刺促；得於未發之性，見於已發之情，中和之氣形
> 於言語，其吟詠之妙，真有永歌、嗟歎、舞蹈之趣。此其
> 所以為「詩」，而非他「文」所可混。人徒見賦有鋪敘之義，

〔註22〕《漢書・王褒傳》：「上曰：『「不有博奕者乎？為之猶賢乎已！」辭賦大者與古詩同義，小者辯麗可喜，譬如女工有綺縠，音樂有鄭衛，今世俗猶皆以此虞說耳目。辭賦比之，尚有仁義風諭、鳥獸草木多聞之觀，賢於倡優博奕遠矣。』」同註15，頁715。

〔註23〕「相如雖多虛辭濫說，然其要歸引之節儉，此與《詩》之風諫何異？」見司馬遷著，瀧川龜太郎考證：《史記會注考證》（台北：洪氏出版社，1986年），卷一一七〈司馬相如列傳〉，頁1264。

則鄰於「文」之敘事者；雅有正大之義，則鄰於「文」之
明理者；頌有褒揚之義，則鄰於「文」之贊德者。殊不知
古詩之體，六義錯綜，昔人以風、雅、頌爲三經，賦、比、
興爲三緯；經，其「詩」之正乎？緯，其「詩」之葩乎？
經之以正，緯之以葩，「詩」之全體始見，而吟詠情性之作，
有非復敘事、明理、贊德之「文」矣。「詩」之所以異於「文」
者以此。（九／836）

這裡首先指出了「詩」之所以異於「文」者，在於「詩」是爲了「吟
詠情性」而作。蓋漢代〈詩大序〉所宣揚的，雖是透過「風詩」來進
行教化的理念，但由於〈大序〉本係運用詩、樂同源的角度，將「樂
者，心之所由生也」，其本在人心之感物也」、「其感人深，其移風易俗，
故先王著其教焉」的「樂教」思想推展爲「詩教」，故其中談到的「在
心爲志，發言爲詩」、「情動於中而形於言」、「吟詠情性，以風其上」
等，仍舊不抹煞詩與樂一樣，同屬個人情志的表現〔註24〕。漢末以降，
由於生離死別的愴痛啓引了個人生命的自覺與省悟，論者因此也不再
只是強調詩「觀風俗，知得失」的一面，而能進一步正視詩「感於哀
樂」的性質：詩歌的創作，原是起於人心「遵四時以歎逝，瞻萬物而
思紛」〔註25〕的感動，其目的也只是爲了安頓個人的生命，「使窮賤
易安，幽居靡悶」〔註26〕。不過，此一「言志緣情」的創作型態，入
宋之後卻因爲時代文化的變遷，而逐漸被「主意主理」所取代。前者

〔註24〕參閱梅家玲：〈《毛詩序》「風教說」探析〉，《臺大中文學報》3 期，
1989 年 12 月。根據近來學者的看法，漢人所謂的「志」和六朝人所
謂的「情」其實並無分別，參閱陳昌明《六朝「緣情」觀念研究》第
二章，台灣大學中文研究所碩士論文，1987 年；龔鵬程〈從《呂氏
春秋》到《文心雕龍》——自然氣感與抒情自我〉，《文學批評的視野》
（台北：大安出版社，1990 年），頁 47～84；楊建國：《天人感應哲
學與兩漢魏晉文學思想》第五章，東海大學中文研究所碩士論文，1991
年；王文生〈「詩言志」——中國文學思想的最早綱領〉，《中國文哲
研究集刊》3 期，1993 年 3 月，頁 209～302。

〔註25〕語見陸機〈文賦〉，同註14，卷十七，頁 245。

〔註26〕語見鍾嶸《詩品》序，引自同註 4 所揭書，冊一，頁 309。

重在情景交融，是感性的抒發，後者則常要由象見道，是知性的省察
〔註27〕。面臨宋詩的「議論太多，失古詩吟詠性情之本意」〔註28〕，
宋人亦不得不對「詩」的本質重加思索，其中又以嚴羽《滄浪詩話》
的見解最具代表：

> 夫詩有別材，非關書也；詩有別趣，非關理也。然非多讀
> 書、多窮理，則不能極其至。所謂不涉理路、不落言筌者，
> 上也。詩者，吟詠情性也。盛唐諸人惟在興趣，羚羊掛角，
> 無跡可求，故其妙處透徹玲瓏，不可湊泊，如空中之音，
> 水中之月，鏡中之象，言有盡而意無窮。〔註29〕

嚴羽顯然是從「吟詠情性」的方向來「定詩之宗旨」，「別材」、「別趣」
的提出，正是要反對以才學、議論爲詩，因爲詩應該傳達的是一種但
憑感興、直接觸發的情味，而不是思辨性的名言知識〔註30〕。這番構
想，可以說是與鍾嶸「至於吟詠情性，亦何貴於用事？⋯⋯。觀古今
勝語，多非補假，皆由直尋」完全相同〔註31〕。金元以來，承襲滄浪
而主張詩緣於性情者正復不少，例如：

> 夫詩者，本發其喜怒哀樂之情，如使人讀之無所感動，非
> 詩也。予觀後世詩人之詩，皆窮極辭藻、牽引學問，誠美
> 矣，然讀之不能動人，則亦何貴哉？（劉祁《歸潛志》卷
> 十三）

> 古之人，雖閭巷女子風謠之作，亦出於天眞之自然，而今
> 人反是，惟恐夫詩之不深於學問也，⋯⋯，惟恐夫詩之不
> 工於言語也，⋯⋯。學問淺深、言語工拙，皆非所以論詩。
> （方回〈趙賓暘詩集序〉，《桐江集》卷一）

〔註27〕 參閱龔鵬程：〈知性的反省──宋詩的基本風貌〉，收於蔡英俊主編：
《意象的流變》（台北：聯經出版事業公司，1989 年）。
〔註28〕 劉克莊《後村詩話》引游默齋序張晉彥詩。
〔註29〕 同註12，〈詩辨〉，頁 34。
〔註30〕 詳參黃景進師：《嚴羽及其詩論之研究》（台北：文史哲出版社，1986
年），頁 81～116。
〔註31〕 參閱王夢鷗：〈嚴羽以禪喻詩試解〉，《古典文學論探索》（台北：正中
書局，1987 年），頁 392。

詩以賦比興爲主，理固未嘗不具。今一以理言，遺其因節，失其體製，豈得謂之詩歟？（袁桷〈題閔思齊詩卷〉，《清容居士集》卷五十）

詩本吟詠，本乎情性。（揭傒斯《詩法正宗》）

詩者，人之情性也。人各有情性，則人各有詩。（楊維楨〈李仲虞詩序〉，《東維子文集》卷七）

大概唐人以詩爲詩，宋人以文爲詩；唐詩主於達性情，故於三百篇爲近；宋詩主於議論，故於三百篇爲遠。（傅若金《詩法正論》）

於是，祝堯在賦以「詩」爲體的前提下，當然也特別強調：「欲求賦體於古者，必先求之於情。」（八／818）

提倡賦須吟詠情性，第一是要矯正元以前古賦流於「文」體的缺失。《古賦辯體》卷七謂〈阿房宮賦〉曰：

前半篇造句猶是賦，後半篇議論俊發，醒人心目，自是一段好文字。賦之本體，恐不如此。（七／816）

那麼賦的本體該當如何？無非是「情」而已，所以祝堯對宋賦的涉於理路、「於三百五篇吟詠情性之流風遠矣」（八／820），便譏貶爲「不合本色」：

議論俊發亦可尚，而風之優柔、比興之假託、雅頌之形容，皆不復兼矣。非特此也，賦之本義，當直述其事，何嘗專以論理爲體邪？以論理爲體，則是一片之文但押幾個韻爾，賦於何有？今觀〈秋聲〉、〈赤壁〉等賦，以文視之，誠非古今所及，若以賦論之，恐坊雷大使舞劍，終非本色。（八／818）

除了〈阿房宮賦〉及宋賦之外，祝堯也不忘指出「子雲〈長楊〉，純用議論說理，遂失賦本眞」（八／820）：

此等之作，雖名曰「賦」，乃是有韻之「文」，併與賦之本義失之。（四／766）

因此，祝堯又進一步比較了「以賦爲賦」和「以文爲賦」的優劣：

> 蓋「賦」之爲體固尚辭，然其於辭也，必本之於情而達之
> 於理；「文」之爲體每尚理，然其於理也，多略乎其辭而昧
> 乎其情。故「以賦爲賦」，則自然有情有辭而有理；「以文
> 爲賦」，則有理矣而未必有辭，有辭矣而未必有情。（四／
> 766）

而這樣的批評，無疑是和當時檢討宋詩所抱持的態度完全一致。

　　主張賦須緣情的第二個目的，則是要防止賦可能專主於「辭」的
偏差。早先在漢代，賦家本是一方面強調賦的諷諭功能，一方面卻又
不脫爭奇鬥妍的「好辭」心態〔註 32〕，於是「這種如何使辭的表現達
到戲耍效果的過程，無意中在本身衍生了另一項活動──賦家不再重
視辭的實用功能，而專注於作品中假象的呈現與技巧的琢磨。」〔註 33〕
後來劉勰在《文心雕龍》中，又發現「遠棄風雅，近師辭賦」的結果，
往往造成了「體情之製日疏，逐文之篇愈盛」〔註 34〕，於是當他以聲
訓來釋「詩」、「賦」之名時，便刻意凸顯了賦之所以爲賦的關鍵：

　　詩者，持也，持人情性。（明詩）

　　賦者，鋪也，鋪采摛文，體物寫志也。（詮賦）

此處劉勰雖非援引〈詩大序〉「詩者，志也，在心爲志，發言爲詩」
的說法，將詩視爲人類情感的自然表現，而是依據《詩緯·含神霧》
「詩者，持也」的注解，認爲詩是疏導人類情感的工具，但無論如何，
總是指出了詩與主體情志的關聯性。然則以「鋪采摛文」釋「賦」，
固然不否定賦足以「寫志」，卻似乎把賦界定爲偏向技巧層面的文類。
「根據文學的技巧概念，文學是一種技藝」，「它認爲寫作過程，不是
自然表現的過程，而是精心構成的過程」〔註 35〕，因此「賦者，鋪也」

〔註 32〕參閱簡宗梧師：〈漢賦文學思想源流〉，《漢賦源流與價值之商榷》（台
　　　　北：文史哲出版社，1980 年）。
〔註 33〕見吳炎塗：〈帝國與自我的交光疊影～漢賦〉，收於蔡英俊主編：《意
　　　　象的流變》（台北：聯經出版事業公司，1989 年），頁 77。
〔註 34〕同註 3，〈情采〉，頁 78。
〔註 35〕見劉若愚著，杜國清譯：《中國文學理論》（台北：聯經出版事業公
　　　　司，1991 年），頁 185。

看起來倒與希柯洛夫斯基（Shklovsky）聲稱的「藝術即技術」（"Art as Te-chnique"）有幾分類似，況且當初漢代賦家所曾運用的手段，相信都是要「使外在事物變得陌生，使文學形式變得艱澀，以增加感受的難度與時間」〔註36〕。例如夸飾，司馬相如把御苑描繪成「上林之館，奔星與宛虹入軒；從禽之盛，飛廉與焦明俱獲」，又揚雄賦「語瑰奇，則假珍於玉樹；言峻極，則顛墜於鬼神」，雖說「驗理則理無可驗」，但無非是爲了達到「因夸以成狀，沿飾而得奇」〔註37〕的效果。再如練字，相如賦中便已有不少自行創造的形容詞，像是「磷磷爛爛」、「煌煌扈扈」、「滈滈溔溔」、「鯈眲倩浰」、「澎濞沆溉」、「偪側泌瀄」等，而揚雄則更喜歡標新立異，譬如〈羽獵賦〉的「淋離」一詞，在〈甘泉賦〉和〈河東賦〉中就分別以「嵾纚」及「滲灕」的模樣出現；又「崔嵬」一詞在〈甘泉賦〉裡三度使用，其餘兩次就被改成「嶕隗」、「摧嶉」，而〈蜀都賦〉尚有「嶵崒」和「嶫嵬」兩種寫法；除此之外，像〈甘泉賦〉還會把〈上林賦〉的「柴池茈虒」壓縮爲「柴虒」，把〈子虛賦〉的「唐曼」衍增爲「唐其壇曼」；這些反正爲奇的手段，也全是爲了滿足「辭務日新，爭光鬻采」的心理〔註38〕。

　　賦既然有著「誇張聲貌」、「搜選詭麗」等成規，因此祝堯基本上也承認「賦之爲體固尚辭」（四／766）、「晉宋間賦，辭雖太工麗，要是賦中所有者」（六／791）。但他以賦爲賦要近古，仍得於情上求之，因爲：

　　　嘗觀古之詩人，其賦古也，則於古有懷：其賦今也，則於

〔註36〕Shklovsky 在"Art as Technique"一文中說："The technique of art is to make objects 'unfamiliar', to make forms difficult, to increase the difficulty and length of perception, becaause the process of perception is an aesthetic end in itself and must be prolonged." 轉引自 Raman Selden, A Reader's Guide to Contemporary Literary Theory（Brighton: The Harvester press, 1986），p.10.

〔註37〕引文均見於同註3，〈夸飾〉。

〔註38〕參閱簡宗梧師：〈漢賦瑋字源流考〉，收於其著《漢賦源流與價值之商榷》（台北：文史哲出版社，1980 年）。

今有感；其賦事也，則於事有觸；其賦物也，則於物有況；
情之所在，索之而愈深，窮之而愈妙，彼其於辭，直寄焉
而已矣。又觀後之辭人，刊陳落腐，而惟恐一語未新；搜
奇摘豔，而惟恐一字未巧；抽黃對白，而惟恐一聯未偶；
回聲揣病，而惟恐一韻未協；辭之所爲，鑿矣而愈求，妍
矣而愈飾，彼於其情，直外焉而已矣。（五／778）

簡單來說，即是「辭人所賦，賦其辭爾」，「詩人所賦，賦其情爾」（五
／778），所以從歷史的角度推敲，學者不宜捨高就下；而從文體的性
質斟酌，賦原以情爲骨幹，辭爲枝葉，當然更不能棄本逐末。不過，
祝堯深怕有人不明白這個道理，誤以爲只要多用些楚辭、漢賦中佶屈
聱牙的生僻文字就算是「古」，遂又進一步分辯：

如但知屈宋之辭爲古而莫知其所以爲古，及其極力摹放，
則又徒爲艱深之言以文其淺近之說，摘奇難之字以工其鄙
陋之辭，汲汲焉以辭爲古，而意味殊索然矣，夫何古之有？
（二／743）

若夫霧縠組麗、雕蟲篆刻以從事於侈靡之辭而不本於情，
其體固已非古，況乎專尚奇難之字以爲古？吾恐其益趨於
辭之末，而益遠於辭之本也。（四／761）

總之，祝堯要求學者先須認清：「辭之所以動人者，以情之能動人也」
（五／779），掌握「必假於辭而有不專於辭」（七／802）的要領，這
樣寫出來的才不會是但具古賦軀殼、欠缺古賦精神的作品。否則，「徒
泥於紙上之語，而不得於胸中之趣，雖窮年矻矻，操觚弄翰，欲求一
辭之及於古，亦不可得。」（七／779）

至於本節最前面所引〈外錄〉序之語的另一個重點，則指出了「詩」
之所以異於「文」者，在於「詩」用「比、興」。（關於「惟風、比、
興三義眞是詩之全體」中的「風」，請見第五章第二節）祝堯對賦中
須有比、興的重視，可以從〈別知賦〉下的一段評註得見：

其中「山嶅嶅其相軋」四句（按：指「山嶅嶅其相軋，樹
蓊蓊其相樛，雨浪浪其不止，雲浩浩其常浮」），殊覺自在，

方是賦家語，有比興之義存焉。（七／813）

其實論詩不能缺乏比、興，原係老生常談，例如鍾嶸就說過作詩若但
用賦而棄比、興，便可能「嬉成流移，文無止泊，有蕪漫之累矣」〔註
39〕，甚至前人已用「比興」一詞來做爲詩歌的代稱，如蕭綱〈與湘
東王書〉：「既殊比興，正背風騷」、柳晃〈謝杜相工論房杜二相書〉：
「因哀樂而爲詠歌，因詠歌而成比興」等皆是。不過這點就論賦而言，
則是別具意義。因爲一般人總以爲賦既名之曰「賦」，即使全用敷陳
直述的方法寫作也不算「失體」，但祝堯卻大不以爲然：

問其所賦，則曰：「賦者，鋪也」。如以「鋪」而已矣，吾
恐其賦特一鋪敘之「文」爾，何名曰「賦」？（九／836）

其意頗同於鍾嶸的認知，亦同於楊載《詩法家數》所說：「若直賦其
事，而無優游不迫之趣、沈著痛快之功，首尾率直而已，夫何取焉？」
〔註40〕蓋祝堯既已從本質上肯定賦是訴諸感性的「詩」，而非訴諸理
性的「文」，則賦自不能像敘事說理的文章般只求一目了然，至於寫
作的手法，也不能太過直截了當，到底「詩不可一向把理，皆須入景
語始清味」〔註41〕，賦亦該多假借物象來烘托情意，呈現韻外之致。

說到物象，賦中本是不虞匱乏的，枚乘早在〈七發〉中，便已道
出言語侍從之臣所表演的乃是「原本山川，極命草木」的看家本領，
漢宣帝也說賦有「草木鳥獸之觀」，王延壽〈魯靈光殿賦〉序中亦自
言「物以賦顯」；到了魏晉六朝時，論者更普遍認識到「鋪寫事物」
就是賦的重要特徵，如曹丕云：「賦者，言事類之所附也」，皇甫謐云：
「然則賦也者，所以因物造端，敷弘體理，欲人不能加也」，成公綏
云：「賦者，貴能分理賦物，敷衍無方」，陸機云：「賦體物而瀏亮」，
劉勰云：「賦自詩出，異流分派，寫物圖貌，蔚似雕畫」，蕭統云：「若

〔註39〕同註26。

〔註40〕語見楊載《詩法家數》，收於何文煥編：《歷代詩話》（台北：木鐸出
版社，1982年），冊下，頁727。

〔註41〕此王昌齡之語，見遍照金剛著，簡恩定導讀：《文鏡秘府論》（台北：
金楓出版有限公司，1987年），〈地卷〉，「十七勢」，頁63。

其（按：指賦）紀一事、詠一物，風雲草木之興，魚蟲禽獸之流，推而廣之，不可勝載矣。」〔註42〕因此，對於賦而言，問題並不在於有沒有物象，而在於如何驅遣物象。事實上，晉代摯虞早已在《文章流別論》裡指出，賦並不是以窮形盡象爲目的，而是要「假象」來「敷陳其志」〔註43〕，甚至更早的王符《潛夫論》裡也說賦本是「興喻以盡意」〔註44〕。現在祝堯強調賦須以比、興出之，同樣主張賦中不能充斥著鋪排堆砌的物象，而須善用與情意相互引發、相互結合的物象。例如屈騷雖然草木鳥獸群積類聚，卻都有其託喻：

> 〈離騷〉之文，依《詩》取興，引類譬諭，故善鳥香草，以配忠貞；惡禽臭物，以比讒佞；靈脩美人，以媲於君；宓妃佚女，以譬賢臣，虯龍鸞鳳，以託君子；飄風雲霓，以爲小人。〔註45〕

這與漢賦常只用珍禽異卉來展現「萬端鱗崒」〔註46〕的豐饒是很不相同的。不過，屈賦中的物色，畢竟仍以「比」的用法居多，而事實上，祝堯則對「興」有著較殷切的期待，因爲比、興之間，興又「每發於情，最爲動人，而能發人之才思」（三／756）。關於這點，過去劉勰也曾提出相近的言論，《文心雕龍·比興》即對漢賦「比體雲構」的情況稍有微辭：

> 宋玉〈高唐〉云：「纖條悲鳴，聲似竽籟」，此比聲之類也；枚乘〈兔園〉云：「焱焱紛紛，若塵埃之間白雲」，此比貌之類也；賈生〈鵬鳥〉云：「禍之與福，何異糾纏」，此以物比理者也；王褒〈洞簫〉云：「優柔溫潤，如慈父之畜子

〔註42〕分見曹丕〈答卞蘭教〉，皇甫謐〈三都賦序〉，成公綏〈天地賦序〉，陸機〈文賦〉，劉勰《文心雕龍·詮賦》，蕭統《文選》序。

〔註43〕引自嚴可均編：《全上古三代秦漢三國六朝文》（台北：世界書局，1969年），《全晉文》卷七十七。

〔註44〕王符著，汪繼培箋：《潛夫論箋》（台北：世界書局，1969年），卷二〈務本〉，頁8。

〔註45〕王逸〈離騷〉序。引自洪興祖：《楚辭補注》（台北：長安出版社，1987年），頁2～3。

〔註46〕語見司馬相如〈上林賦〉。

也」，此以心比聲者也；馬融〈長笛〉云：「繁縟絡繹，范
蔡之說也」，此以辭比響者也；張衡〈南都〉云：「起鄭舞，
瑩曳緒」，此以物比容者也。若斯之類，辭賦所先，日用乎
比，月忘乎興，習小而棄大，所以文謝於周人也。〔註47〕

文中批評「日用乎比，月忘乎興」乃是「習小而棄大」，可見劉勰認
為文學作品使用物色，「興」仍較「比」來得重要。這是因為「起情
故興體以立，附理故比例以生」，「比」的理智成分通常只是加強了「寫
氣圖貌」、「巧言切狀」的效果，但「興」則不然。六朝人談到「興」，
不僅了解是一種內心情感與外在景物相互摩盪的狀態，也確信這種觸
發就是詩的根源，如《文心雕龍・物色》：「歲有其物，物有其容，情
以物遷，辭以情發」，《詩品》序：「氣之動物，物之感人，故搖蕩性
情，形諸舞詠」；至於這感物起情的美感經驗，他們則往往藉由物象
表達，因為物象在「興」的經驗中原具有起情的作用，故無疑也最能
保留「興」那種微妙超絕的特質。唐代的殷璠便是在此一理論基礎上，
於其編選的《河嶽英靈集》中首度提出「興象」的重要〔註48〕。所謂
「興象」，就是指觸物起情經驗中興發情意的物象，譬如會勾起思鄉
之苦的「明月」、會觸動遲暮之悲的「蛩鳴」等，它們相對於為了切
事所取擬的物，當然少了許多人為的刻意，更貼近「感物吟志，莫非
自然」的本質〔註49〕。而祝堯既認為賦最好也是出於「一時之情，不

〔註47〕同註3，〈比興〉，頁146。
〔註48〕關於「興」與「興象」等問題，可參閱蔡應俊：《比興物色與情景交
融》（台北：大安出版社，1986年），第二章第二節；李正治：〈文學
術語辭典——興象〉，《文訊》29期，1987年4月。
〔註49〕關於這點，徐復觀〈釋詩的比興——重新奠定中國詩的欣賞基礎〉
一文中亦云：「興是一種『觸發』，……，觸發與被觸發之間，完全是
感情的直接流注，而沒有滲入理智的照射。……。興所敘述的主題以
外的事物，是在作者的感情中與詩的主題溶成一片；……，正因為如
此，所以它在一首詩的構成中，成為與主題不可分的一部分；不像比
所用的事物，以那比這，與主題還有一點間隙。因此，興對於詩的意
味，就詩是感情的象徵的本性講，較之於比，實更為重大。」又說：
「比乃感情的反省地表現，而興乃感情的直接地表現；反省，則情帶
有理的性格，故稱之為附理。直接，則感情將一往是情，故稱之為依

能自已，故形於辭」（五／779）的直接流注，則以「興」的手法寫作
必定也最能感發讀者的情意。因此，他希望進入賦中的物象，除了最
少不做無謂的陳列，或者應具有「比」的功能外，更應該多使其成為
動人心緒的「興象」，這樣才能為原本繁類成豔的賦增添不可湊泊的
美學情趣，不至落入「後代之賦，但詠景物而不詠情性」（七／811）
的窠臼。

第三節　「麗則」之旨的重新闡發

賦既須「鋪采摛文」，自會展現出一種「麗」的美感型態，漢人縱
然十分重視賦的實用功能，對於這點也未嘗否認。例如漢宣帝云：「辭
賦大者與古詩同義，小者辨麗可喜，辟如女工有綺縠，音樂有鄭衛。」
〔註50〕根本就透露了「一篇賦即使沒有諷諭之義，總還有弘美的文辭
可以欣賞」的想法。而揚雄也曾指出侈麗之辭是賦中斷不可少的：

> 賦者將以風也，必推類而言，極麗靡之辭，閎侈鉅衍，競
> 於使人不能加也。〔註51〕

到了魏晉六朝，曹丕倡言「詩賦欲麗」，顯示了賦原本就以「表現」
為終極目的〔註52〕，故皇甫謐〈三都賦序〉更明白說道：

> 引而申之，故文必極美，觸類而長之，故辭必極麗，然則
> 美麗之文，賦之作也。〔註53〕

此外如劉勰以「驚采絕豔」形容楚辭，謂「效騷命篇者，必歸豔逸之
華」；又指「頌」須「敷寫似賦，而不入華侈之區」，「弔」若「華過

情。所以興的詩，才是純粹地抒情詩，才是較之比為更能表現詩之特
色之詩。」見《中國文學論集》（台北：台灣學生書局，1990年），
頁101～102；頁105。
〔註50〕見註22。
〔註51〕同註15，卷八十七下〈揚雄傳下〉，頁901。
〔註52〕參閱蔡英俊：〈曹丕「典論論文」析論〉，《中外文學》8卷12期，1980
年5月。
〔註53〕同註14，卷四十五，頁652。

韻緩，則化而為賦」等，都顯示了在其心目中，賦的風格實可逕以「侈而豔」〔註54〕來概括。

不過自來論賦的最高準據，卻不是窮奢極侈、無以復加的「麗」，而是有附帶條件的「麗」——亦即「麗則」，相關的例證如《文心雕龍・詮賦》勉人「風歸麗則」，孫何強調作賦要「洞詩人之麗則」，楊維楨的賦集取名為「麗則遺音」等，不遑枚舉，可見得「麗則」早已形成賦學上特有的批評觀念，而「麗則」一詞也始終為賦體第一高格的代稱。祝堯《古賦辯體》欲推求古賦的體要，自然仍得借助於這個通行既久的術語，只不過和前文所談到的「古詩之流」一樣，其內涵多少都有了一些改變，以回應當時賦學所面臨的新問題。

「麗則」一詞最早係由揚雄提出，《法言・吾子》曰：

> 或曰：「景差、唐勒、宋玉、枚乘之賦也，益乎？」曰：「必也淫。」「淫則奈何？」曰：「詩人之賦麗以則，辭人之賦麗以淫。如孔氏之門用賦也，則賈誼升堂、相如入室矣，如其不用何。」〔註55〕

從這段話觀察，「淫」與「益」是相對立的，亦即「則」便是「益」；而此處的「益」當是「助」的意思，故所謂「麗以淫」應就是〈君子篇〉裡說的「文麗用寡」，也等同於《漢書・藝文志》所講的「競為侈麗閎衍之辭，沒其風諭之義」。但由於漢代原屬「道德主體」的時期，因此在是否有助教化的背後，根本還是牽涉到作者德行的問題。依照漢人的思考模式，「文辭」乃是與「德行」互為表裡的，故《法言・重黎》：「或問：『聖人表裡？』曰：『威儀文辭，表也；德行忠信，裡也。』」王充《論衡・超奇》：「文由胸中而出，心以文為表。」而文辭，當然也是內在德行的發顯，故《法言・君子》又說：「或問：『君子言則成文，動則成德，何以也？』曰：『以其弸中而彪外也。』」《論

〔註54〕依序見於《文心雕龍》〈辨騷〉、〈定勢〉、〈頌贊〉、〈哀弔〉、〈通變〉諸篇。

〔註55〕揚雄著，汪榮寶疏：《法言義疏》（台北：世界書局，1962 年），卷三〈吾子〉，頁88。

衡・書解》也說：「德彌盛者文彌縟，德彌彰者文彌明。」這種將「文格」與「人格」合一，視「弸中彪外」與「德盛文縟」爲必然的看法，無疑來自儒家「有德者必有言」的主張。而基於這樣的立場，文章的優劣便往往取決於德行的好壞，正如《法言・吾子》所說的：

> 或問：「交五聲十二律也，或雅或鄭，何也？」曰：「中正則雅，多哇則鄭。」〔註56〕

由於揚雄也曾比喻「靡麗之賦，勸百而風一，猶騁鄭衛之聲」〔註57〕，所以這段話若改寫成：「『合纂組列錦繡也，或則或淫，何也？』曰：『中正則則，多哇則淫。』」恰可充做「詩人之賦麗以則，辭人之賦麗以淫」的最佳註腳。總之，揚雄提出「則」與「淫」的分別，與其說是論賦，不如說是論人，因爲他所持的批評觀點，無非是「言，心聲也；書，心畫也。聲畫形，君子小人見矣。」〔註58〕也就是直接以道德基準做出審美判斷：唯有胸懷正義、心存諷諫的人所作的賦，才稱得上是「麗以則」；至於無所用心的賦家必定只會寫出「勸百諷一」的作品，其外表固然不能說不「麗」，然則綜觀表裡卻只能算是「淫以麗」。

但就另一方面來說，不僅孔子曾意識到「有言者不必有德」，班固也曾在指責屈原「露才揚己」的情況下承認屈騷「弘博麗雅」，他們都發現了文學作品不盡然是道德人格的延伸，亦即人格高下與文章美惡並沒有絕對的關係。此一問題，直到魏晉以「才性主體」代替「道德主體」，闡明了「文以氣爲主」〔註59〕之後，終於獲得解決。這時，不但可以大方地說「立身先須謹重，文章且須放蕩」〔註60〕，把道德

〔註56〕同註55，頁93。
〔註57〕同註15，卷五十七下〈司馬相如傳下〉，頁660。
〔註58〕同註55，卷八〈問神〉，頁247。
〔註59〕關於曹丕的文氣論，又可參考張靜二：〈曹丕的文氣說〉，《漢學研究》3卷1期，1985年6月；袁燕萍：〈「文以氣爲主」一說之論析〉，《書目季刊》22卷2期，1988年9月。
〔註60〕見梁簡文帝〈誡當陽公大心書〉，嚴可均《全梁文》卷十一。

活動與審美活動區別開來，而且操觚時「因內而符外」者，也不再是
「德高而文積」，而是〈文賦〉中的「理扶質以立幹，文垂條而結繁」，
或者是《文心雕龍》中的「情理設位，文采行乎其中」了〔註61〕。因
此，劉勰看待聖人經典，便不妨專從「義既挺乎性情，辭亦匠於文理」
〔註62〕的角度著眼：

　　　　然則聖文之雅麗，固銜華而配實者也。〔註63〕

既然「雅麗」不過是華實兼備、情采相融的完美藝術形相，「麗則」
自然也可以擺脫其原有的道德背景，單純地做爲文章風格的形容詞，
從以下這些例子，即不難看出「麗則」（或「麗淫」）在六朝時語義上
的新變：

　　　　侈言無驗，雖麗非經。（左思〈三都賦序〉）

　　　　言觀麗則，永監淫費。（范曄《後漢書·文苑傳贊》）

　　　　覽所示詩，實爲麗則，聲和被紙，光影盈宇。（沈約〈報王
　　　　筠書〉）

　　　　六則文麗而不淫。（《文心雕龍·宗經》）

　　　　故爲情者要約而寫眞，爲文者淫麗而煩濫。（《文心雕龍·
　　　　情采》）

　　　　所謂詩人麗則而約言，辭人麗淫而繁句也。（《文心雕龍·
　　　　物色》）

　　　　宋發夸談，實始淫麗。（《文心雕龍·詮賦》）

　　　　近逐情深，言隨手變，麗而不淫。（蕭綱〈昭明太子集序〉）

　　　　子雲侈靡，異詩人之則。……，深乎文者，兼而善之，能
　　　　使典而不野，遠而不放，麗而不淫，約而不儉。（劉孝綽〈昭
　　　　明太子集序〉）

　　　　夫文，典則累野，麗亦傷浮，能麗而不浮，典而不野，文

〔註61〕這由「德／文」至「情／采」的轉變，可參閱鄭毓瑜：〈六朝文學審
　　　　美論探究〉，《中外文學》21卷5期，1992年10月。

〔註62〕同註3，〈宗經〉，頁34。

〔註63〕同註3，〈徵聖〉，頁20。

質彬彬，有君子之致。(蕭統〈答湘東王求文集及詩苑英華
書〉)

顯然「麗淫」就是《文心雕龍・情采》所言「採濫忽真」、「繁采寡情」、
「言與志反」之類的弊病，也就是「為文而造情」；而想達到「麗則」
的要求，則必須「情深」、「寫真」、「約言」，也就是「為情而造文」。
因此對六朝人而言，「麗則」只是文辭結構上的「文質彬彬」，摯虞舉
出所謂「四過」：「假象過大，則與類相遠；逸辭過壯，則與事相違；
辯言過理，則與義相失；麗靡過美，則與情相悖」來當做「揚雄疾辭
人之賦麗以淫也」〔註64〕的原因，固然與揚雄本義不合；而劉勰將「立
賦之大體」定為：「情以物興，故義必明雅；物以情睹，故辭必巧麗；
麗辭雅義，符采相勝」〔註65〕，則正是「詩人之賦麗以則」在六朝時
的新詮，因為對劉勰來說，「辭翦黃稗」即為「風歸麗則」要件，但
揚雄所考慮的「淫」，卻是與品德上的缺憾相關聯的。

　　至於祝堯《古賦辯體》在「備論古今體製」之餘，又是如何「發
明揚子雲麗則麗淫之旨」(三／747)呢？我們不妨先將其相關的言論
抄錄如下，以便進一步研討：

情形於辭，故麗而可觀；辭合於理，故則而可法。然其麗
而可觀，雖若出於辭，而實出於情；其則而可法，雖若出
於理，而實出於辭。有情有辭，則讀之者有興起之妙趣；
有辭有理，則讀之者有詠歌之遺音。如或失之於情，尚辭
而不尚意，則無興起之妙，而於則乎何有？後代賦家之俳
體是已；又或失之於辭，尚理而不尚辭，則無詠歌之遺，
而於麗乎何有？後代賦家之文體是已。(三／746)

先正而後葩，此詩之所以為詩；先麗而後則，此賦之所以
為賦。自漢以來，賦者多知賦之當麗，而少知賦之當則。
苟有善賦者，以詩中之賦為賦，先以情而見乎辭，則有正
與則之意為骨；後以辭而達於理，則有葩與麗之辭為肉，

〔註64〕同註43。
〔註65〕同註3，〈詮賦〉，頁134。

> 庶幾葩麗而不淫，正則而可尚，發乎情、止乎禮義，是獨
> 非詩人之賦歟？何辭人之賦足言也。（四／769）
>
> 自漢以來，賦者知賦之當麗，而不知賦之當則；自宋以來，
> 賦者雖知賦之當則，而又不知賦之當麗。（八／825）

這些文字若預先假定爲邏輯嚴密的論證，讀過之後必會覺得疑惑難
解。比如「有情有辭」既是「麗」，但「無情有辭」爲何卻是「不則」？
而「有辭有理」既是「則」，但「無辭有理」爲何卻是「不麗」？又
如祝堯一方面說賦乃「先麗而後則」，但下文卻說「先以情而見乎辭，
則有正與則之意爲骨；後以辭而達於理，則有葩與麗之辭爲肉」，分
明是「先則而後麗」。不過其所以如此，原因也正在它們並非純涉理
性思考且自成封閉體系的知識，它們毋寧是從實際的現象中歸納而
來，深具歷史經驗性格。因此對於這幾段及其他相關文字，我們也無
須刻意加以彌縫，但能掌握祝堯思考的起點及設想模式即可。

祝堯「麗則」觀念的建構，原是從古賦演變的觀察上展開：兩漢
至唐由於鍊辭的技巧過於繁複，因此「麗而不則」，宋代則議論多而
少在文字上加工，所以「則而不麗」。如此看來，「麗」與「則」其實
分別代表兩種既相對立有可相融合的風格；「麗」的形成，固有待於
「辭」這個要素的作用，「則」的形成，亦有待於「理」這個要素的
作用，然而不但兩者作用失衡時會造成賦體的偏枯，專尚「辭」、「理」
其實也昧於賦要吟詠情性的本義：

> 專求辭之工而不求於情，工則工矣，若求夫言之不足與詠
> 歌嗟嘆等義，有乎，否也。專求理之當而不求於辭，當則
> 當矣，若求夫情動於中與手舞足蹈等義，有乎？否也。（八
> ／818）

因此，祝堯所面臨的除了是「心非陶鬱，苟馳夸飾」，「遂使繁華損
枝，膏腴害骨」〔註66〕的老毛病外，還有賦與「文」相混，偏向說
理議論的新問題。劉勰之時，但須重申「心定而後結音，理正而後

〔註66〕語見同註3，〈情采〉，頁78；〈詮賦〉，頁134。

擒藻」﹝註67﹞即能臻賦於「麗則」，但祝堯卻不僅要考慮賦要有怎樣
的辭才具備「麗」，更得考慮賦要如何有理來完成「則」。但是，祝
堯既已將賦定位爲「詩」，而詩又要表達直接的觸發，不涉於理路，
又安能有理存在呢？關於這點，其實嚴羽並不否認情、理可以統一，
故謂唐詩是「尚意興而理在其中」，於是，祝堯也提出以「情」來涵
攝「辭」、「理」的方式完成「麗則」，強調「理出於辭，辭出於情，
所以其辭也麗，其理也則」（三／746）。此說看似含有不少玄機，其
實根據的不過是〈詩大序〉裡最爲樂道的一句話：「發乎情，止乎禮
義」。這句話在《古賦辯體》中至少出現過七次﹝註68﹞，可證明祝堯
的「麗則」觀必本於此。因而從卷七〈唐體〉序中他自己對這句話
的闡釋，應該最足以說明何謂「理出於辭，辭出於情」：

　　或疑〈詩序〉謂「發乎情，止乎禮義」，言情言理而不言辭，
　　豈知古人所賦，其有理也，以其有辭；其有辭也，以其有
　　情。其情正，則辭合於理而正；其情邪，則辭背於理而邪。
　　所謂辭者，不過以發其情而達其理，故始之以情，終之以
　　禮義，雖未嘗言辭，而辭實在其中。……。辭者，情之形
　　諸外也；理者，情之有諸中也。有諸中，故見其形諸外；
　　形諸外，故知其有諸中。辭不從外來，理不由他得，一本
　　於情而已矣。（七／802）

這段話的主旨：辭必須「發其情而達其理」，也就是卷三所說的：「古
人之賦固未可以鋪張侈大之辭爲佳，而又不可以刻畫斧鑿之辭爲工，
亦當就情與理上求之。」（三／752）而參照前面的引文，我們可以先
了解到祝堯心目中的「麗」，即是「辭發乎情」、「情形於辭」、「以情
而見乎辭」。這是因爲賦的「麗」雖然有賴於辭采的潤飾而成，但「沉
吟鋪辭，莫先於骨」，「辭之待骨，如體之樹骸」﹝註69﹞，華藻必須出

﹝註67﹞語見同註3，〈情采〉，頁79。
﹝註68﹞可見於（一／718），（二／743），（三／758），（四／769），（五／783），
　　　　（七／802），（七／805）。
﹝註69﹞同註3，〈風骨〉，頁35。

於眞誠的情感，屬於辭的「麗」才有所保障，不至流於虛浮。此亦即祝堯所說的「辭出於情，情辭兩得」（六／791）。而這「麗而可觀，雖若出於辭，而實出於情」的見解，原是承自「辯麗本於情性」﹝註70﹞的思想傳統，以解決賦容易「爲情造文」的問題。只不過要注意的是，祝堯的「情」就如當時陳繹曾《文說》所講的「情」一樣，只限於「喜、怒、哀、樂、愛、惡、欲之眞趣」，而不與「以理爲主」的「意」﹝註71﹞相侔。另一方面，祝堯心目中的「則」，乃是「辭止乎禮義」、「辭合於理」，可見祝堯仍主張賦不能缺乏「理」的成分。但「合於理」實與「發乎情」幾近對立，又如何並存於賦體結構中呢？剛才提到，嚴羽本不否認詩中的情、理可以統一，但他卻未說明要如何統一﹝註72﹞。祝堯根據此一思考路徑，便指出賦中的「理」並不是可驗證、可道出的「理」，也不需要特別用議論說理的內容來彰顯，只要是「情之有諸中」（七／802），能「情得其理，和平中正，哀而不傷，怨而不怒」（六／791），如此下筆從容合度，字裡行間就會流露出溫厚婉約的「理性」。此正如眞德秀《文章正宗・綱目》所說：

> 三百五篇之詩，其正言義理者無幾，而諷詠之間，悠然得
> 其性情之正，即所謂義理也。﹝註73﹞

這也就是祝堯爲什麼要說「則而可法，雖若出於理，而實出於辭」，因爲辭無非是「情之形諸外」者，而「則」也不過是緣於情「有諸中」，故使得辭足以展現一種優柔有度的風貌而已。如此不僅「情」與「理」不再是相互衝突的要素，祝堯事實上也藉此強調了賦除了這種「理」之外別無其他的「理」，以消除「賦中說理，便是有『理』」的誤解。

﹝註70﹞同註3，〈情采〉，頁78。
﹝註71﹞陳繹曾：《文說》（台北：台灣商務印書館影印文淵閣四庫全書本），冊一四八二，頁
﹝註72﹞詳參葉朗：《中國美學史大綱》（台北：滄浪出版社，1986年），冊上，第十四章第五節「嚴羽的興趣說與妙悟說」。
﹝註73﹞見眞德秀：《文章正宗》（台北：台灣商務印書館影印文淵閣四庫全書本），「綱目」，冊一三五五，頁7。

　　總而言之，祝堯的「麗則」觀首先確立「辭不從外來，理不由他得，一本於情而已矣」（七／802）的原則，再揭示「麗」必不止是「雕章繢句」，「情信而辭巧」才是「麗」；「則」也不必然是「辨惑明道」，「志正而言婉」就是「理」。如此一來，「不刊之言自然於胸中流出，辭不求而自工，又何假於『俳』？無邪之思自然於筆下發之，理不求而自當，又何假於『文』？」（八／818）古賦的典雅之「麗」、含蓄之「則」也就能夠復見於世了。

第五章　古賦名篇的評析

第一節　據本色選評作品

　　祝堯論賦的理念，都實踐於《古賦辯體》中對賦篇的去取陟降之間。雖然祝堯曾經謙虛地表示《古賦辯體》「不過載常所誦者」，「非敢有所去取」（目錄／711），但前八卷選錄的七十篇賦，卻也絕不可能是祝堯隨手趁湊的，因此我們不妨先以《古賦辯體》和當時應屬常見的幾部選集做個比較，看看祝堯所謂「常誦」的作品，究竟真的只是把前人挑揀過的賦篇再加拼組，或者根本有意對舊日形成的「典律」重新增刪。

　　1. 與《文選》卷一至卷十九所收的「賦」及卷三十二、三十三所收的「騷」相比較，《古賦辯體》於「楚辭體」、「兩漢體」、「三國六朝體」等六卷所載的四十二篇，除了對屈騷斟錄較詳﹝註1﹞、並收有荀賦之外，主要有兩個差異：一是《古賦辯體》對宋玉已見於《文選》的〈風賦〉、〈高唐賦〉、〈神女賦〉、〈登徒子好色賦〉都未選錄，

﹝註1﹞《古賦辯體》除了〈天問〉及〈九歌〉中的〈國殤〉、〈禮魂〉兩篇外，其餘屈原的作品均予收錄。《文選》卷三十二、三十三「騷」類，則只收屈原的〈離騷〉、〈九歌〉中的〈東君〉、〈雲中君〉、〈湘君〉、〈湘夫人〉、〈少司命〉、〈山鬼〉六篇及〈九章・涉江〉、〈卜居〉、〈漁父〉。

而單單收了〈九辯〉一篇。二是《古賦辯體》多選了《文選》所沒有的六篇賦；不過其中〈弔屈原賦〉《文選》收於「弔文」類，而庾信〈枯樹賦〉蕭統也無緣得見，因此嚴格說來只多選了揚雄〈河東賦〉、班婕妤〈自悼賦〉、〈擣素賦〉及鮑照〈野鵝賦〉四篇。

2. 將《古賦辯體》「唐體」所收的十三篇賦和《唐文粹》卷一至卷九所收的五十五篇「古賦」相比較，其不出自《唐文粹》者多達七篇，分別是：駱賓王〈螢火賦〉、李白〈愁陽春賦〉、〈悲清秋賦〉、〈劍閣賦〉、韓愈〈閔己賦〉及柳宗元的〈閔生賦〉和〈夢歸賦〉。

3. 將《古賦辯體》「宋體」所收的十五篇賦和《皇朝文鑑》卷一至卷十所收的七十一篇「賦」相比較，其為《皇朝文鑑》所無者共有六篇，但其中洪咨夔〈老圃賦〉作於南宋，故實際上應為五篇，分別是：蘇轍〈屈原廟賦〉、〈超然臺賦〉、黃庭堅〈悼往賦〉、秦觀〈湯泉賦〉及張耒〈病暑賦〉。

4. 與《楚辭後語》所選的十四篇以「賦」為名的作品相比較，《古賦辯體》重覆收錄的有八篇，其中像「唐體」的韓愈〈閔己賦〉、柳宗元〈閔生賦〉、〈夢歸賦〉等原為《唐文粹》所未取，相信祝堯即是依據《楚辭後語》重加收錄。

由上述的比較結果觀察，《古賦辯體》顯然不是歷代賦選集的「濃縮版」，否則以《文選》、《唐文粹》、《皇朝文鑑》三書所收的賦合計也有一百八十篇，要提供祝堯節錄應該綽綽有餘，何須另外再選？因此祝堯選這七十篇賦，無疑是別有用心的。不過正如第二章所言，《古賦辯體》選賦有一個基本考量，就是要引導讀者「熟參」各個時期的古賦，所以新選的賦篇固然也有為了「察其正變」的需要，例如特存庾信〈枯樹賦〉「以辯梁陳之體」（六／800），但最主要的緣故，還是因為這些賦貼近祝堯古賦本色的理想。例如班婕妤的〈自悼〉、〈擣素〉二賦，祝堯就認為是「緣情發義，託物興辭，咸有和平從容之意」（三／747）的佳作：

「重曰」以上「賦」也，「重曰」以下且「興」且「風」。

晦翁云：「其情雖出於幽怨，而能引分以自安，援古以自慰，和平中正，終不過於哀傷。又其德性之美、學問之力，有過人者，嗚乎！賢哉！」（自悼賦題下注，三／757）

此雖「賦」也，而末後一段辭旨縝密，意思纏綿，真有發乎情、止乎禮義之風也。（擣素賦題下注，三／758）

其餘如評鮑照〈野鵝賦〉曰：

此賦雖亦尚辭，而其悽婉動人處，實以其情使之然爾。遐想明遠當時賦此，豈能無慨於其中哉？（六／797）

評駱賓王〈螢火賦〉曰：

唐初王、楊、盧、駱專學徐、庾穠纖妖媚，當時尚之，惟此賦猶有發乎情之旨，得〈鸚鵡〉、〈野鵝〉之微者。（七／803）

又如評柳宗元〈閔生賦〉「有古義」（七／814）、〈夢歸賦〉「有得於變風之餘」（七／815），評蘇轍〈屈原廟賦〉「賦而雜出風、比、興之義，反覆優柔，沉著痛快」（八／824），評蘇轍〈超然臺賦〉及秦觀〈湯泉賦〉「近古」（八／826，829），評張耒〈病暑賦〉「鄰於騷人之賦」（八／830）等，用語容或有所不同，但肯定它們能得「發乎情之旨」則是一致的。

　　當然，已經前代選家探錄而祝堯仍予保留者，同樣除了有部分是在賦史上具有代表性之外（如江淹〈別賦〉、宋祁〈圜丘賦〉），原因也是它們合乎「緣情發義」的標準。在《古賦辯體》卷五「三國六朝體」序中，祝堯便透露了他評選魏晉南北朝古賦的尺度：

有辭無情，義亡體失，此六朝之賦所以益遠於古。然其中有士衡〈歎逝〉、茂先〈鷦鷯〉、安仁〈秋興〉、明遠〈蕪城〉、〈野鵝〉等篇，雖曰其辭不過後代之辭，乃若其情，則猶得古詩之餘情。（五／779）

原來〈歎逝賦〉、〈鷦鷯賦〉、〈秋興賦〉、〈蕪城賦〉等得以再度入選，全係「猶得古詩之餘情」，不同於其他賦作的「有辭無情」，譬如祝堯就評潘岳〈秋興賦〉是「其情尚覺春容，其辭未費斧鑿，蓋漢魏流風

猶有存者」（五／786），而在當時的名家賦篇中，祝堯最欣賞的莫過於王粲的〈登樓賦〉：

> 建安七子，獨王仲宣辭賦有古風。歸來子（按：及晁補之）曰：「仲宣〈登樓〉之作，去楚騷遠，又不及漢，然猶過曹植、陸機、潘岳眾作，魏之賦極此矣。」誠以其〈登樓〉一賦不專爲辭人之辭，而猶有得於詩人之情，以爲風、比、興等義。（五／778）

至於前代選家編錄過而祝堯卻予擯棄者，或因同一題材已有作品入選，無須疊床架屋，如「〈二京〉、〈三都〉等賦大抵祖此（按：指〈兩都賦〉），其賦因不復錄」（四／769）；或因沿襲朱熹《楚辭後語》的觀點，不選題材邪曲的作品，如排除宋玉〈高唐〉、〈神女〉等賦及曹植的〈洛神賦〉，即以朱子嘗謂：「若〈高唐〉、〈神女〉、〈李姬〉、〈洛神〉之屬，其詞若不可廢，而皆棄不錄，則以義裁之，而斷其爲禮法之罪人也。」[註2] 不過，背離祝堯所認定的賦體本質，終究是更具關鍵的因素。例如可見於《皇朝文鑑》的蘇過〈思子臺賦〉，祝堯便以爲雖然「文意固不害其爲精妙」，但畢竟只能算是一篇「有韻之論」（八／827），因此不得入選。又如黃庭堅的賦作，《皇朝文鑑》卷七收錄了〈煎茶賦〉、〈別友賦〉兩篇，元初的劉壎也盛讚：「黃山谷〈江西道院〉出，而後以高古之文變豔麗之格，六朝賦體風斯下矣。」[註3] 但祝堯卻以爲黃庭堅的賦唯有〈悼往賦〉尚有可採，其餘像〈煎茶賦〉、〈江西道院賦〉之類根本就是有「賦」之名而無「賦」之實，不當選錄：

> 山谷諸賦中此篇（按：指悼往賦）猶有意味。他如〈江西道院〉、〈休亭〉、〈煎茶〉等賦，不似賦體，只是有韻之銘贊，如此類例不復錄。（八／828）

[註2] 朱熹：《楚辭集注》（台北：文津出版社，1987 年），「楚辭後語目錄序」，頁 9。

[註3] 劉壎：《隱居通議》（台北：台灣商務印書館影印文淵閣四庫全書本），卷五，冊八六六，頁 60。

此外，深得朱熹推許，譽爲「語皆平淡醇古，意亦深靖閒退，不爲詞人墨客浮夸豔逸之態」，而且「近於儒者窮理經世之學」〔註4〕的〈大招〉，祝堯竟沒有將它與〈招魂〉一併收於「外錄」中，這點和祝堯往往遵循朱的見解來處理賦篇是有極大差異的。但與其說這是祝堯編選上的一時疏忽，還不如說是祝堯的考量有其一定的堅持，因爲「平淡」得絲毫不染「豔逸之態」，甚至內容「近於儒者窮理經世之學」，不僅大悖於賦必須「吟詠情性」的本質，也違反了賦以「麗」爲美感特徵的要求。

　　除了賦篇的去取是依照祝堯的賦體本色觀念運作，祝堯對於入選作品的褒貶，其實也都以其一貫的標準來衡斷。在《古賦辯體》中，祝堯很喜歡利用並比互較的方式讓讀者領會其間的優劣，以下就舉數組爲例：

1. 屈騷與荀賦：

　　（荀）卿賦五篇，一律全是隱語，描形寫影，名狀形容，盡其工巧，自是賦家一體，要不可廢。然其辭既不先本於情之所發，又不盡本於理之所存，若視風騷所賦，則有間矣。吁！此楚騷所以爲百代詞賦之祖也歟！（二／744）

荀子〈禮〉、〈智〉、〈雲〉、〈蠶〉、〈箴〉五首，均以假設問對的方式行文：先是旁敲側擊，敘述謎面，然後再演義說理，揭示謎底。這種「遯辭以隱意，譎譬以指事」〔註5〕的寫作型態與哀志傷情的屈騷，其實正標識著賦體創作的兩個路向，故早在《漢書・藝文志》裡便已將「屈原賦」與「荀卿賦」分成兩類，而且於劉勰《文心雕龍》中，荀賦也被認爲是「別詩之原始，命賦之厥初」〔註6〕，具有崇高的典範地位。但在祝堯以「緣情」爲賦體本質的視界下，荀賦的效物說理自不能再和屈騷相提並論，因此祝堯對「楚辭體」的安排，便刻意「先屈後荀」

〔註4〕同註2，卷七，頁145。
〔註5〕劉勰著，王更生注譯：《文心雕龍讀本》（台北：文史哲出版社，1988年），〈諧讔〉，頁258。
〔註6〕同註5，〈詮賦〉，頁132。

（二／743），且云：「若欲寘之於首，恐誤後學」（二／743），其以屈
騷爲「正宗」、荀賦爲「偏格」的用心是極爲明顯的。

2. 〈弔屈原賦〉與〈鵩賦〉：

> 愚觀二賦，實奇偉卓絕，然〈弔屈原賦〉用比義，〈鵩賦〉
> 全用賦體，無他義，故同生死、齊物我之辭，雖有逸氣，
> 而其理未免涉於荒忽怪幻，若較之〈弔屈〉於比義中發詠
> 歌嗟歎之情，反覆抑揚，殊覺有味。（三／748）

〈弔屈原賦〉與〈鵩賦〉均係賈誼謫爲長沙王太傅時所作，撰寫的意
圖也都是爲了「自諭」和「自廣」〔註7〕，不過二賦在表現方法上並
不一樣，〈弔屈原賦〉中用了許多譬喻來重新傳達〈卜居〉「讒人高張，
賢士無名」的無奈：「鸞鳳伏竄兮，鴟梟翱翔；……，世謂伯夷貪兮，
謂盜跖廉；莫邪爲鈍兮，鉛刀爲銛；……；斡棄周鼎，寶康瓠兮；騰
駕罷牛，驂蹇驢兮；驥垂兩耳，服鹽車兮；」既哀悼屈原的遭遇，也
傾吐人個人的不平。〈鵩賦〉則因見鵩飛入屋舍而藉此抒發一些對人
生的觀感，如「萬物變化兮，固無休息」、「禍兮福所倚，福兮禍所伏」、
「天不可預慮兮，道不可預謀」等，最後歸結出「縱軀委命」、「知命
不憂」的道理。兩相比較，〈弔屈原賦〉近於屈原所說的「發憤以抒
情」〔註8〕，〈鵩賦〉則已入於說理，因此祝堯不僅強調〈弔屈原賦〉
比〈鵩賦〉來得「有味」，更特意辯明：「《文選》因史傳有投文弔屈
之語，故以爲〈弔屈原文〉，而諸家則以爲賦。要之篇中實皆比賦之
義，宜從諸家。」（三／748）澄清〈弔屈原〉是一篇不折不扣的「賦」。

3. 〈長門賦〉與〈子虛賦〉、〈上林賦〉：

> 愚嘗以長卿之〈子虛〉、〈上林〉較之〈長門〉，如出二手。
> 二賦尚辭，極其靡麗，而不本於情，終無深意遠味。〈長門〉
> 尚意，感動人心，所謂「情動於中而形於言」，雖不尚辭，
> 而辭亦在意之中。（三／756）

〔註7〕參見班固著，顏師古注：《漢書》（台北：宏業書局，1984 年），卷四
十八，〈賈誼傳〉。

〔註8〕〈九章‧惜誦〉：「惜誦以致愍兮，發憤以抒情」。

其實早在《南齊書・陸厥傳》中，即有陸厥〈與沈約書〉提到：「〈長門〉、〈上林〉殆非一家之賦」〔註9〕，可見〈長門賦〉與〈子虛賦〉、〈上林賦〉就整體表現上來看的確差別不小。在〈子虛賦〉、〈上林賦〉的閱讀過程中，讀者所獲得的訊息，總是一疊疊的山水草木、一重重的離宮別館，例如〈子虛賦〉敘述「雲夢」的地理形勢，便以「其山則……，其土則……，其石則……；其東則……；其南則……，其高燥則……，其埤濕則……；其西則……，其中則……；其北則……，其上則……，其下則……。」的次序推進，讀者彷彿正在聆聽作者的導覽，俯瞰「視之無端，察之無涯」〔註10〕的世界。但閱讀〈長門賦〉時，讀者所收到的訊息卻是那位佳人的幽怨之思，即便賦中也有不少物色的鋪陳，但物色往往都是透過佳人的耳目來呈現，比如枯槁的楊柳、冷清的殿堂，就連琴聲、雞鳴也都沾染了化不開的愁緒，而「浮雲鬱而四塞」、「畢昴出於東方」等景象，更隱隱襯託出佳人的落寞與失望。所以祝堯認為〈長門賦〉「睹物興情」的技巧，實較〈子虛賦〉和〈上林賦〉接近賦做為一種「詩」而該有的特質；司馬相如的諸多賦作，亦以「此篇最傑出」（三／756）。

　　4.〈鸚鵡賦〉、〈野鵝賦〉與〈鷦鷯賦〉：

> 凡詠物之賦，須兼比興之義，則所賦之情不專在物，特借物以見我之情爾。……。此賦（按：指鷦鷯賦）蓋與〈鸚鵡〉、〈野鵝〉二賦同一比興，故皆有古意。但〈鸚鵡〉、〈野鵝〉二賦尤覺情意纏綿，詞語悽婉，則其所以興情處異故也。（五／784）

此三篇皆詠鳥之賦，亦都有所託諭，但祝堯以為張華〈鷦鷯賦〉實稍遜於〈鸚鵡賦〉及〈野鵝賦〉，因為它的「興情處」有別於二者。所謂興情處不同，應指〈鷦鷯賦〉較缺乏作者主觀情感的流露。在〈鷦

〔註9〕見《南齊書》（台北：鼎文書局，1980年），卷五十二〈文學列傳〉，「陸厥傳」，頁899。
〔註10〕語見司馬相如〈上林賦〉。

鵁賦〉中，作者有鑑於鵁鵁「毛弗施於器用，肉弗登於俎味」，「巢林不過一枝，每食不過數粒」，「不懷寶以賈害，不飾表以招累」，故能免於其他鳥類無罪而斃、受紲入籠的悲慘下場，因而以絕聖棄智方可避患遠禍自解。這樣的情志，毋寧是理性而冷靜的。反觀〈鸚鵡賦〉和〈野鵝賦〉，卻不時可見作者將自己的慨歎投射於鳥的身上，例如〈鸚鵡賦〉中的鸚鵡會「眷西路而長懷，望故鄉而延佇」，會「感平生之遊處，若塤箎之相須，何今日之兩絕，若胡越之異區」；〈野鵝賦〉裡的野鵝會想到「願引身而剪跡，抱末志以幽藏」，會覺得「雖陋生於萬物，若沙漠之一塵，苟全軀而畢命，庶魂報以自申」，這種由外物直接觸發個人心緒的表達方法，祝堯以爲要比反省式的思考更能搖盪性靈，當然，也就越能符合賦的本質。

　　5.〈哀郢〉與〈蕪城賦〉：

> 此賦（按：指蕪城賦）雖與〈黍離〉、〈哀郢〉同情，然〈黍離〉、〈哀郢〉，情過於辭，言窮而情不可窮，故至今讀之，猶可哀痛。若此賦則辭過於情，言窮而情亦窮矣，故辭雖哀切，終無深遠之味。（六／795）

其實祝堯對於〈哀郢〉也不是相當滿意，〈哀郢〉題下評道：「〈黍離〉末章曰：『悠悠蒼天，此何人哉？』雖怨而發之和平，蓋猶有先王之澤。此章之莫則曰：『信非吾罪而棄逐兮，何日夜而忘之？』雖言非我，深乃尤人，其出於憤激，固已與和平之音異矣。」（一／729）但祝堯還是以爲〈哀郢〉的情味過於〈蕪城賦〉。平心而論，〈蕪城賦〉對廣陵昔日繁華與今日衰敗的氣象營造深刻，「飢鷹厲吻，寒鴟嚇雛」、「孤蓬自振，驚沙坐飛」等語也描繪生動，與〈哀郢〉相較可謂各有勝處，無須強分軒輊，但由此卻也可見祝堯論賦「與有辭而無情，寧有情而無辭」（六／791）的一貫立場。

　　6. 漢代「京殿苑獵」賦與〈明堂賦〉、〈大獵賦〉：

> （明堂賦）實從司馬、揚、班諸人之賦來。氣豪辭豔，疑若過之，若論體格，則不及遠甚。蓋漢賦體未甚俳，而此

篇與後篇〈大獵〉等賦，則悅於時而俳甚矣。（七／806）
此係就同一題材的賦做比較。李白〈明堂賦〉、〈大獵賦〉因受當時文
學風尚的影響，故語多駢偶，像〈明堂賦〉便幾乎句句相銜、字字相
儷，而且除了有長隔對如「突兀瞳曨，乍明乍蒙，像太古元氣之結空；
籠樅頹沓，若嵬若嶪，似天闕地門之開闔」、「遠而望之，赫煌煌以輝
輝，忽天旋而雲昏；迫而察之，粲炳煥以照爛，倏山僑而晷換」外，
還有四六隔對，如「崢嶸窅窱，粲宇宙兮光輝；崔嵬赫奕，張天地之
神威」、「前疑後承，正儀躅以出入；久夷五狄，順方面而來奔」等。
至於司馬相如〈子虛〉、〈上林〉、揚雄〈甘泉〉、〈羽獵〉諸賦，雖然
也不乏由三字句所組成的長串排偶，甚至也有隔句對參差其間，但祝
堯仍以為層出不窮的偶對固然工麗精巧，卻終究缺少了漢賦那份樸拙
厚重的感覺。

7. 韓愈、柳宗元賦與李白賦：

> 李太白天才英卓，所作古賦，差強人意，但俳之蔓雖除，
> 律之根固在，雖下筆有光燄，時作奇語，只是六朝賦爾。
> 惟韓、柳諸古賦，一以騷為宗而超出俳律之外，……，唐
> 賦之古莫古於此。（七／802）

《古賦辯體》有李白賦七篇，非但佔了「唐體」十三篇的半數，其選
量之多也高居全書之冠，然而祝堯對李白賦並不怎麼欣賞；相對於
韓、柳二氏之古賦，祝堯固然讚譽有加，卻都只各選兩篇而已。這也
正顯示了祝堯編寫此書的目意原在「辯識體格」，而非「彙集佳作」。
關於李、韓、柳三家賦，在祝堯以屈騷為古賦楷模的觀點及古賦「有
不齊之齊，焉用俳？有不調之調，焉有律？」（七／802）的認識下，
多運用騷體創作、且曾因「出於幽憂窮蹙、怨慕淒涼之意」〔註11〕而
獲朱熹選入《楚辭後語》的韓、柳賦，自然是要比帶有齊梁氣息、多
事妍辭排偶的李白賦略勝一疇。

〔註11〕朱熹《楚辭後語》序：「故今所欲取而使繼之者，必其出於幽憂窮蹙、
　　　怨慕淒涼之意，乃為得其餘韻。」同註2。

第二節　以六義解析作法

　　《古賦辯體》的一項特色，就是仿照朱熹在《詩集傳》和《楚辭集注》標「賦、比、興」的方式閱讀書中的百餘篇作品。不過祝堯在運用上有所承襲，也有所發明，例如加入「風、雅、頌」的解說便是他個人的獨創。

1. 賦、比、興

　　《古賦辯體》中使用頻率最高的自然是「賦也」。「賦」依據朱熹的定義，乃是「直陳其事」，「敷陳其事而直言之者也」﹝註12﹞。而朱熹在標注《詩經》與《楚辭》時，則有「全篇皆賦」（如〈卷耳〉、〈九章·惜誦〉）及「某章為賦」（如〈行露〉首章、〈離騷〉前二章）兩例，前者係就全篇表述情意的手法來說，後者則專就個別的修辭技巧而言。祝堯在《古賦辯體》中的應用完全與朱熹相同，像〈鵩鳥〉、〈河東〉、〈歎逝〉、〈枯樹〉、〈劍閣〉、〈夢歸〉、〈圜丘〉、〈老圃〉等賦都是在題目之下逕注為「賦也」，意指全篇皆「賦」；至於〈自悼賦〉下注明「『重曰』以上『賦』也」（三／757），則是某部分為「賦」的例子。

　　所謂「比」，朱熹在《詩·周南·螽斯》注曰：「比者，以彼物比此物也」，但朱熹並不以為「彼」「此」二物都一定要在文中出現，故又強調：「比是一物比一物，而所比之物常在言外」﹝註13﹞。祝堯所標注的「比」也存有者兩種情形，例如〈卜居〉裡「用比義」（二／738）的一段：「世溷濁而不清，蟬翼為重，千鈞為輕，黃鐘毀棄，瓦釜雷鳴，讒人高張，賢士無名」，其「彼」「此」兩事便都清楚可見。至於說〈長門賦〉「篇中如『天飄飄而疾風』及『孤雌跱於枯楊』之類者，比之義」（三／756），則顯然是就另一種意在言外的「比」而

﹝註12﹞分見於《楚辭集注》卷一〈離騷〉序注，同註2所揭書，頁9；《詩集傳》（台北：台灣學生書局，1970年），卷一〈葛覃〉注，冊上，頁10。

﹝註13﹞朱熹：《朱子語類》（台北：正中書局影明刊宋淳咸六年導江黎氏本），卷八十，冊五，頁3286。

論。此外，又有所謂「比中之比」者，朱熹注〈九歌・湘君〉「桂櫂
兮蘭枻，斲冰兮積雪，采薜荔兮水中，搴芙蓉兮木末，心不同兮媒勞，
恩不甚兮輕絕」章曰：

> 此章比而又比也。蓋此篇本以求神而不答比事君之不偶，
> 而此章又別以事比求神而不答也。〔註14〕

可知第一個「比」是就全篇旨義而言，第二個「比」則指某一處的修
辭手法。祝堯認為駱賓王〈螢火賦〉「本取螢自比，而又取他物比螢」，
也是「比中之比」（七／803）。

　　在賦、比的綜合應用方面，《古賦辯體》有「賦而比」及「比而
賦」兩例。朱熹《楚辭集注》裡也有這兩組術語，均是個別技巧的分
析，如〈九歌・湘夫人〉「登白蘋兮騁望，與佳期兮夕張，鳥何萃兮
蘋中，罾何為兮木上」章，朱熹標為「賦而比」，意指前兩句屬「賦」，
後兩句屬「比」；「麋何為兮中庭？蛟何為兮水裔？朝馳余馬兮江皋，
夕濟兮西澨」章，朱熹標為「比而賦」，意指前兩句屬「比」，後兩句
屬「賦」。但祝堯在運用時，則進而將「賦而比」和「比而賦」都拿
來解說全篇。整篇「賦而比」的集中於「楚辭體」內，例如〈九歌〉
諸篇、〈九章〉中的〈涉江〉、〈抽思〉、〈懷沙〉等；整篇「比而賦」
的則都在卷三至卷十中，包括〈鸚鵡賦〉、〈鷦鷯賦〉、〈野鵝賦〉、〈螢
火賦〉、〈大鵬賦〉這類詠物賦及「外錄」裡的〈惜誓〉、〈絕命辭〉、〈訟
風伯〉、〈黃鵠歌〉、〈大風歌〉等十餘篇。有關什麼是「賦而比」，我
們大略可以從〈九歌〉題下的一段評語窺得：

> 原既放而感之，故更其辭以寓其情，因「彼事神不答而不
> 能忘其敬愛」比「吾事君不合而不能忘其忠赤」，故諸篇全
> 體皆「賦而比」。（一／723）

可知這類作品似直賦「彼事」而實另有寓意，但「此事」並未在文辭
內出現。這相對於「比而賦」的「彼」「此」二事都可見於篇中是有
些不同的。我們從祝堯將〈九歌・思美人〉、〈九辯〉之四、之五、之

八及後代詠物賦均標為「比而賦」的情形來看，這類「比而賦」的作品通常都在敘述開始時，就會讓讀者清楚地感覺到作者正以文中的某物自況，而後行文雖都像是針對某物來描寫，但作者取譬的用意，讀者還是可以明確地從文章裡掌握。其實無論「賦而比」或「比而賦」，它們屬於「全篇之比」是一樣的，只不過「比而賦」更著重於開端處是以「比」的方式引領讀者進入作品而已。

　　「興者，先言他物以引起所詠之詞也」，「興是借彼一物以引起此事，而其事常在下句」〔註15〕，這是朱熹論「興」的原則。《楚辭集注》中特別指出為「興」者有三處，悉為《古賦辯體》所轉錄，我們可以先行參看。第一是〈九歌‧湘夫人〉「沅有芷兮澧有蘭，思公子兮未敢言，荒忽兮遠望，觀流水兮潺湲」章，朱熹注曰：

> 此章興也。……。所謂興者，蓋曰沅則有芷兮，澧則有蘭兮，何我之思公子而獨未敢言耶？思之之切，至於荒忽而起望，則又但見流水之潺湲而已。其起興之例，正猶〈越人之歌〉所謂「山有木兮木有枝，心悅君兮君不知」。〔註16〕

據此而觀，這類的「興」應該屬於朱熹所謂的「取義之興」。此外，朱熹又注〈少司命〉「秋蘭兮蘪蕪，羅兮堂下，綠葉兮素枝，芳菲菲兮襲予，夫人兮自有美子，蓀何以兮愁苦？」章云：「上四句興下二句也」；注「秋蘭兮青青，綠葉兮紫莖，滿堂兮美人，忽獨與余兮目成」章云：「此亦上二句興下二句也」〔註17〕，這兩處的「興」，則都該另屬於「不取義之興」。至於祝堯自己特別提出是「興」的，一是班婕妤〈自悼賦〉的下面這段：

> 潛玄宮兮幽以清，應門閉兮禁闥扃。華殿塵兮玉階苔，中庭萋兮綠草生。廣室陰兮帷幄暗，房櫳虛兮風泠泠。【此以上皆「興」也，所以發下之義。】感帷裳兮發紅羅，紛綷

〔註15〕分見於《詩集傳》卷一〈關雎〉注，同註12，頁5；《朱子語類》卷八十，同註13，頁3286～3287。

〔註16〕同註2，卷二，頁36。

〔註17〕同註2，卷二，頁39、40。

綷兮紈素聲。神眇眇兮密靚處，君不御兮誰爲榮？俯視兮
丹墀，思君兮履綦。仰視兮雲屋，雙涕兮橫流。（三／758）

其次則在〈長門賦〉題下曰：

「上下蘭臺」、「遙望周步」、「援琴變調」、「視月精光」等
語，「興」之義。（三／756）

其實「登臺遙望」、「下臺周覽」、「援琴」和「視月」即是〈長門賦〉
中那位佳人從白天到翌日凌晨的主要活動，而它們也分別引出主角從
鬱悶到寂寞、到哀傷、到期盼的四層心理轉折，故祝堯認爲它們在賦
中均具有興發情感的地位。

　　在興與比、賦的綜合應用方面，《古賦辯體》有「興而比」、「興
而賦」及「興而賦兼比」這三組術語。「興而比」只見於對〈九歌‧
湘君〉「石瀨兮淺淺，飛龍兮翩翩，交不忠兮怨長，期不信兮告余以
不間」一章的分析：

此章以上二句引下二句，比求神不答之意，又興而比。（一
／724）

不過這點係沿用朱熹的見解，而且祝堯也未再施之於其他賦篇。至於
祝堯自創又使用次數較多的則是「興而賦」。《古賦辯體》中屬於全篇
「興而賦」的作品計有五篇：〈招隱士〉、〈寄蔡氏女〉、〈秋風三疊〉、
〈秋風辭〉、〈麥秀歌〉。但何謂「興而賦」，祝堯自己並未加以界定，
倒是朱熹《詩集傳》所標的全詩「賦而興」之例可以提供我們理解上
的參考，如〈王風‧黍離〉下的注文說：

（大夫）閔周室之顚覆，徬徨不忍去，故賦其所見黍之離
離與稷之苗，以興行之靡靡、心之搖搖。〔註18〕

其意實謂「彼黍離離，彼稷之苗」二句引起下二句：「行邁靡靡，中
心搖搖」，若依照朱熹對「比而賦」的定義，這四句也未嘗不能說是
「興而賦」，故推測祝堯很可能因此而將朱熹的「賦而興」改稱做「興
而賦」。像祝堯標爲「興而賦」的〈麥秀歌〉，其「麥秀漸漸兮，禾黍

〔註18〕見朱熹《詩集傳》卷四〈黍離〉注，同註12，頁171。

油油，彼狡童兮，不與我好仇」的結構，根本就與〈黍離〉是完全一樣的。

最後再談「興而賦兼比」。此例僅見於〈九辯〉之一，祝堯釋其義曰：

> 蓋遭讒放逐，感時物而興懷者，興也。而秋乃一歲之運盛極而衰，陰氣用事，有似叔世危邦之象，則比也。（二／740）

這是說〈九辯〉之一就全篇的結構看，係以秋日草木搖落的蒼涼興起貧士羈旅失職的感慨，但就全文的涵義而言，秋的陰沉也象徵了世衰道微，這種「比」自是屬於意在言外的譬喻。

2. 風、雅、頌

朱熹對「六義」有「三經」、「三緯」的區分：「三經是賦、比、興，是做詩底骨子，無詩不有，……；如風、雅、頌卻是裡面橫串底，都有賦、比、興，故謂之三緯。」[註19]這基本上是根據了孔穎達「賦、比、興是詩之所用，風、雅、頌是詩之成形，用彼三事，成此三事」[註20]的觀點。祝堯在卷九〈外錄〉序中雖曾提到「昔人以風、雅、頌為三經，以賦、比、興為三緯」（九／836）[註21]，但祝堯既要借「風、雅、頌」來當做解說賦的工具，則用孔穎達及朱熹之說顯然並不合適，於是祝堯改採程頤對風、雅、頌的定義：

> 《詩》六體隨篇求之，……。風之為言風動之意，雅者正言其事，頌者稱美之詞。……。自其詩之體而論之，則三百篇之中，有所謂諷諭之言者，皆可謂之「風」也，如〈文王〉曰：「咨，咨女殷商」之類是也。……自其詩之體而論之，則三百篇之中，有所謂其事者，皆謂之「雅」也，如「憂心悄悄，慍於群小，覯閔既多，受侮不少」之類是也。……。自其詩之體而言之，則三百篇之中，有所謂稱

[註19] 同註13，頁3287。

[註20] 毛亨傳，鄭玄箋，孔穎達疏：《詩經》（台北：藝文印書館影十三經注疏本），卷一，〈關雎〉序疏，頁16。

[註21] 此處祝堯對三經、三緯的說法，恰巧與上文所引《朱子語類》的記載相反，或為祝氏一時筆誤。

> 頌聖人之盛德，皆可謂之「頌」，如「于嗟麟兮」、「于嗟乎
> 騶虞」之類是也。〔註22〕

因此，「風」是指譎諫諷諭的言語，「雅」是指以義出之，不阿不諱的言語，「頌」則是指讚美褒揚的言語。例如祝堯評〈大司命〉有「雅」義曰：

> 卒章乃言人生貧富貴賤，各有所當，或離或合，神實司之，
> 非人所能為也。（屈）原於祠司命而發此意，所以順受其正
> 者嚴矣，其又「雅」之義與！（一／725）

又評班固〈東都賦〉「折以法度，賦中之『雅』也」（四／769），都是就「雅有正大之義」（九／836）而論。至於「頌」，祝堯以為〈離騷〉中「語祀神歌舞之盛，則幾乎『頌』矣」（一／718）；而班固〈東都賦〉末〈明堂〉、〈辟雍〉、〈靈臺〉、〈寶鼎〉、〈白雉〉五詩旨在潤色鴻業，發揮皇猷，祝堯也根據「頌有褒揚之義」（九／836），評其為「賦中之『頌』也」（四／769）。「雅」、「頌」在祝堯的觀念中經常是不可分的，因為崇敬的褒贊往往也是明白莊雅的，如評〈少司命〉曰：「末段正言稱贊處，又似雅與頌」（一／725），評〈大禮慶成賦〉是「賦而雜出於雅、頌」（八／831），評〈甘泉賦〉曰：「雖曰稱朝廷功德等美以倣雅、頌，然多文飾而非正大，雅、頌之義又變甚矣」（四／761），這些便都是兼「雅」與「頌」而言。

　　比較值得注意的是祝堯對「風」的解釋。依照程頤的說法，「風」乃是「譎諫」之意，而祝堯在《古賦辯體》中也屢次談到：「當諷刺則諷刺，而取諸『風』」（三／750），「〈上林〉、〈甘泉〉極其鋪張，終歸於諷諫，而『風』之義未泯」（三／747），並謂〈上林賦〉「篇末有『風』義」（三／752），〈羽獵賦〉「賦尾有『風』，與〈甘泉〉諸賦同」（四／764）。不過後來祝堯卻把「風」的詞義擴大，不論是否有「諫」的內容，只要是以「譎」的手法來表現的便視為「風」，所以他說「風

〔註22〕轉引自裴普賢：〈詩經興義的歷史發展〉，《詩經研讀指導》（台北：東大圖書公司，1991 年），頁 206～207。

之本義，優柔而不直致」（九／836）。而在實際的批評上，他也多將含蓄溫婉的言語逕許爲具有「風」之義，如評〈九辯〉之二：「賦兼『風』也，玩其優柔婉轉之辭則得之矣」（二／740），評〈長門賦〉：「其情思纏綿，敢言而不敢怨者，『風』之義」（三／756），其餘尙有〈少司命〉「中間意思纏綿處似『風』」（一／725）：

> 入不言兮出不辭，乘回風兮載雲旗。悲莫悲兮生別離，樂莫樂兮新相知。荷衣兮蕙帶，儵而來兮忽而逝。夕宿兮帝郊，君誰須兮雲之際？【以上深情感人，又似「風義」。】

〈九章·抽思〉「其『倡曰』一節，意味尤長，不惟兼『比』、『賦』之義，抑且有『風人之旨』」（一／730）：

> 倡曰：有鳥自南兮，來集漢北。好姱佳麗兮，牉獨處此異域。既惸獨而不群兮，又無良媒在其側。道卓遠而日忘兮，願自申而不得。望北山而流涕兮，臨流水而太息。望孟夏之短夜兮，何晦明之若歲。惟郢路之遼遠兮，魂一夕而九逝。曾不知路之曲直兮，南指月與列星。願徑逝而不得兮，魂識路之營營。何靈魂之信直兮，人之心不與吾心同！理弱而媒不通兮，尚不知余之從容。

又〈自悼賦〉的末尾，祝堯也標爲「風」：

> ……。【此以下皆「風」義】顧左右兮和顏，酌羽觴兮銷憂。惟人生兮一世，忽已過兮若浮。已獨享兮高明，處生民兮極休。勉虞精兮極樂，與福祿兮無期。〈綠衣〉兮〈白華〉，自古兮有之。（三／758）

正因爲「風」不限於諷諫的意圖，而泛指一切「優柔而不直致」創作技巧，所以祝堯對這新定義的「風」也特別重視，不僅稱「惟『風』、『比』、『興』三義眞是詩之全體」（九／836），將它與「比」、「興」鼎足而三，甚至認爲「蓋六義中惟『風』、『興』二義每發於情，最爲動人」（三／756），顯然其在「詩」的構成要素中，又較「比」更爲重要了。

第六章 結　論

第一節　《古賦辯體》的理論意義

　　透過文獻的考察，我們可以清楚地發現唐、宋兩代與元代所編撰的賦學著作存有很大的差異：在前六百年，「律賦」選集與「賦格」之類的書一部又一部地問世，但在後一百年，卻由標榜「古賦」之名的書籍佔領閱讀市場。這說明了前後兩個時期讀者的「期待視界」（horizon of expection）並不一致。唐宋時代，律賦是國家考試的重要項目，指導考生寫作的「精選範例」或「必背公式」自然也跟著泛濫流行。不過，在朝野都熱衷文學的唐代，以文章掄才較藝固然是人人稱服，但對於以知性反省為文化精神的宋代而言，可就出現了正反兩面的意見。從表面上看，兩宋對於科舉制度始終有著「考詩賦」或「考經義」的爭執，其實這正是「文學」與「道學」分途後相互角力的結果。此一路線之爭，到了元代終於由理學家取得優勝，經術掌控了晉用人才的管道，律賦與省題詩則一併遭到廢黜。這時，古賦因為沒有格律的限制而較無「害道」之虞，遂被定為衡量考生文筆的新工具，祝堯的《古賦辯體》及《古賦準繩》、《古賦青雲梯》、《古賦題》、《麗則遺音》等書，便是在此一歷史情境下應運而生。

　　《古賦辯體》的編輯，雖然是以幫助學子躍登龍門為原始動機，

但祝堯想做的並不是一本供人記誦的兔園冊子，因此在「如何寫作古賦」的思考過程中，他也確實提出不少有系統、有深度的見解。祝堯所面臨的最主要問題，乃是當時人們雖有心學習古賦，卻不知博觀約取，直接由宋代或六朝古賦入門，以致不是被聲律對偶所縛，就是流於說理議論。祝堯認為，這都是視野偏狹，不明白古賦本質所引起的弊病，於是，他以輯錄賦篇、隨文講解的方式編纂了《古賦辯體》。這些作品循著他所區分的五個時段依次排列，目的正是要帶領讀者熟悉各期辭賦的特點，希望讀者能從中體會古賦的本色，進而把握古賦寫作的原則。值得注意的是，祝堯在《古賦辯體》內雖有「祖騷而宗漢」（三／747）的主張，然而他非但不以為楚辭漢賦篇篇可法，也從不認為兩漢以下一無可取，可見祝堯秉持的還是宋人辨析本色的觀念，而不同於明代復古派模擬特定對象的途徑。至於祝堯的理論，主要可歸納為以下幾點：

1. 賦雖因多用「賦」的手法寫作而有被視為「文」的可能，但是正本清源，賦其實仍該屬於「詩」的系統。因此祝堯堅持賦須以「吟詠情性」為本質，非但不能停留於技巧層面，一味重在寫物圖貌、鋪采摛文，更不能混淆「詩」與「文」的界限，誤認為寓理載道也是古賦的一格。為了貼近古賦情韻綿邈的美感特質，為了避免古賦再被當做是與論說無異的文學形式，古賦除了「賦」之外，也必須多用「比」、「興」來感盪讀者的心靈，如此才算得上是「得賦之正體」、「合賦之本義」（八／818）。

2. 專務俳律的「以文滅質」，及專尚議論的「以質滅文」，祝堯以為皆肇始於對賦體結構中「辭」、「理」這兩個要素的不當偏重，因為一般人都錯將字句的雕飾琢鍊當成是「麗」的來源，又把富有知性意味的學問當成是「則」的條件。但事實上，賦既然以「緣情」為本，賦的「麗則」也該是由「情」統合「辭」、「理」來完成。簡而言之，有真實感受的言語，其辭不流於虛矯詭濫，才是一種耐人尋味的「麗」；至於「則」，只要情感能夠發而中節，作品自然就帶有從容的

理性，議論的內容雖然表面看來有「理」，實際上卻會壞了賦的本體。

　　3. 基於「緣情」的要求，祝堯欣賞的賦篇也與以往稍有不同。例如劉勰推崇的漢賦英傑及其代表作，即是：枚乘〈兔園賦〉、司馬相如〈上林賦〉、賈誼〈鵬鳥賦〉、王褒〈洞簫賦〉、班固〈兩都賦〉、張衡〈兩京賦〉、揚雄〈甘泉賦〉及王延壽〈魯靈光殿賦〉〔註1〕，但祝堯卻主張司馬相如賦中當以〈長門賦〉爲最佳，賈誼的〈弔屈原賦〉也優於〈鵬鳥賦〉；此外，祝堯更特地選了《文心雕龍》沒有談過而且《文選》也不曾選錄的班婕妤〈自悼賦〉及〈擣素賦〉，其中〈擣素賦〉古人早有疑爲假託〔註2〕，但祝堯仍舊執意編入，並給予頗高的評價。可見祝堯根本是有意要改變固有的漢賦典律（canon），試圖扭轉向來賦以寫物爲正宗、抒情爲別調的成見。

　　《古賦辯體》的出現，就自漢以降的賦論傳統而言，實有其特殊的地位。蓋漢人論賦，總是將關切的焦點置於諷諫的功能上，譬如司馬遷《史記·司馬相如列傳》就說：「相如雖多虛辭濫說，然其要歸引之節儉，此與《詩》之風諫何異？」〔註3〕，班固〈兩都賦序〉也指出賦「或以抒下情而通諷諭，或以宣上德而盡忠孝，雍容揄揚，著於後嗣，抑亦雅頌之亞也。」〔註4〕，此殆由於專制政體建立，文士爲了爭取參政的機會，便也仿照儒生把《詩經》「春秋化」的辦法，將賦塑造成「主文而譎諫」的「當代詩」，以便同《詩經》一起列入「諫書」的行列，成爲賦家傳達個人理念的工具〔註5〕。

〔註1〕見劉勰著，王更生注譯：《文心雕龍讀本》（台北：文史哲出版社，1988年），〈詮賦〉，頁133。
〔註2〕例如《文選》〈雪賦〉李善注：「班婕妤〈擣素賦〉曰：『佇風軒而結睇，對愁雲之浮沉』，然疑此文非婕妤之文。」見《文選》（台北：藝文印書館影印宋淳熙本重雕都陽胡氏藏版，1983年），卷十三，頁198。
〔註3〕見司馬遷著，瀧川龜太郎考證：《史記會注考證》（台北：洪氏出版社，1986年），卷一一七〈司馬相如列傳〉，頁1264。
〔註4〕見蕭統編，李善注：《文選》（台北：藝文印書館影宋淳熙本重雕都陽胡氏藏版，1983年），卷一，頁21。
〔註5〕參閱施淑：〈漢代社會與漢代詩學〉，《中外文學》10卷10期，1982

到了魏晉六朝,「詩賦欲麗」承認了文學本以表現為終極目的,賦因此也不必再蒙上道德教化的外衣,堂堂正正地還原為「美麗之文」,而劉勰以「鋪采摛文」解釋「賦者,鋪也」,更說明了賦是一種注重修辭與技巧的文類。於是他們所關切的,便轉而落在「賦該如何表現」的問題上。例如左思〈三都賦序〉指責漢賦「考之果木,則生非其壤;校之神物,則出非其所」,要求「美物者,貴依其本;贊事者,宜本其實」〔註6〕,即是反對作賦浮詭訛濫,虛張聲勢;再看摯虞呼籲掃除「假象過大」、「逸辭過壯」、「辯言過理」、「麗靡過美」等「四過」,劉勰強調「義必明雅」和「辭必巧麗」須兼而有之才是賦的「體要」,他們所思考的,始終環繞著賦的「事」與「辭」究竟應怎樣結合成彬彬諧適的風貌。至於唐、宋時盛行的賦體格樣,雖然今日已經幾盡亡佚,但從現存的鄭起潛《聲律關鍵》及李廌《師友談記》中記載秦觀論賦的片段來看,賦格無疑又是最實際的作法討論。到了祝堯的《古賦辯體》,雖然這整部書想解決的也是寫作問題,但在其理論架構中卻相當重視「情」的成分。本來,「吟詠情性」的提出係針對著宋代古賦已偏離「詩」的本色而發,但因為賦素來很容易流於「為文而造情」,所以祝堯有較以往更強調「寫志」這個層面的趨勢:

> 古之詩人,其賦古也,則於古有懷;其賦今也,則於今有感;其賦事也,則於事有觸;其賦物也,則於物有況。……。彼於其辭,直寄焉而已矣。(五╱778)
>
> 愚故嘗謂賦之為賦,與有辭而無情,寧有情而無辭。(六╱791)

祝堯甚至不希望賦是「鋪也」,他寧願賦就只是「在心為懷,發言為

年3月;謝大寧:〈漢賦興起的歷史意義〉,《漢代文學與思想學術研討會論文集》(台北:文史哲出版社,1991年),頁323~339;簡宗梧師:〈漢賦文學思想源流〉,《漢賦源流與價值之商榷》(台北:文史哲出版社,1980年),頁14~18。

〔註6〕同註4,卷四,頁76。

賦」，只是情感的自然表現。至此，我們大概可以做個簡單的歸納：
漢代的賦論，是完全偏重在能否對「讀者」構成實際的影響；六朝及
唐宋的賦論，則比較留心「作品」本身可以經營出怎樣的美感效果；
至於祝堯的《古賦辯體》，又轉而凸顯「作者」的抒情功能，他的用
意，無非是想藉此改變賦的體質，讓人們了解到賦絕對不是一種光講
究技術的文類。

　　《古賦辯體》的言論在明、清兩代一直是頗被注意的。明初館閣
著名的領袖楊士奇即曾跋《古賦辯體》云：

　　　學賦者必考於此，而後體製不謬。〔註7〕

明代更有不少「改編」《古賦辯體》的情形。例如吳訥《文章辨體》
卷三至卷五的「古賦」，不僅仿照《古賦辯體》以「楚」、「兩漢」、「三
國六朝」、「唐」、「宋」等為次，各體之前的「序說」也是從《古賦辯
體》中「節錄」而來〔註8〕。又陳懋仁註任昉的《文章緣起》，於「賦」
類的註文中有「吳訥云：『祝氏曰：「……」』」，即是將吳訥摘自《古
賦辯體》的話又重抄了一遍〔註9〕。至於徐師曾的《文體明辯》，其於
卷三「賦」類之前的「序說」也是「剪裁」自《古賦辯體》，只不過
徐師曾能比較技巧地拼湊成一篇「賦體發展概述」而已〔註10〕。

　　此外，也不乏引述《古賦辯體》的文字者。例如許學夷《詩源辯
體》卷二「楚」內，便至少有兩則的「祝君澤云：……。」〔註11〕或
如李調元《賦話》卷十，也收有祝堯分別評論黃庭堅、洪咨夔的話兩

〔註7〕楊士奇：《東里續集》（台北：台灣商務印書館影印文淵閣四庫全書
　　　本），卷十九，冊一二三八，頁619。
〔註8〕詳見吳訥：《文章辨體》（明嘉靖三十四年湖州知府徐洛重刊本），「古
　　　賦」類各體前之「序說」。
〔註9〕見任昉著，陳懋仁注：《文章緣起》（台北：台灣商務印書館影印文淵
　　　閣四庫全書本），冊一四七八，頁206～207。
〔註10〕詳見徐師曾：《文體明辯》（京都：中文出版社影日本嘉永五年刻本），
　　　卷三「賦一上」，「序說」，冊一，頁211～212。
〔註11〕許學夷《詩源辯體》未見，此係參閱徐志嘯編：《歷代賦論輯要》（上
　　　海：復旦大學出版社，1991年），頁68～69。

則〔註12〕。而《古賦辯體》中最受到肯定的見解，應該是〈子虛賦〉
題下的一段註，《詩源辯體》引錄說：

> 祝君澤云：「〈子虛〉、〈上林〉、〈兩都〉、〈二京〉、〈三都〉，
> 首尾是文，中間是賦，世傳既久，變而又變，其中間之賦，
> 以鋪張爲靡而專於詞者，則流爲齊梁唐初之俳體；其首尾
> 之文，以議論爲便而專於理者，則流爲唐末及宋之文體。
> 性情益遠，六義漸滅，賦體盡失。……」愚按：古今賦體
> 之變，此爲盡之。〔註13〕

祝堯這段分析在何焯《義門讀書記·文選》第一卷「司馬長卿子虛賦」
條下也全文摘錄〔註14〕，而紀昀《四庫全書總目提要》的「古賦辯體
提要」亦謂：

> 其論司馬相如〈子虛〉、〈上林〉賦，謂問答之體，其源出
> 自〈卜居〉、〈漁父〉，宋玉輩述之，至漢而盛。首尾是文，
> 中間是賦，世傳既久，變而又變，其中間之賦，以鋪張爲
> 靡而專於詞者，則流爲齊梁唐初之俳體；其首尾之文，以
> 議論爲便而專於理者，則流爲唐末及宋之文體。於正變源
> 流，亦言之最確。〔註15〕

但祝堯也有一些不被認同的言論，如何焯《義門讀書記·文選》第一
卷「潘安仁藉田賦」條下曰：

> 祝氏云：「臧榮緒《晉書》以爲『藉田頌』，《文選》以爲『藉
> 田賦』，要之篇末雖是頌，而篇中純是賦，賦多頌少，當爲
> 賦也。馬、揚之賦終以諷，潘、班之賦終以頌，非異也。
> 田獵、禱祀，涉於淫殺，故不可以不諷；奠都、藉田，國
> 家大事，不可不頌，所施各有當也。」按：祝説非也。古

〔註12〕見李調元：《賦話》（台北：世界書局，1961年），卷十，頁109。
〔註13〕同註11所揭書，頁69。
〔註14〕見何焯：《義門讀書記》（京都：中文出版社，1982年），〈文選第一
卷〉，頁391。
〔註15〕見紀昀：《四庫全書總目》（台北：台灣商務印書館影印文淵閣四庫
全書本），卷一八八，〈集部總集類三〉，冊五，頁54，「古賦辯體提
要」。

人賦、頌通爲一名，馬融〈廣成〉，所言田獵，然何嘗不題曰頌耶？……。若云風、頌異施，揚之〈羽獵〉固亦有「遂作頌曰」之文。「不歌而頌謂之賦」，故亦名頌，王褒〈洞簫〉，《漢書》亦謂之頌。〔註16〕

不過紀昀對何焯的批判卻抱持著不同的看法：

何焯《義門讀書記》嘗譏其論潘岳〈藉田賦〉分別賦、頌之非，引馬融〈廣成頌〉爲證，謂古人賦、頌通爲一名。然文體屢變，支派遂分，猶之姓出一源，而氏殊百族，既云「辯體」，勢不得合而一之。焯之所言雖有典據，但追溯本始，知其同出異名可矣，必謂堯強生分別，即爲杜撰，是亦非通方之論也。〔註17〕

然而兩人的意見分歧，只是各自考慮的角度不同，倒也無須判斷誰是誰非。又如許學夷《詩源辯體》曰：

〈騷〉辭雖總雜重複，興寄不一，細繹之，未嘗不聯絡有緒，元美所謂「雜而不亂，複而不厭」是也。學者苟能熟讀涵泳，於窈冥恍惚中得其脈絡，識其深永之妙，則〈騷〉之眞趣乃見。後人學〈騷〉者，於六義亦未嘗缺，而深永處實少，此又君澤所未悉也。〔註18〕

許氏之言，大抵是依據王世貞《藝苑巵言》卷一：「騷覽之，須令人裴回循咀，且感且疑，再反之，沉吟歔欷，又三復之，涕淚俱下，情事欲絕。」〔註19〕，及胡應麟《詩藪・內篇》卷一所云：「〈離騷〉之致，深永爲宗」〔註20〕。這是明人對楚辭的新體驗，卻不必然是祝堯的不足之處。

〔註16〕同註14。

〔註17〕同註15。

〔註18〕此語亦未見於徐志嘯所編《歷代賦論輯要》，係轉引自鄧國光：〈祝堯《古賦辯體》的賦論〉，香港中文大學中國文化研究所主辦「第二屆國際賦學研討會」論文。

〔註19〕王世貞：《藝苑巵言》卷一，丁福保編：《續歷代詩話》（台北：木鐸出版社，1983年），冊中，頁962。

〔註20〕胡應麟：《詩藪》（台北：廣文書局），「內編」卷一。

第二節 《古賦辯體》與當代賦學

《古賦辯體》對於現今的賦學「典範」(paradigm) 也有相當的影響。以下就從「賦的體製」和「賦的演進」這兩方面略做說明。

目前介紹賦的書中常常見到的「四分法」：古賦、俳賦、律賦、文賦，可以說是導源於《古賦辯體》。然而《古賦辯體》雖有近似的名稱，卻不曾把賦分成四個「類」，對祝堯來說，賦其實只有兩類，那就是「古賦」與「律賦」，而所謂「古賦」，乃是相對於「律賦」而言，泛指「律賦」以外的賦。至於「俳」，則是用來指稱某些通篇對偶、聲律考究的「古賦」，而「文」，則是專指某些內容上偏重議論說理的「古賦」。基本上，祝堯爲古賦區判體製，完全是依照「時代」來劃分，而「俳」與「文」固然可能是某個時期中賦的特色，例如「三國六朝體」多屬「俳體」、「宋體」多屬「文體」，但它們也可以在其他時期出現，像「唐體」中便是有「俳體」(如〈明堂賦〉) 也有「文體」(如〈阿房宮賦〉)，甚至在一篇作品內，也可以分出部分是「俳體」(如〈愁陽春賦〉)，或者部分是「文體」(如〈颶風賦〉)。不過，到了明代徐師曾時，這「俳」與「文」便和「古」、「律」一起並列爲「類別」的名稱，我們不妨看看他眼中的「古賦」、「俳賦」和「文賦」各是什麼樣的作品：

1. 古 賦：

長門賦	漢	司馬相如	登樓賦	魏	王粲
自悼賦	漢	班婕妤	遊天台山賦	晉	孫綽
擣素賦	漢	班婕妤	甘泉賦	漢	揚雄
思玄賦	漢	張衡	黃樓賦	宋	秦觀
歎逝賦	晉	陸機	超然臺賦	宋	蘇轍
秋興賦	晉	潘岳	屈原廟賦	宋	蘇軾
閔己賦	唐	韓愈	屈原廟賦	宋	蘇轍
別知賦	唐	韓愈	子虛賦	漢	司馬相如

閔生賦	唐	柳宗元	上林賦	漢	司馬相如
夢歸賦	唐	柳宗元	兩都賦	漢	班固
病暑賦	宋	張耒	藉田賦	晉	潘岳
服賦	漢	賈誼	大禮慶成賦	宋	張耒
鸚鵡賦	漢	彌衡	黃樓賦	宋	蘇轍
鷦鷯賦	晉	張華			

2. 俳 賦：

文賦	晉	陸機	野鵝賦	宋	鮑照
蕪城賦	宋	鮑照	赭白馬賦	宋	顏延之
雪賦	宋	謝惠連	舞鶴賦	宋	鮑照
月賦	宋	謝莊	螢火賦	唐	駱賓王
嘯賦	晉	成公綏			

3. 文 賦：

長楊賦	漢	揚雄	前赤壁賦	宋	蘇軾
阿房宮賦	唐	杜牧	後赤壁賦	宋	蘇軾
秋聲賦	宋	歐陽修	颶風賦	宋	蘇過

　　大致說來，徐氏只是將《古賦辯體》的「三國六朝體」與「唐體」中排偶尤盛者另立一「俳賦」，將「宋體」中較有說理意味者及祝堯本來就目爲「文體古賦」的〈長楊〉、〈阿房宮〉二賦另立一「文賦」，因此基本上他仍承襲了祝堯的想法，只是把原先「古賦」的範圍縮小了一點，如此一來，徐師曾所謂的「古賦」也就與祝堯不同，它具有價值判斷的意義，指的是「古賦中的（純）古賦」。不過，徐師曾將祝堯的「古賦／律賦」和「俳體／文體」這兩組概念疊合爲一分類系統，卻大有商榷之處。首先是「古賦」既是一個價值判斷語彙，原本就與「律」、「俳」、「文」之名不在同一分類層級上；但就算是「俳」、「律」、「文」之間，也不是在同一個分類基礎上做區別，譬如「俳賦」是依

照語言形式分的，但「文賦」則是依照內容分的，所以這「古／俳／律／文」之分，就像是把人分為男人、女人、老人和教授一樣特別。

民國以來的賦學論著，通常仍繼續使用「古賦」、「俳賦」、「律賦」、「文賦」這些名稱，但定義稍有改變，其中較可注意的是「古賦」和「文賦」：

> 漢代的賦是古賦。古賦又叫辭賦。
>
> 文賦……，而是用寫散文的方法寫賦。（王力《古代漢語》）
>
> 古賦指楚辭、孫賦及兩漢篇章而言。
>
> 文賦……，既不斷斷於格律，亦不兢兢於排比對偶，第以作散文方法行之。（丘瓊蓀《詩賦詞曲概論》）

「文賦」以「文句散文化」重新詮釋，當然可免於一個分類系統雜有多重分類標準的情況，不過，以「漢代的賦」定義「古賦」，不僅和以語言形式定義的「俳賦」、「律賦」、「文賦」基礎大異，而且也顯示了此一分類系統還是糅有「時代」和「語言形式」兩種基準，張正體《賦學》中的「賦體流變圖」最足以說明這個現象〔註21〕：

周末屈宋—漢文景之治	漢武帝—魏晉之時	六朝晉宋—唐初	唐—宋初	宋—元	明—清
騷賦	辭賦	駢賦	律賦	文賦	股賦
孕育創始	形成而鼎盛	轉變為俳偶	再變重聲律對偶	偶語而散文化	對法成形式化

或如傅隸樸《中國韻文概論》云：

> 賦的流變，隨時代而異，戰國時屈原宋玉等的作品，被稱為騷賦，到漢代一變而為古賦，到六朝再變而為排賦，到唐代則由排賦變而為律賦，到宋代又由律賦變而為文賦。
>
> 〔註22〕

然而賦真是這樣井然有序地單線發展嗎？這樣的敘述豈不反而模糊

〔註21〕張正體：《賦學》（台北：台灣學生書局，1982 年），頁 18。

〔註22〕傅隸樸：《中國韻文概論》（台北：中華文化出版事業社，1954 年），頁 5023，同註 22，頁 285。

了唐、宋已有的「古／律」之別，讓人誤以爲唐代只有律賦而宋代
已無律賦呢？甚至爲了描述明清賦，又不得不生出「股賦」之名，
其實所謂「股賦」，根本不是受八股文影響才出現的新產物，它就是
唐宋時候的律賦而已。再者，呼兩宋爲「文賦時代」也使人易生疑
惑，因爲新定義的「文賦」取「文句散行」之意，正是相對於「俳」、
「律」而言，但號稱「古賦」的漢賦亦未入於俳律，豈非恰巧也是
一種「文賦」呢？張正體引鈴木虎雄之說：「徐師曾之意，有議論與
隨時押爲文賦，並以揚雄〈長楊賦〉爲文賦，則如雄之〈羽獵〉、司
馬相如之〈子虛〉、〈上林〉亦可收之於文賦之中，如此，古賦、文
賦將無所別。」〔註23〕，正凸顯出這樣的困擾。故由上述可知，以
「古／俳／律／文」疊合「漢／六朝／唐／宋」爲一分類系統，表
面上看似乎是一以貫之，簡單明瞭，但仔細推究起來，卻是夾纏不
清，轇葛實多。因此，如果我們眞的想爲賦進行分類，便該一次只
採用一種分類標準，例如馬積高的《賦史》，只依語言形式區分爲「騷
體」、「詩體」、「文體」三類〔註24〕，便可以供做參考。

　　關於「賦的演進」，我們經常可以聽到類似如下的說法：

　　（賦）變於騷，盛於漢魏，極於六朝，至唐律賦行而體始
　　卑矣。〔註25〕

　　總之，賦當以楚辭爲正則，自漢魏而後，愈趨愈下，而走
　　向沒落之路。〔註26〕

這無疑是利用「一時代有一時代之文學」及「生物有機循環的命定論」
來解釋賦的變遷。五四以後，許多文學史著作都在這套觀點的支配下
〔註27〕，只安排賦在由它獨領風騷的兩漢時期露面，如劉麟生的《中

〔註23〕同註21，頁285。
〔註24〕參閱馬積高：《賦史》（上海：上海古籍出版社，1987年），頁4～6。
〔註25〕薛鳳昌：《文體論》（台北：台灣商務印書館，1977年），頁99。
〔註26〕李曰剛：《辭賦流變史》（台北：文津出版社，1987年），頁4。
〔註27〕有關五四時期的文學史觀及其影響，可參閱龔鵬程：〈試論文學史之
　　　研究〉，收於中國古典文學研究會主編：《古典文學》（台北：台灣學

國文學史》、顧實的《中國文學史大綱》、胡雲翼的《中國文學史》等，便都只在「漢代文學」的部分介紹賦這個文類。或有願意繼續往下討論者，也僅僅止於魏晉南北朝，而且多是輕描淡寫，例如譚正璧《中國文學史》處理賦，於第二編「兩漢文學」中尚專有一章，但在第三編「魏晉南北朝文學」裡，就與詩合爲一章了；又如劉大杰的《中國文學發展史》，對於魏晉以後的賦也只是在第五章內別立一節「漢以後的賦」，以比較簡略的方式做點交代便罷。甚至早年研究韻文或辭賦的專論，也有意無意地向讀者灌輸「唐以後無賦」的思想，如梁啓勳《中國韻文概論》談賦，從戰國依次談到南朝梁即告中斷末尾則僅摘錄〈秋聲〉、〈赤壁〉兩賦各數句，便匆匆了結；或如丘瓊蓀《詩賦詞曲概論》，也是分別以兩章的篇幅介紹「戰國兩漢的賦」及「魏晉南北朝的賦」，但對於唐宋賦則只是抄上〈鵩賦〉、〈江南春賦〉及〈前赤壁賦〉三首充數；又如陳去病的《辭賦學綱要》，其第二章到第十五章均集中討論兩漢賦，而魏晉、六朝只各分佔一章，唐代與宋代更是合在一章。他們對時代越晚的賦就越加貶抑的心態，至爲明顯。而此中尤可注意的一點，就是在丘瓊蓀《詩賦詞曲概論》、傅隸樸《中國韻文概論》、或者陳去病的《辭賦學綱要》中，都可以見到他們提及「徐師曾」這個人。當然，他們的賦史觀並非來自《文體明辯》，但他們願意在書中將徐氏引爲同志，正顯示他們肯定徐氏的見解——包括了對賦體的區別和賦史的詮釋。

但正如我們所知，徐師曾的賦史觀根本完全是從祝堯《古賦辯體》中得來。徐師曾所以會接受祝堯的論調，並不是因爲其言放諸古今皆準，而是因爲它恰好與明代復古派的理念契合，所以，我們自然不能忽略祝堯《古賦辯體》認定屈騷以後的賦一代不如一代，其實也是帶有個人偏見的解釋。

難道這是祝堯故意散播不實的訊息？或是祝堯見識膚淺、以管窺

生書局，年），第五集：鄭志明：〈五四思潮對文學史觀的影響〉，收於《五四文學與文化變遷》（台北：台灣學生書局，1990年）。

天？事實不然。因爲歷史所處理的對象需要內在的理解，所以歷史在解釋的過程中，必然會因歷史家以自己的標準與價值處理證據，而形成克羅齊（Benedetto Croce）所謂「詩學的歷史」（poetic history）。克羅齊認爲史家均含有偏見，其所著爲不客觀的歷史也是必然的。不過克羅齊並不以此爲意，他反而指出：「所有眞正的歷史都是當代史」（All true history is contemporary history）。他認爲眞正的「歷史」，必須與當代的「需求」（interest）相關聯，因此絕對不能缺少思想作用，它必須是由史家重新體驗、賦予生命，根據當時的「需求」以決定過去那些事件值得研究，該做什麼解釋。否則，那便只是「死的歷史」，只能算是「編年誌」（chronicles）。但如此一來，豈非每一部歷史都是基於某一時空的偏見寫成，我們又如何判斷歷史的眞假呢？以克羅齊的眼光看，任何歷史作品由於它至少代表精神自我展現的階段，所以每部歷史在某種意義上都眞，只不過精神永遠在變，每部歷史也都將被後出者所取代。〔註28〕

　　由此看來，《古賦辯體》的賦史觀儘管含有不少偏見，但終究是在元代全面崇尚古賦的環境下，針對過去辭賦遺產重新體驗之後所做成的「當代史」；而民國早期會普遍認同徐師曾（也就等於是祝堯）對賦史演變的看法，也是因爲這種見解恰好能與當時的思潮相互應和。如今時過境遷，假如我們不經思考，就要戴上元代、明代或者民初的有色鏡片來審視賦史，所見到的又如何能不是變形扭曲的面目呢？然而，從最近的研究趨向觀察，像馬積高《賦史》說道：「唐賦不僅數量之多超過前此任何一代（現存一千餘篇），即就思想性和藝術性來說，也超過前此任何一代。」〔註29〕，葉幼明《辭賦通論》也改稱唐、宋是辭賦發展的「高峰期」〔註30〕，而簡宗梧師亦撰寫〈試

〔註28〕以上關於克羅齊的史學思想，參考江金太：《歷史與政治》（台北：桂冠圖書公司，1987年），第一章「歷史相對主義」。

〔註29〕同註24，頁252。

〔註30〕參見葉幼明：《辭賦通論》（湖南教育出版社，1991年），第三章第四節。

論唐賦之發展及其特色〉一文，分別從體製、句型、內容諸方面重新
評估唐賦的歷史地位〔註31〕，並指導學生完成《唐律賦研究》、《初唐
賦研究》等論文〔註32〕，這些都顯示了當代對於賦的認識，已經逐漸
擺脫舊有典範的支配，而正朝著建立一個新的賦史觀邁進。

<hr>

〔註31〕文收於中國唐代學會主編：《第二屆國際唐代學術會議論文集》（台
　　　　北：文津出版社，1994 年），上冊。
〔註32〕馬寶蓮：《唐律賦研究》，中國文化大學中國文學研究所博士論文，1993
　　　　年；白承錫：《初唐賦研究》，政治大學中國文學研究所博士論文，1994
　　　　年。

徵引書目

1. 本書目只包括正文及附註曾徵引的書籍與論文。(「引言」中介紹賦論研究概況時提到的文章亦不列入)
2. 中文資料先略分古代文獻、近人論著兩種,再按其他細目歸類;英文資料則以數量少且多屬工具書,不另分類。
3. 中文資料依著、編者姓氏之筆畫多寡排列;英文資料則依著、編者姓氏之字母次序排列。

一、中文古代文獻

經籍、史地類

1. 毛亨傳,鄭玄箋,孔穎達疏:《詩經》,影十三經注疏本,台北:藝文印書館。
2. 王定保:《唐摭言》,影印文淵閣四庫全書本,台北:台灣商務印書館。
3. 司馬遷著,瀧川龜太郎考證:《史記會注考證》,台北:洪氏出版社,1986 年。
4. 朱熹:《詩集傳》,台北:台灣學生書局,1970 年。
5. 托克托:《宋史》,台北:鼎文書局,1980 年。
6. 宋濂:《元史》,台北:鼎文書局,1981 年。
7. 杜佑:《通典》,台北:台灣商務印書館,1987 年。

8. 李心傳：《建炎以來朝野雜記》，影印文淵閣四庫全書本，台北：台灣商務印書館。

9. 封演：《封氏聞見記》，影印文淵閣四庫全書本，台北：台灣商務印書館。

10. 姚思廉、魏徵：《梁書》，台北：鼎文書局，1980 年。

11. 徐松：《登科記考》，京都：中文出版社，1982 年。

12. 班固著，顏師古注：《漢書》，台北：宏業書局，1984 年。

13. 馬端臨：《文獻通考》，台北：台灣商務印書館，1987 年。

14. 歐陽脩、宋祁：《新唐書》，台北：鼎文書局，1980 年。

15. 劉昫、張昭遠：《舊唐書》，台北：鼎文書局，1980 年。

16. 蕭子顯：《南齊書》，台北：鼎文書局，1980 年。

17. 不著撰人：《（江西）廣信府志》，影同治十二年刊本，台北：成文出版社。

18. 不著撰人：《（浙江）衢州府志》，影光緒八年重刊本，台北：成文出版社。

19. 不著撰人：《（江蘇）無錫金匱縣志》，影光緒七年刊本，台北：成文出版社。

文學類

1. 王世貞：《藝苑卮言》，丁福保編：《歷代詩話續編》，台北：木鐸出版社，1983 年。

2. 王若虛：《滹南集》，影印文淵閣四庫全書本，台北：台灣商務印書館。

3. 王惲：《秋澗集》，影印文淵閣四庫全書本，台北：台灣商務印書館。

4. 王構：《修辭鑑衡》，影印文淵閣四庫全書本，台北：台灣商務印書館。

5. 任昉著，陳懋仁注：《文章緣起》，影印文淵閣四庫全書本，台北：台灣商務印書館。

6. 朱熹：《楚辭集注》，台北：文津出版社，1987 年。

7. 呂祖謙：《皇朝文鑑》，四部叢刊初編影常熟瞿氏藏宋本，上海商務印書館。

8. 吳訥：《文章辨體》，明嘉靖三十四年湖州知府徐洛重刊本。

9. 吳澄：《吳文正公集》，影印文淵閣四庫全書本，台北：台灣商務印書館。

10. 李昉：《文苑英華》，影印文淵閣四庫全書本，台北：台灣商務印書館。

11. 李昉：《太平廣記五百卷》，台北：新興書局，1958年。

12. 李夢陽：《空同集》，影印文淵閣四庫全書本，台北：台灣商務印書館。

13. 李調元：《賦話》，台北：世界書局，1961年。

14. 李繼本：《一山文集》，影印文淵閣四庫全書本，台北：台灣商務印書館。

15. 洪興祖：《楚辭補注》，台北：長安出版社，1987年。

16. 洪邁：《容齋隨筆》，台北：大立出版社，1981年。

17. 周文樸：《方泉詩集》，影印文淵閣四庫全書本，台北：台灣商務印書館。

18. 祝堯：《古賦辯體》，明成化二年淮陽金宗潤刊本。

19. 祝堯：《古賦辯體》，明刊白口十行本。

20. 祝堯：《古賦辯體》，影印文淵閣四庫全書本（四庫全書珍本六集），台北：台灣商務印書館。

21. 祝堯：《古賦辯體》，影印文淵閣四庫全書本（在影印文淵閣四庫全書第一三六六冊中），台北：台灣商務印書館。

22. 胡仔：《苕溪漁隱叢話》，台北：長安出版社，1978年。

23. 胡助：《純白齋類稿》，影印文淵閣四庫全書本，台北：台灣商務印書館。

24. 胡應麟：《詩藪》，台北：廣文書局。

25. 范成大：《石湖詩集》，影印文淵閣四庫全書本，台北：台灣商務印書館。

26. 范仲淹：《范文正別集》，影印文淵閣四庫全書本，台北：台灣商務印書館。

27. 姚鉉：《唐文粹》，四部叢刊初編影明嘉靖刊本，上海商務印書館。

28. 徐師曾：《文體明辯》，京都：中文出版社影日本嘉永五年刻本。

29. 晁補之：《雞肋集》，影印文淵閣四庫全書本，台北：台灣商務印書館。

30. 袁桷：《清容居士集》，影印文淵閣四庫全書本，台北：台灣商務印書館。

31. 真德秀：《文章正宗》，影印文淵閣四庫全書本，台北：台灣商務印書館。

32. 孫梅：《四六叢話》，台北：世界書局，1962 年。

33. 許有壬：《至正集》，影印文淵閣四庫全書本，台北：台灣商務印書館。

34. 章樵：《古文苑》，四部叢刊初編影常熟瞿氏藏宋本，上海：上海商務印書館。

35. 陳師道：《後山詩話》，何文煥編：《歷代詩話》：台北：木鐸出版社，1982 年。

36. 陳懋仁：《續文章緣起》，新文豐出版公司編：叢書集成新編冊八十，台北：新文豐出版公司，1985 年。

37. 陳繹曾：《文說》，影印文淵閣四庫全書本，台北：台灣商務印書館。

38. 陳繹曾：《詩譜》，丁福保編：《歷代詩話續編》，台北：木鐸出版社，1983 年。

39. 張戒：《歲寒堂詩話》，丁福保編：《歷代詩話續編》，台北：木鐸出版社，1983 年。

40. 黃庭堅：《山谷集》，影印文淵閣四庫全書本，台北：台灣商務印書館。

41. 遍照金剛著，簡恩定導讀：《文鏡秘府論》，台北：金楓出版有限公司，1987 年。

42. 楊士奇：《東里續集》，影印文淵閣四庫全書本，台北：台灣商務印書館。

43. 楊維楨：《麗則遺音》，影印文淵閣四庫全書本，台北：台灣商務印書館。

44. 楊傑：《無為集》，影印文淵閣四庫全書本，台北：台灣商務印書館。

45. 楊載：《詩法家數》，何文煥編：《歷代詩話》，台北：木鐸出版社，1982 年。

46. 董誥：《欽定全唐文》，台北：文海出版社，1972 年。

47. 蒲壽宬：《心泉學詩稿》，影印文淵閣四庫全書本，台北：台灣商務印書館。

48. 趙孟頫：《松雪齋集》，影印文淵閣四庫全書本，台北：台灣商務印書館。

49. 鄭起潛：《聲律關鍵》，阮元編：宛委別藏冊一一六，台北：台灣商務印書館。

50. 劉克莊：《後村先生大全集》，四部叢刊初編縮印賜硯堂鈔本，上海商務印書館。

51. 劉祁:《歸潛志》,影印文淵閣四庫全書本,台北:台灣商務印書館。

52. 劉勰著,王更生注譯:《文心雕龍讀本》,台北:文史哲出版社,1988年。

53. 歐陽脩:《歐陽脩全集》,台北:世界書局,1961年。

54. 樓昉:《崇古文訣》,影印文淵閣四庫全書本,台北:台灣商務印書館。

55. 謝枋得:《文章軌範》,影印文淵閣四庫全書本,台北:台灣商務印書館。

56. 魏泰:《臨漢隱居詩話》,何文煥編:《歷代詩話》,台北:木鐸出版社,1982年。

57. 蕭統編,李善注:《文選》,影宋淳熙本重雕鄱陽胡氏藏版,台北:藝文印書館,1983年。

58. 嚴可均:《全上古三代秦漢三國六朝文》,台北:世界書局,1969年。

59. 嚴羽著,黃景進師撰述:《滄浪詩話》,台北:金楓出版有限公司,1986年。

60. 蘇天爵:《國朝文類》,四部叢刊初編縮印元刊本,上海商務印書館。

61. 蘇軾:《蘇軾全集》,台北:世界書局,1964年。

62. 不著撰人:《青雲梯》,宛委別藏本(冊一一五),台北:台灣商務印書館。

目錄、類書及其他

1. 王符著,汪繼培箋:《潛夫論箋》,台北:世界書局,1969年。

2. 王欽若:《冊府元龜》,台北:大化書局,1984年。

3. 朱熹:《朱子語類》,影明刊宋淳咸六年導江黎氏本,台北:正中書局。

4. 何焯:《義門讀書記》,京都:中文出版社,1982年。

5. 李昉:《太平御覽》,影南宋蜀刊本,台北:台灣商務印書館,1974年。

6. 李鷹:《師友談記》,影印文淵閣四庫全書本,台北:台灣商務印書館。

7. 阮元:《四庫未收書目提要》,台北:台灣商務印書館,1978年。

8. 紀昀:《四庫全書總目提要》,影印文淵閣四庫全書本,台北:台灣商務印書館。

9. 凌迪知:《萬姓統譜》,台北:新興書局,1971年。

10. 晁公武：《郡齋讀書志》，台北：台灣商務印書館，1978 年。

11. 許衡：《魯齋遺書》，影印文淵閣四庫全書本，台北：台灣商務印書館。

12. 崔述：《考古續説》，影百部叢書集成畿撫叢書本，台北：藝文印書館。

13. 焦竑：《國史經籍志》，《明史藝文志廣編》，台北：世界書局，1963 年。

14. 揚雄著，汪榮寶疏：《法言義疏》，台北：世界書局，1962 年。

15. 黃虞稷：《千頃堂書目》，《遼金元藝文志》，台北：世界書局，1963 年。

16. 陳振孫：《直齋書錄解題》，台北：台灣商務印書館，1978 年。

17. 陳夢雷：《古今圖書集成》，台北：鼎文書局，1980 年。

18. 程頤、程顥：《二程全書》，台北：台灣中華書局，1966 年。

19. 虞世南：《北堂書鈔》，台北：新興書局，1978 年。

20. 劉壎：《隱居通議》，影印文淵閣四庫全書本，台北：台灣商務印書館。

21. 錢大昕：《補元史藝文志》，《遼金元藝文志》，台北：世界書局，1976 年。

22. 盧文弨：《補遼金元藝文志》，《遼金元藝文志》，台北：世界書局，1976 年。

二、中文近人論著

專　書

1. 方師鐸：《傳統文學與類書之關係》，天津：天津古籍出版社，1986 年。

2. 丘瓊蓀：《詩賦詞曲概論》，台北：台灣中華書局，1966 年。

3. 王力：《古代漢語》，北京：中華書局，1990 年。

4. 王夢鷗、許國衡譯：《文學論》，台北：志文出版社，1990 年。

5. 王夢鷗：《初唐詩學著述考》，台北：台灣商務印書館，1977 年。

6. 王夢鷗：《古典文學論探索》，〈嚴羽以禪喻詩試解〉，〈劉勰宗經六義試詮〉，台北：正中書局，1987 年。

7. 王夢鷗：《文學概論》，台北：藝文印書館，1991 年。

8. 皮錫瑞：《經學歷史》，台北：藝文印書館，1987 年。

9. 江金太：《歷史與政治》,〈歷史相對主義〉,台北：桂冠圖書公司。

10. 李曰剛：《辭賦流變史》,台北：文津出版社,1987 年。

11. 施友忠：《二度和諧及其他》,〈劉勰文心雕龍英譯導言〉,台北：聯經出版事業公司,1976 年。

12. 胡適：《白話文學史》,台北：遠流出版事業股份有限公司,1986 年。

13. 胡雲翼著,江應龍校訂：《中國文學史》,台北：華正書局,1975 年。

14. 徐志嘯：《歷代賦論輯要》,上海：復旦大學出版社,1991 年。

15. 徐復觀：《中國文學論集》,〈文心雕龍的文體論〉,〈釋詩的比興——重新奠定中國詩的欣賞基礎〉,台北：台灣學生書局,1990 年。

16. 孫克寬：《元代漢文化之活動》,台北：台灣中華書局,1968 年。

17. 郭紹虞：《中國文學批評史》,台北：文史哲出版社,1988 年。

18. 郭紹虞：《照隅室古典文學論集》,〈賦在中國文學史上的位置〉,上海：上海古籍出版社,1983 年。

19. 郭紹虞：《中國歷代文論選》,上海：上海古籍出版社,1990 年。

20. 張正體：《賦學》,台北：台灣學生書局,1982 年。

21. 陶秋英：《漢賦之史的研究》,台北：新文豐出版公司,1980 年。

22. 陳去病：《辭賦學綱要》,台北：文海出版社,1971 年。

23. 曾永義：《中國文批評資料彙編——元代》,台北：成文出版社,1978 年。

24. 傅隸樸：《中國韻文概論》,台北：中華文化出版事業社,1954 年。

25. 黃景進師：《嚴羽及其詩論之研究》,台北：文史哲出版社,1986 年。

26. 鈴木虎雄著,殷石臞譯：《賦史大要》,台北：正中書局,1992 年。

27. 葉幼明：《辭賦通論》,湖南教育出版社,1991 年。

28. 葉朗：《中國美學史大綱》,台北：滄浪出版社,1986 年。

29. 廖蔚卿：《六朝文論》,台北：聯經出版事業公司,1985 年。

30. 裴普賢：《詩經研讀指導》,〈詩經興義的歷史考察〉,台北：東大圖書公司,1990 年。

31. 劉大杰：《中國文學發展史》,台北：華正書局,1987 年。

32. 劉麟生：《中國文學史》,台北：中新書局,1977 年。

33. 劉若愚著,杜國清譯：《中國文學理論》,台北：聯經出版事業公司,1991 年。

34. 鄭子瑜：《中國修辭學史》,台北：文史哲出版社,1990 年。

35. 蔡英俊：《比興物色與情景交融》,台北：大安出版社,1986 年。

36. 龍沐勛：《中國韻文史》，台北：樂天出版社，1970 年。

37. 薛鳳昌：《文體論》，台北：台灣商務印書館，1977 年。

38. 顏崑陽：《六朝文學觀念叢論》，〈論文心雕龍「辨證性的文體觀念架構」〉，台北：正中書局，1993 年。

39. 簡宗梧師：《漢賦源流與價值之商榷》，〈漢賦文學思想源流〉，〈漢賦瑋字源流考〉，〈對漢賦若干疵議之商榷〉，台北：文史哲出版社，1980 年。

40. 簡宗梧師：《漢賦史論》，〈編纂《全漢賦》之商榷〉，〈從揚雄的模擬與開創看賦的發展與影響〉，台北：東大圖書公司，1993 年。

41. 譚正璧：《中國文學史》，台北：華正書局，1974 年。

42. 顧實：《中國文學史大綱》，台北：文海出版社，1971 年。

43. 龔鵬程：《詩史本色與妙悟》，〈論本色〉，台北：台灣學生書局，1986 年。

44. 龔鵬程：《文學批評的視野》，〈從《呂氏春秋》到《文心雕龍》——自然氣感與抒情自我〉，台北：大安出版社，1990 年。

45. 龔鵬程：《文化符號學》，〈文學崇拜與中國社會——以唐代為例〉台北：台灣學生書局，1992 年。

學位論文

1. 白承錫：《初唐賦研究》，政治大學中文研究所博士論文，1994 年。

2. 馬寶蓮：《唐律賦研究》，中國文化大學中文研究所博士論文，1993 年。

3. 陳昌明：《六朝「緣情」觀念研究》，台灣大學中文研究所碩士論文，1987 年。

4. 黃明理：《晚明文人型態研究》，台灣師範大學國文研究所碩士論文，1989 年。

5. 楊建國：《天人感應哲學與兩漢魏晉文學思想》，東海大學中文研究所碩士論文，1991 年。

期刊、論文集、學術會議論文

1. 丁崑健：〈元代的科舉制度（上）〉，《華學月刊》124 期，1982 年 4 月。

2. 丁崑健：〈元代的科舉制度（下）〉，《華學月刊》125 期，1982 年 5 月。

3. 王文生：〈「詩言志」——中國文學思想的最早綱領〉，《中國文哲研究集刊》3 期，1983 年 3 月。

4. 竹治貞夫著，徐公持譯：〈楚辭的二段式結構〉，尹錫康、周發祥編：《楚辭資料海外編》，湖北人民出版社，1986 年。

5. 呂正惠譯：〈俄國形式主義〉，呂正惠、蔡英俊編：《中國文學批評（第一集）》，台北：台灣學生書局，1992 年。

6. 李生龍：〈全國首屆賦學討論會綜述〉，《中國古代、近代文學研究》1989 年 4 期。

7. 李正治：〈文學術語辭典：興象〉，《文訊》29 期，1987 年 4 月。

8. 金中樞：〈北宋科舉制度研究（上）〉，《新亞學報》6 卷 1 期，1964 年。

9. 金中樞：〈北宋科舉制度研究（下）〉，《新亞學報》6 卷 2 期，1964 年。

10. 施淑：〈漢代社會與漢代詩學〉，《中外文學》10 卷 10 期，1982 年 3 月。

11. 姜建強：〈堯斯接受美學中的期待視野探論〉，《美學》1993 年 10 期。

12. 袁燕萍：〈「文以氣爲主」一說之論析〉，《書目季刊》22 卷 2 期，1988 年 9 月。

13. 袁燕萍：〈釋《文心雕龍‧定勢》篇「因情立體，即體成勢」義〉，《書目季刊》23 卷 2 期，1989 年 9 月。

14. 梅家玲：〈《毛詩序》「風教說」探析〉，《臺大中文學報》3 期，1989 年 12 月。

15. 曹虹：〈從「古詩之流」說看兩漢之際賦學的漸變及其文化意義〉，《文學評論》1991 年 4 期。

16. 張靜二：〈曹丕的文氣說〉，《漢學研究》3 卷 1 期，1985 年 6 月。

17. 張靜二：〈試論文類學的研究範疇〉，《美國文學‧比較文學‧莎士比亞》，台北：書林出版社，1990 年。

18. 陳國球：〈文學結構的生成、演化與接受闡——伏迪契卡的文學史理論〉，《中外文學》15 卷 8 期，1987 年 1 月。

19. 黃景進師：〈論儒學對魏晉至齊梁文論之影響——兼論六朝文藝美學之特徵〉，《中華學苑》36 期，1988 年 4 月。

20. 黃維樑：〈精雕龍與精工甕——劉勰和「新批評家」對結構的看法〉，《中外文學》18 卷 7 期，1989 年 12 月。

21. 楊勝寬：〈蘇軾與理學家的性情之爭〉，《四川大學學報》（哲社）1993

年 1 期。

22. 楊勝寬：〈試論宋賦尚意的表現特徵〉，《西南師範大學學報》（哲社）1993 年 1 期。

23. 鄭志明：〈五四思潮對文學史觀的影響〉，中國古典文學研究會編：《五四文學與文化變遷》，台北：台灣學生書局，1990 年。

24. 鄭毓瑜：〈六朝文學審美論探究〉，《中外文學》21 卷 5 期，1992 年10 月。

25. 蔡英俊：〈曹丕「典論論文」析論〉，《中外文學》8 卷 12 期，1980年 5 月。

26. 鄧國光：〈祝堯《古賦辯體》的賦論〉，香港中文大學中國文化研究所主辦「第二屆國際賦學研討會」論文，1992 年 10 月。

27. 謝大寧：〈漢賦興起的歷史意義〉，政治大學中國文學系所主編：《漢代文學與思想學術研討會論文集》，台北：文史哲出版社，1991 年。

28. 顏崑陽：〈《文心雕龍》「知音」觀念析論〉，呂正惠、蔡英俊編：《中國文學批評（第一集）》，台北：台灣學生書局，1992 年。

29. 蕭啓慶：〈忽必列時代「潛邸舊侶」考（上）〉，《大陸雜誌》25 卷 1期，1962 年 7 月。

30. 蕭啓慶：〈忽必列時代「潛邸舊侶」考（中）〉，《大陸雜誌》25 卷 2期，1962 年 8 月。

31. 蕭啓慶：〈忽必列時代「潛邸舊侶」考（下）〉，《大陸雜誌》25 卷 3期，1962 年 9 月。

32. 蕭啓慶：〈元代科舉與菁英流動〉，《漢學研究》5 卷 1 期，1987 年 6月。

33. 羅聯添：〈唐代進士科試詩賦的開始及其相關問題〉，《中國歷史學會史學集刊》17 期，1985 年。

34. 龔鵬程：〈知性的反省——宋詩的基本風貌〉，蔡英俊編：《意象的流變》，台北：聯經出版事業公司，1989 年。

三、英文資料

1. Abrams, M.H.. A Glassary of Literary Terms，6 edition. Orlando：Harcourt Brace Jovanovich College Publisher, 1993.

2. Cuddon, J.A.. A Dictionary of Literary Terms and Literary Theory, 3 edition. Cambridge, MA, USA：Blackwell Reference, 1991.

3. Hawyhorn, Jeremy. A Concise Glossary of Contemporary Literary Theory. New York：Edward Arnold, 1992.

4. Sedmidubsky, Milos. "Literary Evolution As a Communicative Process." In P.Steiner, M.Cervenka and R.Vroon ed.，The Structure of Literary Process. Amsterdom：John Benjamins Pub., 1982.

5. Selden, Raman. A Reader's Guide to Contemporary Literary Theory. Brighton：The Harvester press, 1986.

6. Todorov, Tzvetan. "Literary Genres." In Current Trends in Linguistics. The Hague：Mouton, 1974.

7. Wrllek, Rene and Warren, Austin. Theory of Literature. London：Penguin Books Ltd., 1993.